U0125448

"一带一路"大型系列丛书

总策划　戴佩丽
主　编　孙春光

新疆是个好地方

艾贝保·热合曼 ◎ 著

一根葡萄藤

中央民族大学出版社
China Minzu University Press

图书在版编目（CIP）数据

一根葡萄藤 / 艾贝保·热合曼著 . —北京：中央民族大学出版社，2021.4（2022.9重印）

（"一带一路"大型系列丛书.新疆是个好地方.第三辑）

ISBN 978-7-5660-1904-2

Ⅰ.①一… Ⅱ.①艾… Ⅲ.①散文集—中国—当代 Ⅳ.①I267

中国版本图书馆 CIP 数据核字（2021）第 025560 号

一根葡萄藤

著　　者	艾贝保·热合曼
责任编辑	戴佩丽
责任校对	赵　静
封面设计	舒刚卫
出版发行	中央民族大学出版社

北京市海淀区中关村南大街 27 号　　邮编：100081

电话：（010）68472815（发行部）　　传真：（010）68933757（发行部）

　　　（010）68932218（总编室）　　　　　（010）68932447（办公室）

经 销 者	全国各地新华书店
印 刷 厂	北京鑫宇图源印刷科技有限公司
开　　本	787×1092　1/16　印张：15.5
字　　数	206 千字
版　　次	2021 年 4 月第 1 版　2022 年 9 月第 2 次印刷
书　　号	ISBN 978-7-5660-1904-2
定　　价	62.00 元

目 录

"一带一路"大型系列丛书
——新疆是个好地方

薄荷清香　海娜娇美

　　小时候放羊，不是在山上，就是在田野。当然，为了抓膘，也趁人不备把羊群赶到渠水边，因为沟渠里淌水，渠两边草就长势旺盛，羊吃得肚子鼓鼓的，我的心里自然美滋滋的。早就听父亲说过，羊的膘情好，价钱才会好，身上穿的，上学用的，都指望着它呢。不过到渠边放羊，要冒一定风险，特别是那些流经庄稼地的渠水边，不是种了玉米小麦，就是长着土豆蔬菜，羊儿"吃着碗里的，眼睛却盯着锅里的"，一不留神就会窜进地里，糟蹋了别人的庄稼，那可不是闹着玩的。

　　薄荷芽就喜欢在这种潮湿的地方生长，混杂在长长短短的野草丛里，很难第一时间从一片绿色之中分辨出来。然而那种挥之不去的特殊芳香，却总是随着扑面而来的徐徐清风，渗入鼻腔，沁人肺腑。实际上一开始接触到这种味道的时候，并不知道它是来自薄荷芽，直到有一天母亲牙龈痛得厉害，就来到沟渠边，俯下身子瞅了瞅，随手掐了几棵野草，用水洗了洗，张开口慢慢嚼了起来。我这才知道这种一拃来长，红绿相间茎，扁长形叶子的野草，就是母亲所说的"雅勒普孜"，也就是薄荷芽。不曾想这种野草的味道很特别，羊儿喜欢吃，还能治牙痛，就觉得神奇，开始特别留意，后来甚至家里来了客人，母亲让我掐些薄荷芽，做包子、饺子提味时，我就像个经验丰富的大师傅一样，径直来到沟渠边，腰一弓，头一低，眼一瞅，手一伸，就准确无误地掐到薄荷芽了。

　　再后来长大了，才知道薄荷芽城里人都叫薄荷，包括水果糖、冰棍儿和牙膏，都有薄荷味的，我就钟爱薄荷味的牙膏，刷牙的同时，还能想起儿时放羊的日子，感到特别怀念和温馨。更神奇的是，这些年维吾尔族的一些餐馆茶馆，喝茶的习惯也在悄然发生着变化，以前生活困难时，主要喝砖茶和奶茶，到后来红茶和香茶，到现在薄荷茶则非常受欢迎，我想除了其特殊的味道，恐怕还有它的医疗价值，据说薄荷具有疏散风热、清利头目、利咽、透疹、疏肝解郁之功效。乌鲁木齐的薄荷茶，可以配蜂蜜，也可以调果酱。一把透明的玻璃茶壶，看得见绿色的薄荷叶上下漂浮，养眼提神。一人一个小茶杯，也是透明的，再配一把不锈钢银色小勺，不停地搅动茶水，于是，薄荷的香气，蜂蜜的甜美，果酱的原生态，仿佛绕梁不绝的迷人神曲，就这样在人的心里回荡，那感觉实在太好了。难怪一个亲戚过个十天半月，就让我请他喝一次薄荷茶，原来他说已经上瘾，不喝不行了。

说到海娜，那可是女孩子们的专利，小时候也叫"指甲花"。村上几十户人家，只有铁毛尔奶奶家种的最好。铁毛尔奶奶家住在麦场下面一个土坡上，低矮的土房子前面，有个小小菜园子，说是菜园子，其实只有很少几个品种，而且都是维吾尔族喜欢的西红柿和豇豆等。西红柿搭的是小架子，也就是插三根棍子，呈三角状，等秧子长高了，拉起来绑在架子上，结了果实，远远看去就像一个个灯笼，红的、绿的，一串串，一簇簇，特别诱人。豇豆则用长长的豇豆秆子，有的用葵花秆，更多的用榆树、杨树条子，比指头粗，要结实，高过人头。豇豆出土开始扯秧，就要把竿子插上，两个一组，人字形状，结了豇豆，一把把吊在空中，采摘起来非常方便。前两样是蔬菜，是人们身体不可或缺的营养物质，而海娜则是抹在指甲上的，纯粹为了好看，所以种的很少，也就桌子大小一点地方。当时，男孩子的心思在西红柿上，想着偷吃一个，解嘴馋；女孩子的眼睛不用说瞄准了海娜花。

问题是，铁毛尔奶奶家的菜园子扎了篱笆，不是柴梢子、葵花秆子，而是清一色沙枣树枝子，上上下下都是刺，身子还没钻进去，到处刮的都是伤，划不来。关键是那只四眼黑狗，从早到晚就在菜园子门口卧着，远远看见人就开始"汪汪汪"叫着，拉着铁链子哗啦啦响，动静大得很，根本不敢靠近。于是就央求铁毛尔带着我们一起去，毕竟是自己的亲孙子，奶奶多少要给点面子，不过有附带条件，那就是帮着浇水。所谓浇水，就是大家提上水桶，轮流到下面的涝坝提水，然后小心翼翼来到菜园子，按顺序依次给西红柿和豇豆们浇水。等西红柿和豇豆们沟里水满了，这才轮到海娜花，而且一次只能进去一个人，不能直接用水桶将水倒进海娜花里，而是要用马勺舀水，一勺一勺轻轻浇、慢慢淌。奶奶就像一个老监工，絮絮叨叨、指手画脚，仿佛西红柿、豇豆和海娜花，也都是她的亲孙子，生怕碰了撞了，眼睛死死盯着。

最后我们男孩子最多一人得到一个西红柿，三下五除二狼吞虎咽吃进肚子里。而女孩子们得到一点海娜花就心满意足了，说着笑着一溜烟跑回家中。海娜包指甲一般都在晚上，先是将海娜连茎秆带叶子一起捣碎，加上一点白矾，将两只手用棉布包好，再用农村人常说的"布拉条子"（细布条）扎紧、缠好，盖好被子，平躺着，等早上一觉醒来，打开棉布一看，不但手掌变了颜色，所有指甲都黄中透红，色泽鲜艳，平添几分神韵，成了女孩子们的骄傲。

前些日子单位搞活动，前去新疆博物馆参观学习，当我们来到楼兰美女干尸展台前，听讲解员讲解如何发现楼兰美女干尸和当时的历史背景，当讲解员讲解到最后，顺便提及了美女干尸的指甲，不是白色，而是焦红色，原来就是用海娜花美了指甲呢。用海娜花染指甲，不是现在才有，而是古已有之。

大地的馈赠

乡下人对苜蓿芽有着特殊的偏好。一到开春，苜蓿刚从地里露出新绿，那些勤快的主妇，便急不可待前去"掐尖"。苜蓿属于多年生草本植物，就像韭菜一样，割了一茬，还会长出新的一茬。只是韭菜生长频率快，一茬一茬照吃不误。苜蓿则慢得多，一年两茬，至多三茬，而且除了春天那一茬新芽外，稍一长老则不可食用。

先是一簇一簇，随后则一片一片，齐拃长的黄秆子，是去年的老茬，新芽就从老茬里长出来。以前苜蓿地都是集体的，因为面积大，季节性又太强，根本不用担心"供不应求"，苜蓿芽不够吃。都是为了尝个鲜，春天青黄不接，菜窖里的菜基本吃完了，关键是也吃腻了，除了羊角葱，其他新菜又稀缺，只能寄希望于苜蓿芽了。

苜蓿芽刚长出来，翠绿翠绿，一根茎脉分出几个叉，又再派生几片叶，就像采茶一样，轻轻一掐，苜蓿芽就下来了，一点不费事，也不需要任何辅助工具，全凭心灵手巧。到了掐苜蓿芽的季节，地里就充满欢声笑语，清一色女人和孩子，手不闲着，嘴巴更是忙活，仿佛一群鸟儿，叽叽喳喳，嘻嘻哈哈，享受着春天的馈赠。

掐回来的苜蓿芽，几乎不用拣，用水洗了，做凉菜和下饺子都好吃。那时候粮食紧张，肚子里油水也少，餐桌上有一盘苜蓿芽凉菜，饭就吃得有滋有味。做凉菜很简单，先用开水焯一下，再撒点盐，倒些醋就成了。苜蓿芽饺子最好掺和鸡蛋，我觉得味道比肉馅还要好。

小时候，母亲喜欢做苜蓿芽合子，大大的平底铁锅，上面抹一层菜籽油，随后把苜蓿芽合子放进锅里，捂上锅盖，过一会儿翻一下，等苜蓿芽合子熟了再一瞧，船形的巴掌大的合子，中间焦黄焦黄，还滋滋冒着油花，而周边则呈现一圈白色，仿佛事先描画好的，色泽非常鲜明。拿菜刀一分为二，盛在盘子里，一人一份，立刻感到清香扑鼻，回味绵长，把人吃得美滋滋的。

那种儿时妈妈的味道，到现在我也忘不掉。虽说住在城里几十年，可我一直怀念乡下的生活，尤其到了春天，估摸着苜蓿芽差不多长出来了，嘴就馋得难受。好在庄户人早已掌握透了城里人的喜好，什么季节供应什么新鲜土特产，包括苜蓿芽、黄花菜、榆钱子，甚至老鼠瓜等，只有你想不到的，没有你吃不到的，生活真是发生了翻天覆地的变化。现在可以这样说，随着城市绿化面积的不断扩大，一些原本生长在农村的植物，也已开始在城市安家落户了。一天路过一个三角地绿化带，就看到三三两两的女人，弓着腰，低着头，专心致志地在地上采什么。我就问老婆：她们在干啥？老婆就摇头。我告诉她说，维吾尔族女的在掐苜蓿芽，而汉族女人是在挖黄花菜。

野蒜苗比苜蓿芽稍晚一些，生长环境比较特殊，必须是在水多的地方，譬如水渠边上草地里，同时还得遮蔽阳光，比方靠近大山的树林子。在我们芦草沟一带，似乎有一个明显的分界线，磨石嘴子往上生长蒜苗子，朝下则没有。

野蒜苗也属多年生草本植物，颜色银白，喜扎堆，一撮一撮，韭菜一样叶子长，呈三棱状，很容易辨认。之所以称为蒜苗子，就是因为有大蒜的味道。一般喜欢凉拌，也有做成馅子，包包子，或者捏饺子，口味都比较特殊，说是蒜苗子却又像韭菜，二者兼而有之，值得回味。

最早知道蒜苗子，还是孩提时代，当时正在上初中，一天就听住在磨石嘴子附近一小队的同学说，一大队四队有一块"风水宝地"，那里的蒜苗子就像草一样，渠两边，树底下，长得到处都是，拔都拔不及。关键是那里还有我们最爱玩的"瓜瓜牛"，也就是蜗牛，干的湿的都有。我就心里痒痒，盼着春天快一点到来。到了第二年春上，先是跟着一小队的同学一块去，后来就和我们队上的同学结伴而行。

对我们这些孩子来说，那五六公里路一点都不算长，中午放学吃口馕喝口水，连跑带跳一阵就到了。野蒜苗确实多，不一会儿就一人拔了一大堆，各自分别做了记号后，就开始再找"瓜瓜牛"。遇上干的，就相互"抵牛"，看谁的坚持时间最长。好的"瓜瓜牛"呈紫红色，螺旋状，看着就结实，握在手里硬邦邦的，尖对尖和对家一抵，一下一个小窟窿。而那种泛白色的，由于时间久了，遭到侵蚀，有些干脆手一捏就碎了。找到那些鲜活的蜗牛，我们就放在一个显眼的地方，要么一块石头上，要么一根干木棍上，最好再有一些光线，把蜗牛放上去，然后一起趴在两边，敛声憋气，等着蜗牛慢慢从壳里爬出来。很快，头顶着两根细肉角的蜗牛就钻出来了，拖着外壳一步一步向前爬，留下黏糊糊的印迹。有些孩子就沉不住气，翻起身要看个究竟，可是眼睛还没有凑上去，蜗牛立马脖子一缩，就退回到壳里了，再也不出来。

实际上，大人不支持我们跑那么远去拔野蒜苗，一是耽误做作业，二则也不安全，因为路上狗多，被狗咬了，头比身子重。再有就是蒜苗子毕竟生长在草丛里，不小心遇到蛇呀什么的，后果难以预料。所以我们都是相约着偷着去，时间一长，大人也默认了，还口口声声夸蒜苗子好吃。我们就又来劲了，娇声娇气地让母亲这么做那么做，仿佛很有功劳似的，颐指气使，腰杆子硬得很。

事隔三十年以后，我们再一次来到了磨石嘴子，好像重又回到童年，身心一下子得到了放松。特别是一个叫玉坠的女同学，刚一从车上下来，小鸟一样张开双臂就扑进了密林，而且口中不停地"哇，哇"叫着。一高兴就忘了注意脚下，一个跟头摔倒了，不管三七二十一，笑着乐着又翻起身，精神头更大了，因为一大片蒜苗子就出现在了眼前，而我们就是冲着蒜苗子来的呀。

笋子有两种，一种是苦笋子，一种是甜笋子。虽说都生在沟渠边上，却很混杂，乍看上去都一样，实际味道有着天壤之别。一般情况下，苦笋子长得高一些，细一些，颜色也白一些；而甜笋子从茎秆到叶子，大抵呈浅绿色。两种笋子都带一些刺，一个折断会渗出奶汁一样的白液，所以又称"奶子草"。一个剥皮后，则是脆嫩的绿秆，一节一节撇了塞进嘴里，口若生津，味道甜美，小孩子都很喜欢。

我是放羊娃出身，有时候口渴了，懒得跑到干净的地方喝水，就随手拔几棵甜笋子，三下五除二扒了皮，"咯噜，咯噜"就嚼上了，还真管用，不但止渴，也能垫吧一下肚子。不但羊吃笋子，我也吃，回家的时候，还要拔一些带给兔子吃。狗好养，猫好养，甚至鸽子都好养，唯独兔子不好养，虽然喜爱，却是操了不少心。

当时各家都种一点花呀菜的，虽然扎有篱笆墙，但总归是柴梢子，或者葵花秆子，多少露出一些空隙，大一点的牲畜进不去，可是却挡不住兔子，爪子刨拉刨拉，头一用劲，身子一缩，蹄子一蹬，就神不知鬼不觉钻进去了，糟蹋了人家辛辛苦苦种的那么一点小菜，不要说别人，换作我也不乐意，于是只能圈养兔子。

其实很简单，先挖一个齐腰深的长方形深坑，一个角再掏一个洞的形状，兔子放进去，你就不用再管了，兔子会顺着这些洞口，继续往深处打洞，母兔子会在里面用自己身上的毛做窝，然后产子。关键是兔圈上面，怎么封盖，我曾经用过筛沙子的筛子，但边沿总有一些缝隙，让一些机灵的兔子精有机可乘。一旦跑出去，就很难抓回来，有些差一点就变成了野兔子，让人大伤脑筋。

有一只黑公兔子，换了三次兔圈，都没有把它盯牢看死，一不留神就不见了。即便一天把兔圈打扫得干干净净，随时换的都是清洁水，而草料除了新鲜的野笋子、树叶子，还有苜蓿芽啥的，就是关不住这只兔子的心。一次恰好发现黑兔子钻进了邻居的菜园子，于是发动全院的男女老少一起来围捕，眼看着胜券在握，就要生擒活捉了，不料想黑兔子"嗖"的一下，从一个人的裆下钻过去，然后纵身一跃，跨过篱笆墙飞也似的逃走了，这是一只种公兔，繁殖了不少后代，从那以后再也没有看见过它的踪影。

后来慢慢就不再养兔子了，不过野笋子我还是继续拔着，甜的自己吃，苦笋子继续带回家，因为家里还养着一群鸡呢，剁吧剁吧，拌上麸皮喂鸡，是上好的饲料。

原野劲草

　　大地母亲赐予我们永不枯萎的绿色生命。既有草本，又有木本，芨芨草为草本植物，多年生、密丛禾，叶子细长，茎秆坚硬，因为根系发达，长势旺盛。芨芨草耐旱，即便是在盐碱泛滥的干草滩、沟洼地、山坡处，都能看到芨芨草茁壮生长。有些地方，根连根、丛连丛，一墩一墩连成片，甚至高过人头，密密麻麻开着紫红色的花，风一吹，如波浪起伏，哗啦啦摇曳，有一种"疾风知劲草"的古诗词意境，令人感慨。

　　说到古诗词，自然想到岑参这位著名的古代边塞诗人，他的一首《白雪歌送武判官归京》，开篇就写道："北风卷地白草折，胡天八月即飞雪。"这里所说的白草，其实就是芨芨草。怀着到塞外建功立业的宏大志向，岑参两度出塞，久佐戎幕，前后在边疆军队中生活了六年，因而对鞍马风尘的征战生活和冰天雪地的塞外风光有长期的观察与深刻的体验。呼啸的北风把芨芨草都刮折了，随后就是满天的大雪，那是一种什么样的极端天气，让人不寒而栗。然而岑参毕竟有着强烈的家国情怀和浪漫主义倾向，紧接着就以"忽如一夜春风来，千树万树梨花开"的奇绝想象和比喻，让人重又看到了诗意的春天和美好。

　　说实在的，去年八月的一天，当我在奇台江布拉克景区看到那一片繁茂丛生的芨芨草，仿佛红旗猎猎，迎风招展，突然就有感而发，只要心中真情在，哪里都有美风景。就以芨芨草为例，普普通通、司空见惯，却从泛绿到枯黄，都与我们的生活息息相关。春天生长的时候，我们这些孩子一边放着羊群，一边一人占上一丛芨芨，扒开叶子，拽住茎秆，脚一蹬，两手一抽，一根根脆嫩的茎秆就从芨芨丛中拔出来了。细细的、长长的，上边绿叶，往下白茎。我们需要的，就是那一截半臂多长的白色茎秆，葱白一样，晶莹透亮，味道却有别于葱白，不辛辣、刺鼻，反而甜嫩、水津。抽一把夹在腋下，或抱在怀里，一路"咯噜、咯噜"嚼着，有一种心满意足的快乐感。

到了麦熟季节，芨芨草茎秆老化了，就不适宜我们再享用了。然而它又派上了新的用场，那就是用来当草绳。当时我们乡下主要有两种草绳，一种是米泉买来的稻草绳，黄黄的、干干的，辫子一样搓成一根一根，扎麦捆子前必须在水里浸泡一下，否则一使劲就断了。壮劳力割麦子，身板弱一些的人，把一把稻草绳搭在一根草绳上，然后再拴在腰上，扎一个麦捆，抽一根草绳，因而又叫作"草腰子"。还有一种就是芨芨草绳，就地取材，不用花钱，拿镰刀把芨芨草秆从根部齐茬茬割了，三五根一组，根朝下，梢子向上，头对头绕一绕，编一编，绑一绑，再一拽一抻，一根芨芨草绳就成了。因为需要量大，到了割麦子的时候，谁家下手早，谁家就得到的芨芨草绳多。所以有时候有些人家干脆直接用麦秆当草绳，尤其是水浇地，地边总有些长得比较高，成熟也相对晚一些的麦子，顺手割了就地来当草绳用，也很方便、快捷。

到了秋天，芨芨草的作用再一次得到充分发挥，那就是扎扫把。芨芨草到了这个时候，茎秆有硬度，且笔直有长度，一把一把割回来，放到院子晾晒一下，除去叶子，凑好数量，就可以着手扎扫把了。一是一把扫把除了芨芨秆，还需要一定比例的"土尔条"，就是山里的一种枝条，呈红色，有韧劲，比芨芨秆稍粗一些，和芨芨秆混扎在一起，扫地有力度，也保证了使用寿命。有了这两样，还必须有个固定的铁箍子，缠上布条，把扫把根部穿进铁箍子，最后把早已准备好的木头把子，上头削尖，把子刮光滑，用力插进箍子里，这才形成一把完整的扫把。这个过程比较复杂，也比较细致，只有行家里手才能担当。比方说，扫把、箍子和木把子，如何无缝连接，需要刀子、钳子和榔头等必备工具，不仅要美观，还要结实耐用，包括用麻线把芨芨草和"土尔条"分上中下三圈有机连接起来，就很有学问。再则必须身上有劲，尤其是套铁箍子，地上撅把子，都是力气活、技术活，分寸掌握不好，扎不出一把好扫把。

马莲花也是一种多年生宿根草本植物，根茎短粗、肥壮，叶子根部相对宽大，往上则逐渐窄细。因为形状像韭菜，一些农户就把宽叶韭菜称为"马莲叶韭菜"，以此来招揽生意。马莲也属抗旱性草木，喜欢阳光，一丛一丛生长在荒滩、戈壁，尤其开花时节，远远望去蓝莹莹、紫艳艳，绚丽多彩、新奇夺目。女孩子掐一朵马莲花，别在耳根，一下子花枝招展，婀娜多姿，平添几分神韵；而男孩子则随手拔一片叶子，横在嘴边，像吹柳笛一样比赛着吹出声响。马莲花的花朵以雪青色为主，散发出淡淡的香气，其绿叶则不是实心，扁状的接合处留有一丝缝隙，上面有层白色薄膜，仿佛笛膜，放到嘴上一吹，就发出声音，虽不动听，却有节奏感，悟性高的孩子，还能吹出一支简单的曲子，因而招人艳羡。

就像芨芨草一样，马莲也是生命力极为顽强的植物，对保持水土不流失，抵御风沙侵蚀，有着特殊的作用。或许因为如此，混生在杂草丛中，很少受到牛羊的啃食和糟践，周而复始，循环轮回，在"野火烧不尽，春风吹又生"的砥砺与考验中，年年苗壮生长，粲然绽放，不失为一种高贵的品质和气节。

早些年农村文化生活极度贫乏，男孩子打髀石、掏鸟窝，女孩子跳皮筋、玩沙包。其中跳皮筋就有这样的口诀：马兰开花二十一，二五六，二五七，二八二九三十一，一直到九八九九一百一。这是节奏慢的，还有节奏加速的，几十个数字连珠炮一般，一字不差，一气呵成，难怪女孩子大抵伶牙俐齿，出口成章，或许和如此这般的不断练习有一定的关系。这时我们才知道，马莲花其实就是马兰花，一字之别，却一个通俗，一个文雅。

后来看了神话故事电影《马兰花》，深深被那传奇曲折的情节所吸引，尤其大兰和小兰，一个贤惠可亲，一个懒惰妒忌，喜欢谁，讨厌谁，我们爱憎分明，分得一清二楚，还有那个由猫变成的黑心狼，到现在仍然不忘其丑恶的嘴脸。善有善报，恶有恶报，不是不报，时候未到，我们打小懂得了这样的道理。有时候一句话、一首歌，或者一本书、一部电影，就能影响人的一生。

正是因为马兰这种高尚的秉性，后来就以她的名字命名了一种精神，可谓恰如其分，这就是大漠戈壁的"马兰精神"。那是一群默默无闻，一生献身于祖国国防科技的楷模和英雄们，他们"干惊天动地的事，做隐姓埋名人"，无私无畏，无怨无悔，就像生长在大地上的一棵棵马兰草，看似平淡无奇，实则功德无量。其中有这样一个故事：夫妻二人相互隐瞒着，都说接受任务去远方，一家不知道一家在哪里。后来一个偶然的机会，在边地，在一棵大树下，两个等车的人，脸一转却相互惊愕万分，我望着你，你看着我，半天说不出一句话来。因为他们就是那一对夫妻，最终以这样的方式，在这样的场合不期而遇。说真的，那天听"马兰精神"报告会，讲到这里，不仅我不住擦眼泪，几乎全场的人都感动得哭了。

荨麻也是一种草，沿天山一带都有分布，秆子指头粗，叶子呈凹形，扁长，带锯齿，开花黄中泛白，葡萄一样，一串一串，瞧着就是微小的颗粒。荨麻喜欢和蒺藜混生，也是一墩一墩的，生长速度快，一般半腰来高，到了秋季有的比人还高。荨麻多在山脚下生长，深绿深绿的，其貌不扬，看上去也没有什么特别的地方，然而不少人却被它迷惑了，受到袭击却搞不清袭击来自何处。一次同学从口里来新疆，一起去了山上，想不到刚下车一会儿，同学就"嗷嗷"叫着，从一棵树下跑了过来，一边跑一边甩着一只手，起先还以为被蜜蜂蛰了，再一瞧树旁边，就有一大丛荨麻草，不用说是被荨麻咬了。

荨麻又叫蝎子草和"咬人草"，不小心皮肤碰到荨麻，即刻有一种钻心的痛，就像被蜜蜂蜇了，或是蝎子咬了，反正痛得人难受。这种草茎秆和叶子上，都有细小的刺状物，密密麻麻的，不容易分辨，因为具有毒性，人被扎到了，就会有过敏反应，有的人轻，有的人反应大一些，土办法抹鼻涕，过一会儿就好了，从此就铭刻在心，不敢贸然独自行动了。所以以后再到山上，尤其是不知道荨麻草厉害的城里客，主人家都要提前告知，提醒注意防范。当然也有明知山有虎，偏向虎山行的人，就像江南人"拼死吃河豚"一样，到了春天，有些度假村就趁着荨麻鲜嫩，掐了尖，用水焯后，拌成凉菜，味道非常好。

当然不能忘了芨芨、马莲和荨麻的药用价值，比如芨芨的清热利尿功效，马兰提取液可镇咳、抗惊厥，加强戊巴比妥钠的催眠效果等。而荨麻则对风湿疼痛，产后抽搐，小儿惊厥和荨麻疹有一定的疗效。八十年代末，我在地窝堡乡任职，一日突然身上出了一些红疹子，到医院看医生，说是荨麻疹，就开了一盒糊状物的外用中药，抹了几天，症状有所好转，随后完全消失，现在再想，估计就是荨麻草发挥了功效。

红葱、沙葱，都是野葱

新疆人口味偏重，喜欢酸辣，做饭炝锅，调味离不开葱蒜和"皮牙子"（洋葱）。这里所说的葱，就是羊角葱，早些年菜窖储备冬菜，除了土豆、萝卜和白菜，就是羊角葱了。有些勤快的人家，春天买来葱秧子，打好葱沟，一沟一沟栽好，等长到指头粗，再壅土，浇头遍水。最好沟有多深，水就浇多满，土地吃透水，葱就根深叶粗，到了秋天，特意留几沟不挖，来年春天青黄不接时，羊角一样的绿色葱苗齐刷刷冒尖，拿铁锹挖几棵回来，炒鸡蛋，或者揪面片里调一些葱花，味道就大不一样了。

而洋葱新疆人称其为"皮牙子"，做饭、烤馕和清炖羊肉，离开了皮牙子根本不行。皮牙子有红、白两种颜色，圆形，先甜后辣，刺激人的味蕾，增强人的食欲。刚出炉的热馕，因了抹在上面的那一层"葱花"，闻着香，吃着美；而羊肉和皮牙子更是绝好的搭配，就像山东的煎饼就大葱，真正意义上的地域特色。

我所说的红葱和沙葱，都是野葱，一个生长在山林，一个植根于原野，均属多年生草本植物。红葱和羊角葱最大的区别在于颜色，羊角葱葱白部分由外至里均为白色，而红葱外面则包了一层红皮，实际也不是纯粹的红色，而是黄中透红，远远看上去有些红，顾名思义叫红葱。沙葱是一丛一丛的，雨水好长势旺，绿油油一片，一般都在冰雪融化之后的开春破土而出，先是像一根根细小的绿色针头露出新芽，继而"野火"一样四处蔓延，到了大面积生长，放眼望去，就仿佛荒滩上铺了一张张毯子，绿茸茸、翠莹莹，充满生机。

都说上山容易下山难，一点不假。特别是在天山深处，当你被头顶上的一株株红葱所吸引，一而再，再而三地向上攀爬，最终红葱收获不小，同样下山的难度也增加了不少。红葱一般生长在半山腰，石头缝比较多的地方，这里一株，那里一株，零零散散，没有规律，必须挖一株挪一个地方。上山的时候心思都在红葱上，而且因为间歇性劳作，一是不觉得有多累，二是体会不到山有多高和多陡。等满载而归准备下山了，才发现自己已经判断不出到底从哪儿上的山。树木大抵长在山阴面，而红葱则喜欢山的阳坡，树木少，用于攀附的支撑物就少，脚底下风化碎石流沙一样，一不小心就会滑倒，滚下山去。所以大人告诉我们上山头朝前栽弓着腰，下山身子后仰弯着腿，就是要走S形，虽然花费的时间长一些，但至少相对保证安全。

实际上大人从来没有指使过我们上山挖红葱，只是听住在山沟口的班上同学讲红葱味道好，比羊角葱不知强上多少倍，特别是吃一顿葱爆肉拉条子（拌面），倒一点醋，再就几瓣蒜，真是吃了上顿想下顿，攒劲得很。这些家伙说的时候绘声绘色，唾沫星子乱飞，明显带有"胀气"（显摆）的意思。我们几个小伙伴就嘴馋得直流哈喇子，于是偷偷相约着抽个星期天上山挖红葱。从我们村上到山沟口六七公里，从山沟口再到大石头沟一带，也就是班上同学炫耀挖红葱的地方，还有两三公里。我们几个上山挖红葱，还不想让住在山沟口的那几个"丧眼鬼"（招眼）同学知道，快到山沟口的时候，我们就绕着弯子，避过他们的视野，多跑一两公里冤枉路，总算到达目的地。一个个气喘吁吁、汗流浃背，小小脸蛋被太阳晒得红彤彤的，关键是肚子饿得够呛，咕咕直响，只得把揣在怀里的半个干馕，就着流淌的泉水，就这样风卷残云一般提前吃光了。

在自家屋后的小山梁挖"老鸹蒜"不在话下，到了大石头沟挖红葱，就不那么容易了。一是要时时提防牧民的家犬，一个一叫，四五个围过

来，外围狗围成一个圈，里面我们也围成一个圈，生怕谁被拽了、扯了，最终咬上一口，吃不了兜着走。二是山高路陡脚底下滑，一边担心头上往下掉石块，砸在身上受了伤，一边又怕光顾着低头挖红葱，却忘了保持重心，一个趔趄滚了沟。三是路途远，提前吃了干粮，加之好挖的红葱都让附近的那几个家伙挖完了，再跑出去一截路，就只能抹黑往回赶了。不管怎么样，红葱还是挖到了，和羊角葱比起来，味道确实好一些，自己付出了劳动，收获可能就是多方面的。

　　沙葱以前随便采，拿回家拣吧拣吧，焯一下拌成凉菜，清爽、脆口、新鲜，成了城里人餐桌上的一道美味。或者切碎和羊肉一起拌馅包饺子，也是别有一番滋味。而我始终认为沙葱菜合子最可口，特别是那种用死面做成的沙葱菜合子，用平底铁锅转着圈慢慢烙熟，再用菜刀一分为二，虽说烫手又烫嘴，可那吃起来要不住"噗噗"吹凉气的贪吃场景，至今难以忘怀。后来草场承包，使用权归牧民所有，为了防止草场退化，能围起来的地方都用围栏围了起来。牧草长好了，沙葱也同样长势旺盛，只是再不能随意采摘和无偿享用了，只要春天去往乌鲁木齐南山的水西沟和板房沟，沿路都能看到有人挥舞着装着沙葱的塑料袋让司机停车购买："新鲜的沙葱，天然的绿色食品。"停车再一瞧，路边放了一排排鼓鼓的塑料袋，都是清一色的沙葱，挥手揽生意的多为哈萨克女子，戴着口罩，操着不太熟练的普通话，人热情，态度诚恳，不但价钱可以商量，塑料袋也可以随意挑选，买上几袋自己吃，或者送给亲戚朋友。与同样是产自南山的回族人家锅盔一起品尝，一个绿生生、甜津津，清凉、可口、提神，一个黄灿灿、香喷喷，实在、筋道、暖胃，算是一种新的搭配，开始在边城逐渐流行开来。

追寻胡杨：塔里木河流域、昆仑山脚下

新疆独特的自然环境，造就了胡杨顽强的生命力。无论在戈壁、在荒漠，甚至在沙海深处，都能看到胡杨苍劲、傲然的身影。或集中连片，或稀疏松散，或形单影只，都昭示一种积极向上的力量，和绿色所带来的特殊生存意义。或许正因为如此，当今人们趋之若鹜，从天南地北来到胡杨生长的地方，就是为了一睹胡杨的芳容，探究其与众不同的奥妙所在。

寻访胡杨最好的两个季节，一个是春天，一个是深秋。春天万物复苏，一片新绿，尤其在波浪一样起伏的新月形沙漠边缘，一棵棵胡杨树，像一只只七拧八歪的手臂，举起一顶顶风一吹就哗啦啦作响的绿伞，色彩对比强，效果反差大，收在镜头里，装进画框内，都不失为一件艺术收藏品。而到了树叶金黄色时刻，也是一年一度的国庆节大假到来之际，看胡杨的人更是络绎不绝，就像北京香山枫叶红，要的就是那种层林尽染，到了原始胡杨林，同样有着铺天盖地黄金甲，霜降时刻放光芒的别样氛围。

实际上一进新疆的东大门哈密，就可以去往伊吾，那里就有一片胡杨林。我虽没有到过那里，但我至今保存着朋友南新江拍摄的一组伊吾胡杨林照片。有远拍，有近照，还有他仰躺在大地上，举起相机向上摄取的镜头。胡杨像白骨一样插进云霄的枝干，胡杨虬龙般盘绕的饱经沧桑的树根，还有胡杨老树发出新芽的生命奇迹，大自然如此鬼斧神工，原生态这般魅力无穷，让我为之惊奇和感慨，也由此诱发了我要去寻访胡杨林的奇思妙想。

第一个去的地方是木垒。途经阜康、吉木萨尔、奇台，在木垒鸣沙山以北30多公里的地方，有一片胡杨林，远远望去郁郁葱葱、遮天蔽日。我们到达那里已接近中午，太阳高悬，天气炎热，然而看到一棵棵胡杨树虽然历经风雨沧桑、严寒酷暑，却依然保持着古老的原始风貌，千姿百态、铮铮铁骨，不能不让人肃然起敬。

一样的地形地貌，一样的气候条件，与之相隔不远的古尔班通古特沙漠南缘，也就是离首府最近的地方，也应该有胡杨生存。有了这样的想法，我们又马不停蹄出发了。先到梧桐窝子，再到东道海子，这都是接近北沙窝的地方。其实按老人们的说法，所谓的梧桐窝子，就是有梧桐树的地方，而这个梧桐树就是胡杨。然而一路上看得最多的，却是梭梭和红柳，一个银灰色的枝干，浅绿色的叶子，有的一人多高，有的高过房顶。一个一墩一墩的，茂盛葱茏，花一开，一团粉红，鲜艳夺目。而胡杨树零零星星生长，形不成规模。可我们依旧初心不改，继续前进，沿着城北一路找下去，果然在芳草湖一带发现一片胡杨林。因为是深秋，胡杨叶子都掉光了，但景致依旧独特。先是一个半坡上，稀稀拉拉几棵胡杨，树干粗，枝条密，拐下一个弯，则是一个沟谷，胡杨树密度加大，这头看不见那头。有一条柏油路通向密林深处，间或有"驴友"造访，全副武装，像模像样，相比之下，我们太业余，除了手机，出游的服装和辅助设备全没有。我们却感到不虚此行，因为我们终于找到了胡杨林，而且就在乌鲁木齐的周边，因而印证了那句话：对于我们的眼睛，不是缺少美，而是缺少发现。

如果论规模和气势，还要数南疆，有两个地方，值得一去。先说巴州尉犁县，距乌鲁木齐520公里，地处库尔勒市南50公里，向北有孔雀河，往南是塔里木河，其间还有一条渭干河。尉犁县至少有两个"中国之最"，一是全国最大的内陆河塔里木河流经县域，塔里木河全长2170多公里，其中尉犁县境内流域254公里；二是全国最大的胡杨林保护区就在尉犁，

100万亩的面积，天文数字，大了去了，用一望无际来形容再贴切不过。

既然有这么独一无二的胡杨林资源，尉犁人集观赏民俗、品尝美食、游览胡杨林、过桥看河和体验沙漠探险为一体，挖空心思，竭尽全力，在那么偏远的一隅，把一个原始胡杨生态园经营得红红火火，蒸蒸日上，实为不易。我是最近去尉犁看胡杨的，坐上敞篷区间车，一路走，一路看，一路感叹。风吹纱巾飘，心潮逐浪高，满眼沙丘黄，天地皆妖娆。没想到，一条油亮的柏油路，游蛇一样，蜿蜒通向沙漠深处，沙沙作响的芦苇，一尘不染的沙包，间或一湾波光潋滟的池水，无不令人心旷神怡。不承想，绕过一座连绵起伏的沙山，车子停了下来，就觉得眼前一亮，一个沙漠海子，就这样没有任何先兆地呈现在我们眼前。那几个已经不断换过装扮的女子，再一次被眼前的景象所感染，彼此重又调换纱巾或遮阳帽，一路小跑，一路高声呼喊着奔向海子边，摆着各种pose，面若桃花，神采奕奕，拍照留影，流连忘返。

然而高潮还在后面，当我们来到终点，才发现游客都集中于此。天上不时有滑翔机飞过，巨大的轰响声仿佛一辆摩托车经过。而在远处高耸的沙山上，一长队骆驼缓缓向前行进，一个个身着五颜六色旅游服的游客，骑在驼峰中间，挥舞着手向人打着招呼。而山脚下，湖水清澈透明，一棵棵胡杨树树冠若伞，绿中夹杂着淡黄，围绕着湖水生长。湖水倒映着蓝天、黄色沙山和胡杨树，不时有一条小船划过，橘黄色的救生衣很醒目，也很有意境，尤其是当一对年轻情侣，划着船儿，消失于一片浓密摇曳的芦苇丛中，诗意就更浓了。一边是人迹罕至、寸草不生的浩瀚大沙漠，一边是葱茏葳蕤、充满生机的胡杨林，功劳都在一条滚滚流淌的塔里木河。

而吸引我到喀什泽普县看胡杨，除了因为著名年轻作家和摄影家吴波，也就是网名为小玉石的邀请，还有就是因为儿子曾经在此蹲过点。儿子工作后第一次下南疆，就是到了遥远的泽普，我就想，既然从喀什到和田要路过泽普，不妨中途停留半天，拜访了朋友，也算是到过儿子工作过

的地方，同时也造访一下泽普的金胡杨国家森林公园，可谓一举多得。

以前想象中，泽普是个小地方，县城肯定也没有多少特色。可从走进泽普的那一刻开始，彻底颠覆了我的所有看法。其中最为突出的是绿化，尤其是县城道路两边的梧桐树，那么高大茂盛，那么蓬勃和富有生机，在新疆我还是第一次看到。

我曾在一本人文地理杂志上看到过小玉石推介泽普胡杨林的文章，文中配有一张图片，是闪耀着金子一样碎片的叶尔羌河。当我站在景区大门口的高坡地上，放眼前方，一条无声无息的大河从脚下缓缓流过之时，确实就有一种这样的感觉。40年前，当我还是一名高中生的时候，我就在作文中提到过叶尔羌河，到如今亲眼看见她从身边流过，人生最美好的岁月已一去不复返。

然而令人欣慰的是，有生之年总算看到了一条源自喀喇昆仑山，汇入塔里木河，最终成为一条母亲河，养育了一代又一代儿女子孙的母亲河的叶尔羌河。一座架在高空的悬浮桥，由东向西通向胡杨林，东头高西头低，由铁架、缆绳和木板组成，刚走上去没感觉，走到半道才发现桥在摇晃，两头都有安检员一再提醒，不要有意晃动。小玉石让我回头，说要照相，我一转身，就立刻发现前方高坡地上"金胡杨欢迎您"六个草绿色大字招牌，夺人眼目，我猜测这是小玉石有意为之，让我借留影之际，对景区心存永久的纪念。

一下悬浮桥，就看到有不少区间车、马车，还有自行车。也是一条柏油路，不过，尉犁的是绕着沙丘走，而泽普的则是穿梭于胡杨树林间。我们选择了马车，一辆车一匹马，车上方带顶棚，车上铺着毯子，四面无遮挡，马车夫放着欢快的音乐，马的四蹄也在柏油路上"嘀嗒嘀嗒"，极富节奏地行进着。尤其是后面的马车赶上来时，马头几乎贴在坐在后座人的脸上，就听一阵"哇哇"女生的叫声，赶车人一抖缰绳，随之连喊几个"得球、得球"，马一使劲，头一甩，擦着我们就超过去了，有点刺激，也有点随意，嘻嘻哈哈中留下一段美好的回忆。

有水，有草，有林，有鸟，这就是泽普金色胡杨的最大特色。有些水形成湖面，中间一座多孔桥，四周皆是胡杨树，水清澈，木成林。不光有胡杨，还有青杨、芦苇、柳树和沙枣。青杨直插青空，芦苇花开一片嫣然，柳树多为垂杨柳，仿佛身在南国水乡，想起那句"春风杨柳万千条"的著名诗句。沙枣南北疆普遍生长，不同之处在于，北疆沙枣果实多为黑色，而南疆则是黄颜色，且个大。早些年吃到的干果不多，除了葡萄干、杏干、核桃外，就是这种黄色沙枣了。其实还有一种植物，在路边遇见不少，看上去像一个个刺墩子，上面密密麻麻结着枸杞一样大小红红的果子，北疆大都生在山坡、沟壑，叶子可以吃，酸酸的，我们叫酸揪片，果实也可以吃，甜甜的，最近还听说可以治病，习惯上叫作刺果。不过最引人注目的还是胡杨，金灿灿、黄艳艳，密不透风、如诗如画，放进微信相册封面，不但自己看着是一种享受，更赢得朋友圈一片喝彩。

泽普金胡杨国家森林公园，有这样三个地方不同寻常。一个是当年的知青点，地处密林深处，老房子保留了原貌，墙上"广阔天地，大有作为"的励志口号，食堂的大锅灶、四方饭桌、长条凳，当年栽下的知青林等，都给人留下难忘的印象。一个是景区陈列室的石头画，有人物造型、山水风光、动物写生，大都是泽普当地石头画爱好者的作品，拙朴、逼真，不失为了解泽普文化的一个窗口。一个就是胡杨王，树高10.5米，胸径3.6米，据说已有上千年历史，其生命力旺盛实属罕见，再一次充分印证了"生而千年不死，死而千年不倒，倒而千年不朽"的胡杨精神。

一根葡萄藤

在火州吐鲁番，葡萄被誉为吊挂在藤架上的五彩珍珠。一株葡萄苗由指头般细枝条，成长为胳膊粗一根常春藤，需要精心养护和耐心的等待。孩子好生不好带，葡萄好吃不好栽，早春开墩，晚秋压埋，株数少不费力，面积大成忧愁。想想看，树枝上斑鸠咕咕叫着催春，眼见着到了葡萄发芽开花的节气，劳力跟不上，葡萄就埋在土里翻不了身。急得人像热锅上的蚂蚁，脚不着地，心无旁骛，一头扎进葡萄园，恨不能长有三头六臂，一天当作两天用，起早摸黑，通宵达旦，让葡萄藤长了翅膀一样，一晚上齐刷刷飞到架子上。

葡萄架原先都是木料构架的，低矮、粗放，一排一排葡萄架之间，留有一条逼仄的通道，浇水、打杈，或者巡视葡萄长势，都从这条道经过。如果深入葡萄架下，人就要低着头，弓着腰，然后青蛙一样，蹲坐在地上，仰着脸，两眼盯着头顶的一串串无核白和马奶子，预算着收成，估摸着支出，一年的指望，都在头上悬着。

葡萄藤埋到土里，就像盖了一床被子，被子的薄厚程度，取决于冬日温度的高低，不能草草了事。虽说火焰山下夏日赤日炎炎，沙地上能烤得熟鸡蛋，到了冬天照样天寒地冻，嗖嗖地冷，土埋浅了葡萄难免受冻。最好沟挖深一些、宽一些，将葡萄藤从藤架上拉下来，压弯，理顺，绳子一样再拉长，移入沟槽里，盖上苞米秆，或者杂草，手握坎土曼，挖土将葡萄藤掩埋得严严实实。这样，一家人可以在温暖的房子里安心过冬，葡萄也从此开始一年一度的冬眠了。

葡萄藤一开始就是一根枝条，细嫩、柔软，富有弹性，呈暗红色，枝条上长有细小黄点斑，维吾尔语称之为"吾尊木泰克"。时间一长，细枝条变为缆绳般粗粝，颜色也有暗红转为深褐色，一道道深深的纹路，仿佛刻在人脸上的皱褶，有一种历经沧桑的岁月感。也许从这时开始葡萄由枝条演变为藤，成为一根主干，所有的枝节再由主干衍生，发芽，开花，结果，珍珠玛瑙般，晶莹剔透、鲜翠欲滴，看着眼馋，吃了记住一辈子。

见过杏树开花一片白，瞧过石榴花红艳艳，葡萄开花什么样，不留心还真的与之擦肩而过，说不上。葡萄叶是枝蔓，仿佛小孩的手掌，翠绿，形状介于三角和椭圆之间，茎脉为黄绿色，呈伞状分开。葡萄花就从枝条上探头探脑伸出来，先是像丁针菇状的浅绿色颗粒，密密麻麻簇拥在一起，随后花蕊开放，成一条条线状张扬。而线头如絮，连在一起则如微缩的芦苇花，不过芦苇花是白色，葡萄花为黄绿，虽不起眼，却同样让人动心，关键是花期太短暂，而又隐身于葡萄叶与叶之中，极不容易被关注，显得弥足珍贵。

葡萄结果，从一簇簇毛团球，到一嘟噜一嘟噜鲜食品，一靠自然条件，二靠主人操心尽力，三靠品种的培育和保护。吐鲁番的葡萄之所以扬名天下，一个主要原因，就是甜得人醉心，美得人不忍离去。哪怕天再热，路再远，为了一睹吐鲁番葡萄真面貌的大有人在，不看不知道，一来惊羡不已。天下最炎热的地方，出产天下最甜最美的葡萄，判断出问题，想象被颠覆，原来吐鲁番不都是大漠戈壁风沙走石，也有一片一片葳蕤灿然的绿洲，像一江春水在心底荡漾。最为人称道的一条沟谷竟然以葡萄的名字来命名，二十里层层叠叠的葡萄藤蔓，郁郁葱葱，浓荫覆盖，实实在在一片春光无限的盎然景象。

从下而上一条蜿蜒坦荡的柏油路，长龙一样掩映在光影斑驳的绿树中，由上往下一条源自雪山的长流水，琴弦似的伴着葡萄的生长一路弹奏清凉的乐曲。一边是高高的悬崖峭壁，像屏障遮挡风沙侵扰，一边是低缓的黄土斜坡，荫凉房星罗棋布，宛若蜂巢的千孔百口，象征着清爽和丰收的希望。沟谷一头走到底，过了312国道不远处，就与茫茫沙海相接壤；顺着沟谷一直向上行，海拔一步步攀升，看得见巍巍天山雪峰傲然耸立。

世界往往就是这样，一边让你陷入不可生存的危难境地，一边又给你绝处逢生的资源和机缘。我觉得吐鲁番就是如此，既有寸草不生的一座火焰山，也有欣欣向荣的一片绿洲；既有以热著称的盆地效应，像馕坑，似火炉，热得让人睁不开眼，喘不上气，也有清凉爽心的雪水沁润，坎儿井，地下流，滋养了大地，培育了大自然的精灵 —— 吐鲁番的葡萄，是智慧与勤劳的结晶。

葡萄因水而生，而吐鲁番的水，则由坎儿井从遥远的天山引入。具体讲就是先在高山雪水潜流处，寻其水源，在一定间隔打一深浅不等竖井，然后再依地势高下，在井底修通暗渠，沟通各井，引水下流。因坎儿井是在地下暗渠输水，不受季节、风沙影响，蒸发量小，流量稳定，可以常年自流灌溉。如果从天空俯瞰，坎儿井一眼眼竖井，犹如一颗颗珍珠，镶嵌在吐鲁番这片神奇的土地上，而串珠的丝线，就是那条源源不断的坎儿井地下河流。

早晚温差大，日照时间长，对于葡萄生长极为有利，特别是生长期的延长，让葡萄的糖分得到了充足的吸收和积累，那种独到天赐的甘甜自然就不在话下了。说实话，吐鲁番葡萄的那种甜美，那种让人欲罢不能的垂涎三尺，不是装出来的，是那种一直甜到内心深处，让你一次次享用，却一次次如痴如醉的那种不依不舍。无核白葡萄，甜脆、皮薄，顾名思义，没有核，意味着可以一把一把抓着吃，真正的吃葡萄不吐葡萄皮。马奶子葡萄，个头大，水分足，揪几颗扔进嘴里，像一包糖水下肚，蜜糖般回甘，心满而意足。还有那种散发着芳馨的玫瑰香，沁入肺腑，余香满口，是葡萄的上等佳品。而种的少，结果也少的琐琐葡萄，一般在贵客上门时才端上来，有着极好的食疗效果，自然味道醇厚、绵长，最终一个字，还是"甜"。我想了再想，如果把吃吐鲁番的葡萄概括成一句话来形容，那就是：如醍醐灌顶，回味无穷！

然而葡萄熟了，却让人喜忧参半。一是像那种低矮的葡萄架，连成一片，密不透风，置身于葡萄架下，仿佛空气都静止了，闷热难挨，挥汗如雨。仰着头摘葡萄，汗水从头上流下来，进入两眼中，酸涩、刺激、难受得人忍不了。而腰一直躬着，双腿半蹲在地上，时间长了两腿发麻，仿佛得了软骨病，站都站不起来。二是考虑了鲜食葡萄，还要兼顾着晾晒葡萄干，一筐一筐把葡萄送到荫房，再小心翼翼挂在晾杆上，爬上爬下，来回奔波，从早干到晚，身上一点劲都没有了。

农民难当，种葡萄更不容易，开花的时候害怕刮一场风，花被风吹了，一年的希望就破灭了。葡萄结果之际，更要防治病虫害，都说千里长堤毁于蚁穴，同样一次病虫害，可以让葡萄叶子发黄、果实干瘪，半死不活，心如下霜，干着急，难弥补，损失无法挽回了。

到了一定时候，要换葡萄架，木头的变成水泥的，可成本一下子就提高了。还有就是开墩压埋，人少了耽误农时，人多了却要增加开支，凡事都是矛盾。农民都讲一个实惠，不得利的事情，不敢贸然去做。尤其害怕葡萄丰收了，又没有了销路，这就要靠带头人、经济能人，把销路打开，让丰收变成一沓一沓哗哗作响的票子，农户的口袋鼓起来，跟着脑子也活泛起来，心里从此踏实起来。都说一分耕耘，才会有一分收获，种葡萄也一样，只有通过坚持不懈的辛勤劳动，保持一种对葡萄的一如既往的热情，才能使吐鲁番的葡萄根深叶茂，硕果累累，永远甜美，永远焕发蓬勃生机。

一根葡萄藤，最终可以成就一座葡萄园，一串葡萄，也能在人世间留下一个最甜美的传说。如今人们一听吐鲁番这个大名鼎鼎的名字，脑海里立刻会显现葡萄这个精灵，像珍珠，如玛瑙，甜丝丝，水津津，吃一串，醉人心，记一生。

两个甘沟，从东山到南山

　　乌鲁木齐地处天山脚下，不少地名都带一个"沟"字，以乡为单位，就有板房沟、水西沟和铁厂沟等，缩小至一个村，则有庙尔沟、葛家沟和灯草沟等。有的沟还重名，譬如白杨沟，一样的名字就有三个，即柴窝堡白杨沟、东白杨沟和西白杨沟。甘沟也是两个相同的名字，一个在东山，一个在南山。

　　实际上东山也是一个大概念，泛指乌鲁木齐东南沿天山一带，有工业，有农业，也有相当一部分牧业。甘沟地处一个狭长沟谷，向东和阜康接壤，朝北直达米泉，往西翻过一道梁，就是芦草沟，南边走到头，就是巍峨耸立的天山了。

　　从小学到高中，我们几乎每年夏天都要去甘沟，我们村上的旱地和甘沟连着，到了暑假时节，也正好赶上夏收，我们一帮男孩子结伴而行，去往旱地拾麦穗。拾麦穗是一件苦差事，太阳像个大火球，晒得我们头上冒黑油，口干舌燥之际，一次次跑下山去喝凉水，打水仗，直到一个个身上湿得如落汤鸡，这才说说笑笑回到旱地梁，弓着腰、低着头，继续两手简单机械地拾麦穗。

　　后来我们不满足于喝凉水和打水仗，而是纵深到甘沟林场一带，钻进密林，扒开草丛，在一片鸟语花香里掐"地皮"。"地皮"就是野草莓，个不算大，却很香甜，只是我们总是迟到一步，不是别人先下了手，就是被牲畜踩踏了，睁大眼睛找半天，才发现很少的一点，还不够塞牙缝呢。

不过我们却被甘沟迷人的景致所吸引。一条深沟，两边都是大山，沟里先是密不透风的榆树林，遮天蔽日，凉爽宜人，一条小河时而在眼前潺潺流淌，时而潜入细碎的沙石，不见踪影。除去清脆的鸟鸣，沟谷静得出奇，尤其到了"八层大楼"那里，放开嗓子喊一声，整个山谷都是一片回声。

"八层大楼"是我们给一处悬崖峭壁起的名字，那处峭壁是我们掐"地皮"必经之地，高得让人望不到顶，仿佛一块块巨石堆砌而成，却又层次分明，就像一幢高楼大厦，才冠之以"八层大楼"。

后来芦草沟乡在水上游兴修水利，搞了两个小工程，一个是潜水坝，一个是水洞子。实际上就是一个饮水工程，先将溪水截流，然后通过水洞子，将水引过山来，与其他水系汇聚，集中浇灌土地。起先没有经验，只顾摸黑朝前走，冷不丁一只手从眼前伸过，吓得人"哇哇"乱叫。后来就有意带一把手电筒，一边照着光亮，一边唱着歌，倒也其乐无穷。

这样一来，我们就有了另一条巡游路线，也就是先到达涝坝沟，再上一个达坂，猫着腰从水洞子穿过去，观赏完潜水坝天一样湛蓝的水景，然后头朝南去往月亮台子方向。

一听月亮台子这个名字，就倍感充满诗情画意，让人产生遐想，特别是在一个深秋的夜晚，正好有一轮名月从天山之巅冉冉升起，万里晴空，宛如一面银色的镜子高悬头顶，不由得怦然心动，"明月出天山"，不是仙境胜似仙境。

关于月亮台子，还有一个传说。据说此处原本悬崖峭壁，白云缭绕，高不可攀。只因崖顶生长一种仙草，成了人们魂牵梦绕之地。仙草功效神奇无比，即使病入膏肓之人，只要服了仙草，也会起死回生。仙草每年只长一株，而且只在皓月当空的夜半三更才能采到。这就难倒了许多人，只能望壁兴叹，听天由命。

有个年轻牧羊人，因其赛若仙女的恋人久病不愈，几近气绝身亡，他日复一日攀缘而上，从不停止。不幸的是，每当千辛万苦、锲而不舍、临近仙草生长之处，不是云雾遮月，就是错过时辰，一次次与仙草擦肩而过，无功而返。为了得到仙草，牧羊人遍体鳞伤，像个野人，披头散发、衣衫褴褛。更主要的是，年轻人自己也已皮包骨头，精疲力竭，几乎崩溃。然而就是凭着一种至高无上的理想信念，凭着对恋人那种矢志不渝的坚贞爱情，就在第七七四十九日夜晚到来的时候，牧羊人毅然义无反顾登上了峭壁，最终让恋人绝处逢生。

"八层大楼"是现代的名字，月亮台子有古老的传说，是巧合，还是一种暗示，我想只要我们具有战略眼光，这里的明天肯定会是另一番繁荣景象。

南山甘沟属乌鲁木齐县一个乡，距乌鲁木齐市50余公里，东邻永丰乡，南接后山和畜牧厅种羊场，西与昌吉硫磺沟及南山林场毗邻，北同西山104团和萨尔达坂乡草场接壤，以牧业为主，兼有一部分农业。

很久以来，甘沟就以旖旎自然风光、淳朴民族风情吸引着人们的眼球。以前或许不少人对甘沟这个称谓有点陌生，但只要提及"西白杨沟"和"菊花台"这两个地名，赞美之词马上脱口而出。

一个地处沟谷，沿216国道快至后峡入口处，向西一拐，先是看到参天的白杨树，在河谷茂密生长，继而一丛一丛的刺梅映入眼帘，沿途不是蘑菇一样的白色毡房，就是不时悠闲行进在路上的牛羊。往右边山上看，树很少，漫山遍野绿幽幽都是草场，向左瞧，山坡上长草，山坳里是树，郁郁葱葱的松树，仿佛列队等候检阅的士兵，挺拔俊秀。直到听到轰隆隆的瀑布从天而降，响彻山谷，这才到了白杨沟沟底。此时两边的山已经合拢，抬头仰望，只有一小片蓝天，满眼皆是高不可攀的山崖和壁障，路两边是树，头顶上还是树，简直就是树的世界。

一个则是山顶台地，从乡政府向南盘山而上，不一会儿就到菊花台了。所谓菊花台，顾名思义长满了菊花，风调雨顺时节，黄灿灿一片野菊花，开放在绿色的草坪上，与其他五颜六色的花草交织在一起，姹紫嫣红，绚丽多彩。菊花台最大的特点是平坦圆阔、视野纵横，背靠天格尔山极目远眺，天高地远，苍茫无涯，起伏的山峦，仿佛波涛，碧绿的草场，宛若地毯，一片一片的松林，就像泼了墨一样，让人满目生辉，心旷神怡。

正是因为山清水秀、景色优美，菊花台很早就成了休闲和度假的名胜之地。中华人民共和国成立初期，新疆省（现新疆维吾尔自治区）主席包尔汉在此疗养避暑。菊花台曾经又被称作"包尔汉台子"。如今旅游业已经成为支柱产业，甘沟乡与时俱进，着力打造旅游品牌，让菊花台重又焕发生机，不再拘泥于七、八、九三个月的黄金季节，而是一年四季游甘沟，春夏秋冬景不同。

我就想起那年夏天，陪国家体育总局冬季运动管理中心专家赴甘沟乡考察的情景。中国体育界冰雪项目有一句老话，说是"东北西北，两翼齐飞"，说明地处西北的新疆在这方面具有独特优势，因而选择一处理想的滑雪场就显得尤为重要。

实地察看了甘沟的地形地貌之后，专家评价很高，说这里的自然条件和雪质，完全可以和哈萨克斯坦麦迪奥滑雪场媲美。那天正好赶上下雨，我们先是徒步，后又骑马前行，虽说浑身都淋湿了，心里却是暖洋洋的。现如今冬季冰雪旅游搞得红红火火，滑冰的、滑雪的，几乎遍布南山各地，不仅有普及型场地，也有专业性质的，蓝天下，白雪上，身着光鲜夺目羽绒服的游客们，享受大自然美景的同时，放松了疲惫的身心，何乐而不为啊。

实际上甘沟还有不少好的去处，其中乌拉斯台就特别引人注目。乌拉斯台居于西白杨沟和菊花台之间，有一条简易道路相互连通，先上坡到台地，再下坡到沟谷，台地大而草深，是牧民打草的最佳场所，中间一条道，两边则用围栏保护，到了打草的时候，就看见牧民挥动偌大的钐镰，

"刷 — 刷 — "吃力地打草，不一会工夫，身后就是一大片倒地的草料，犹如绿色的带子伸向远处。

乌拉斯台草最旺的时候，可以达到人的胸际，淘气的孩子钻进去，没了头顶。有时候只听见草丛深处有动静，却不知何物在其中，忽然一阵风吹动，原来有几只羊露出犄角，再一次印证了那句古诗："天苍苍，野茫茫，风吹草低见牛羊。"

一次同去的一个阿姨，见到乌拉斯台如此美景，情不自禁挥动双臂，扭动脖子，一边哼唱，一边载歌载舞。或许受了感染，我们也不约而同踏着步子跳了起来，于是欢快的麦西来普，就这样在甘沟乌拉斯台天然舞台激情上演了。

三个白杨沟，三处别样的风景

在乌鲁木齐沿天山一带，有三个叫白杨沟的地方。从地貌上划分，一个属天山南坡，两个坐落于北坡。从行政区划上来讲，一个在达坂城区境内，两个归属于乌鲁木齐县。为了不至于混淆，人们习惯上把天山南坡的叫作柴窝堡白杨沟；而另外两个白杨沟，则因地处乌鲁木齐河上游东西两侧，就以东西白杨沟相称。

实际上在达坂城区成立之前，柴窝堡白杨沟也是乌鲁木齐县的一个行政村。九十年代之初，我刚到县上工作不久，就被派到这里蹲点，毕竟是第一次到牧区开展工作，凡事都感到新鲜和好奇，尤其是独特的景致和纯朴的民风，至今让我难以忘怀。

我就发现，柴窝堡白杨沟，仿佛一个藏而不露的大家闺秀，不身临其境，难以探秘她的美貌和别样的风情。即使现在从吐乌大高速公路经过柴窝堡的时候，除了看到一条柏油马路像丝带一样伸向天山脚下，很难想象那里却有一处别有洞天的好地方。

顺着柏油路一直向东，呈现在眼前的是一望无垠的半荒漠草场。一群群绒山羊，犹如一片片白色的云彩散落其中，悠闲自得，飘忽不定。而那高大的骆驼，忽而昂首挺胸，驻足四望。忽而一溜烟纵情奔跑，驼峰不停摇晃着，憨态逗人。越是纵深，越能体验山的巍峨和气派，一座座高耸入云的皑皑雪峰，好像饱经沧桑的白发老人，古往今来岿然屹立于苍茫大地，高山仰止，波澜壮阔，让芸芸众生肃然起敬。

或许因为沟口那些茂密的白杨树，才取了白杨沟这样一个名字，虽说就像白杨树一样普通和常见，却因耐旱和坚韧的高贵品质，被世人称颂。而我之所以对此情有独钟，除了当年那层工作关系，很大程度上取决于一种"穷则思变"的精神气魄。

白杨沟盛产各种矿藏，其中尤以石灰石最为著名。走进白杨沟，远远看见半山腰一片片白色痕迹，那就是最好的见证。有了自己的企业，手中就有了白花花的钞票，加之擅长放养绒山羊，到了刮绒季节，各路收购商纷至沓来，生活水平就有所提高。就以住房为例，当时就有不少人家盖起了砖木结构的房子，而且其他牧区学校都为没有浴室发愁的时候，白杨构学校率先建造了浴室，赢得一片赞许。还有一个很小却也是很现实的例子，那就是一到冬天，吃菜成了问题，就有人家学会了腌制咸菜和酸菜，吃着余香满口的熏马肉，就着脆生生的咸菜和酸菜，别人不羡慕才怪呢。

如今再到柴窝堡白杨沟，更是一派生机勃勃的景象，道路上一辆接一辆的大卡车来回穿梭，一排排的新式民居错落有致，除了小餐馆、修理铺和杂货店，还有人在水草丰盈的大山深处开起了旅游度假村。每逢双休日，就有城里人携家带口到此一游，平添一种新的亮丽风景。

最近一次去东白杨沟，还是去年五月的事情，因为事先换了登山鞋，一到目的地，我们几个同行者就在一个向导的带领下，体验了一次登山的乐趣。

东白杨沟是一个呈拐把子状的山坳，三面环山，一面是进出口。先是东西走向，到了尽头再拐向南坡，一处绿草如茵的狭长草坪映入眼帘。这里最大的特点就是林木茂密，一棵棵苍翠挺拔的参天大树遮天蔽日，依旧除了沟口那些白杨树之外，漫山遍野一律都是泼了墨一般的翠绿青松。

我们沿着毡房后面的那座山一步步攀登，不一会儿呼吸就变得急促起来。好在穿行于林间树下，耳边回荡着阵阵林涛，身上感受着清凉的山风，即使呼哧呼哧喘着粗气，却也感到无比的舒心和愉悦。见我们面红耳赤、头上冒汗，向导就建议走一阵，歇一阵，而且最好走"之"字形路线，这样既保持气力，还能一边走，一边欣赏大自然的美景。

真的是在城里待得太久了，满眼都是水泥砌造的冷冰冰灰色建筑，两耳充斥一片嘈杂的喧嚣，身心长时间处于紧张和疲惫状态。猛一置身于如此世外桃源一般山之野、仙之境，此地仿佛一个天然氧吧，甚至连空气都变成了绿色。我们突然好像换了一个人似的，不由得扯开嗓子喊了起来："噢嗨嗨，噢嗨嗨……"而且这边一喊，对面山上马上有人回应，一时间整个山坳都回荡着"噢嗨嗨"的声音。

都说无限风光在险峰，等爬到山头再一瞧，正南方一座雪山赫然入目，仿佛一面银光闪闪的白帆，光彩熠熠，硕大无朋，如同行驶在一片绿色海洋之中，劈波斩浪，奔向远方。再看脚下，除了松树还是松树，只有那块空地，宛如上苍铺就的一块毯子，绿油油、软绵绵，点缀于其中的毡房，就像一个个破土而出的蘑菇，白得鲜亮，美得醉人。

与东白杨沟隔河相望的，就是大名鼎鼎的西白杨沟。之所以西白杨沟被世人瞩目，一是开放时间久远，二是的确景色独一无二。在很久以前，说到乌鲁木齐附近的旅游资源，除了天池，大概就属西白杨沟了。

西白杨沟地处乌鲁木齐县甘沟乡，和其他两个白杨沟一样，村民以哈萨克族为主。因为和东白杨沟同处天山北坡带，也是林木繁茂，景色如画。所不同的是，西白杨沟沟更深，水更多，地面更开阔。因为在沟之尽头有一落差四十多米的瀑布飞流直下，所以又比其他景区多了一个看点，自然让游客趋之若鹜。

西白杨沟的白杨树也是集中在沟口，而且树龄都很长，一棵棵树木长得枝繁叶茂，到了深秋时节，树叶由绿变黄，金光灿灿一片，好像一幅浓墨重彩的油画，给人以遐想。之后就是一片一片的灌木丛，有蔷薇，也有刺梅。开花时色彩斑斓、蝶飞蜂舞，结果时红彤彤、紫艳艳。红果像一串串灯笼，甜甜的、绵绵的，拨开一瞧，有金黄色的籽粒和毛茸茸的纤维，纤维粘在手上不易去除，不小心弄在脖子上，痒得钻心。紫果酸酸的、脆脆的，含在嘴里，酸遍全身，酷暑当头最能提神，只是吃的时候要小心，不然嘴脸就像抹了紫药水，留有紫色痕迹。

靠南面的坡上全是密不透风的松林，就像刷了一层绿色油漆，绿油油一片。不但养眼，还涵养水分，就像一叶大地之肺，让空气变得湿润清净不说，也让慕名而至的游客身心舒畅，流连忘返。而就在那一片松林之下，则是一个不可多得的天然平台，平台上生长着绿草，仿佛一个偌大的绿茵场，是举行大型活动的最佳场所。

哈萨克族是马背上的民族，一些独具特色的传统游戏大抵围绕着骏马开展。随着旅游升温，西白杨沟保留了不少表演项目，既让远道而来的游客领略大自然的绝佳美景，又能体验少数民族的民俗风情，自然这也是一项让牧民腰包鼓起来的利好所在，一举三得的事情，何乐而不为。

赛马是牧民喜闻乐见的一项活动，骑手都是清一色的男孩子，而且不用马鞍。只见一个个小家伙策马扬鞭，你追我赶，围绕着绿色平台跑了一圈又一圈。往往是参赛者威风凛凛，人与马合而为一，仿佛风一样一闪而过。一会儿你遥遥领先，冲在最前头，一会儿他又后来居上，赶超过去。最着急的还是他们的父母和热心的观众，或是跟着马儿连跑带叫，或是打着尖利的口哨加油助威，仿佛把心都提到了嗓子眼，竞争真是激烈得很。

姑娘追也是很有意思的传统游戏，因为角色发生了变化，骑在马背上的不再是小男孩，而是风华正茂的青年男女。这项游戏吸引眼球的地方在于谈情说爱，开始的时候，男女双方并辔款款而行，其间小伙子可以向姑娘尽情表达爱意，而姑娘则洗耳恭听，丝毫没有厌烦之举。可当返回之时，情况很有可能发生戏剧性变化，要么姑娘追着小伙子一路狂奔，而且手中的马鞭不断抽打小伙子；要么姑娘的鞭子只是在空中高高悬着，却总也不忍心抽他一鞭。其中的奥妙看出来了吧。

还有一项就是叼羊比赛，很显然这是由篮球比赛演变而来。比赛双方全部换成了小伙子，不是抢上羊就跑得无影无踪，而是通过相互配合，把羊扔进高高在上的篮筐，哪一方命中率高，就算哪一方获胜。因为这是一项集体项目，而且又都是在马背上进行，不仅要靠充沛的体力，还要有高超的骑术，同样富有挑战性，充满悬念。

　　既然是在西白杨沟，自然不能忘了那座瀑布，而且因为瀑布是最后一道景观，就更令人向往了。想想看，在一个因为松林环绕四周，而只能看到头顶那一线蓝天的地方，突然有一座瀑布从悬崖峭壁飞泻而下，不要说那扑面而来的强大气流，仿佛一道白光在眼前一亮，就是那轰然落地的一声巨响，早已让人激情荡漾了。

"馕坑"一样的吐鲁番

　　第一次去吐鲁番，是在孩提时代，一个突出感觉，就是燥热难挨。尤其是刚开始那几天，即使坐在树荫下，坎儿井边，浑身的血液还是不断向上翻涌，脸像一个茄子，红得发紫。直到时隔二十年再去吐鲁番，我依旧不能适应那种炎热干燥的气候，胸闷、气喘，汗流如注，加之身处沙疗站特殊环境，脚底板也开始经受一种严峻考验。

　　一开始根本没想到沙子还会烫脚，但我一口气跑上沙丘，仿佛突然间站在一堆炭火之上，双脚开始有一种烧灼的感觉。我就像沙漠里的蜥蜴，轮换着抬起一只脚，散发热量。以前只听说气温最高时节，吐鲁番沙子可以烤熟鸡蛋，不曾想也照样烫脚，尽管我穿着一双皮鞋，烧灼依旧电流一样，穿透皮革，刺激神经，不跑下沙丘看来不行。可那三三两两的沙疗患者，怎么就能仍受如此煎熬呢？我就看到那些患者，或平躺着，或仰靠着，把自己的身体埋进沙子。有的头顶有一把遮阳伞，有的直接面对高悬的烈日，无一例外身旁有一陪护者，或提供饮食，或调整沙量，安然、自在，看不到痛苦的表情。

　　所谓"沙疗"，就是沙漠疗法，借助热沙做全身桑拿，透出一身汗，换来身体舒畅，同时因沙子含有磁铁等多种矿物质，通过热导作用人体，对风湿、关节炎、高血压等病有独特疗效。我就想到"以毒攻毒"这个词汇，就像吐鲁番戈壁滩的蝎子，维吾尔语称其为"依邪克"，尾部有根黑色毒刺，针尖一样钻心刺骨，如果不小心被伤到，即使年轻气盛壮小伙，也忍不住嗷嗷乱叫。然而据说蝎子就是上好的解药，亦如毒蛇之毒液，号称软黄金，价格不菲。

后来去吐鲁番的机会逐渐多了起来，特别是随着乌洽会成功举办，远道而来的宾客久仰火焰山和葡萄沟的大名，洽谈之余浏览胜景成了约定俗成。

火焰山远远望去真的就像火烧一样，蜿蜒起伏，一片红色，刺人眼目。《西游记》第59回"唐三藏路阻火焰山，孙行者一调芭蕉扇"这样描绘："正是西方必由之路，却有八百里火焰，四周围寸草不生。若过得山，就是铜脑盖，铁身躯，也要化成汁哩。"毕竟是一部神话小说，极尽夸张想象之能事，但有一点却是真的，就是热，异乎寻常的热。

然而很多客人，就是冲着这一点慕名而来。尤其是在火焰山，天空万里无云，太阳像金色的轮子光芒四射，这个时候或许没有一丝风，空气有可能仿佛静止。但就是有人或骑一峰骆驼，或一直徒步登高，在宛如熊熊燃烧的火的世界，感受一种从未有过的人生体验。

两边都是干山，中间一条沟谷，到了盛夏，一沟全是葡萄，因而又名葡萄沟，成了吐鲁番最具影响力的风水宝地。最干旱的地方，盛产最甜美的葡萄，除去吐鲁番得天独厚的气候条件，还归功于远处高高耸立的天山，因为有了天山，才孕育出一条奔流而下的河水，河水浇灌土地，土地长出葡萄，葡萄闻名遐迩，造福一方百姓。

后来内地的同学接踵而来，去的最多的地方，一个是喀纳斯，一个就是吐鲁番。其中有不少同学对坎儿井推崇备至，说坎儿井集中体现了民间百姓的智慧和创新精神，是农业发展史上一个重大进程，真正意义上的人间奇迹。这还是取决于吐鲁番的气候，干燥、炎热，降水极少，蒸发却极快，雪水从山上流下来，一部分渗漏，一部分蒸发，剩下一部分流进田地。远水解不了近渴，于是就有了坎儿井。具体讲就是先在高山雪水潜流处寻其水源，在一定间隔打一深浅不等竖井，然后再依地势高下，在井底修通暗渠，沟通各井，引水下流。因坎儿井是在地下暗渠输水，不受季节、风沙影响，蒸发量小，流量稳定，可以常年自流灌溉。

如果从天空俯瞰，坎儿井一眼眼竖井，犹如一颗颗珍珠，镶嵌在吐鲁番这片神奇的土地上，而串珠的丝线，就是那条源源不断的地下河流。因为一座火焰山，吐鲁番才被冠以"火州"这个别称，而由于坎儿井的存在，"火州"自然变成了绿洲。

还有一次陪同学去交河故城，直到夕阳西下，同学依然兴致勃勃，意犹未尽。同学是研究古文化学者，足迹遍布祖国各地，研究成果影响深远。同学告诉我说，寻访过那么多都市遗迹，只有交河故城历史最悠久，保存也最完好，而且因为生土夯筑而成，其研究价值难以估量。

同样因为干旱少雨，这座故城才保存得如此完整，即便今天徜徉其中，仍然感受到当初的规模和繁荣。城内市井、佛寺、街巷，以及作坊、民居、演兵场，历历在目，清晰可辨。最感慨的是偌大一座城池，就建造在一个居高临下的巨型高台上，仿佛一座柳叶形半岛，地势险要，易守难攻，而因脚底下两条河流由此交汇，故名交河故城。

一方水土养一方人，这在吐鲁番处处得到充分印证。有这样两个细节，一个是吃杏子，一个是喝烈酒。换作其他地方，吃了杏子再喝凉水，或许就要闹肚子，而吐鲁番恰恰相反，孩子吃杏子时，大人都要叮嘱一声："别忘了，吃完杏子喝一瓢凉水！"喝酒也是一样，冬天喝白酒驱寒，夏日饮冰啤降温，可一个吐鲁番朋友这样对我说，最热的时候喝最烈的酒，自然汗就出得最多，而排汗多了，顺带把体内的毒素也排走了。

说了这么半天，我还是要回到文章的标题，所谓"'馕坑'一样的吐鲁番"，基于这样一种思考：吐鲁番是我国地势最低和夏季气温最高的地方，因四周环山，形成盆地，就像一个馕坑，即使炉底火苗最终被灰埋住，坑口依然感到一种强热气流烘烤。而维吾尔语形容炎热的词汇中，就有"热如馕坑"一说，以此譬喻吐鲁番的气候，我看还是非常贴切的。

回故乡之路

去年这个时候，老家吐鲁番的亲戚给母亲打来电话，说是舅爷的儿媳患了重病，多日卧床不起，希望能见母亲最后一面。

母亲早年丧母，少小离家，为数不多的几个亲戚，几乎都在吐鲁番一个叫作恰特喀勒的地方。或许上了岁数，感情就脆弱，听到消息后，母亲第一时间让大妹给我打电话，说情况紧急，最好让我陪她回一趟老家。

说实在的，自打母亲离开生她养她的故乡，一门心思都扑在我们5个孩子身上，很少有机会回去看看，即使偶尔有过那么几次，也都是奔丧而去。说是去奔丧，实际是参加葬礼之后的"乃孜尔"。维吾尔族讲究入土为安，从速埋葬，头一天人亡，第二天送葬，如果路途遥远，事先没有得到消息，很难赶上趟。就像舅爷去世的那一年，因为交通和通信都很不发达，我们去的时候，已经是老人的40天祭日了。

去的机会少，我们对亲戚的印象，就全凭母亲时断时续的零碎记忆，和仅有的几次感性认识，其中承上启下者就是舅爷，一个留着山羊胡子的清瘦长辈。第一次陪母亲去恰特喀勒，舅爷自始至终不离我们一步，从这个儿子家出来，再到那个女儿家里，自己吃得很少，却不停给我们夹肉搛菜。"热娜罕昨天还是一个小姑娘，脸一转她的孩子都成大人了！"舅爷对母亲的印象还停留在遥远的过去，或许不可思议才看看母亲，又瞧瞧我们，即惊喜，又动容，话语不多，但泪水不少，一个慈祥而又和蔼可亲的老人，就像一棵大树，深深扎根于我们心中，久久难以忘怀。

　　仿佛传递接力棒一样，舅爷将一种割舍不断的亲情，通过母亲这个纽带，再一次把吐鲁番和乌鲁木齐连接起来。所以我非常理解母亲此时的心情，舅爷不在了，她就是两地唯一的长者，尤其当远在吐鲁番的姑舅弟媳弥留之际，多么希望得到母亲最后的关爱和慰藉，而她也急切想尽一个老人应尽的一份责任。

　　过去通往吐鲁番，只有一条312国道，其中有不少路段坑坑洼洼，颠簸难行，来回一趟要费很多周折。而今新修的吐乌大高速公路，宽阔笔直，上下双道，185公里路程一下缩短了距离，方便快捷。然而事不凑巧的是，前一日刚刚刮过一场罕见大风，特别是到了小草湖一带，风速依然很猛，车辆不得不减速慢行，计划两个小时的行程就大打折扣。

　　新疆有不少风口和风区，其中柴窝堡到吐鲁番就是其中一个。有一年到达坂城搞社教，正好赶上刮风，我们刚一下车，有几个人就满地追帽子，当地老乡就开玩笑说："一年一场风，从春刮到冬，让城里人尝尝风的厉害！"前两年吐鲁番一场大风，甚至将一列火车都掀翻了，至今让人心有余悸。

　　此时就听车窗外呼啦啦风响，仿佛车后有根绳子在拽着，车速提不提来，而且不时看到路边有车辆侧翻，一直到了吐鲁番市，风力才有所减小，而时间也到了中午吃饭时分。考虑到出了吐鲁番，不到20公里路程立马就到，就一路向南再朝西，直奔亲戚家而去。

　　很早以前对吐鲁番印象模糊，想着就是一个地理名称，大不到哪里去，脑子里没有区划这个概念。实际上吐鲁番是一个大范畴，包括吐（吐鲁番）、鄯（鄯善）、托（托克逊）两县一市，即便我们要去的恰特喀勒乡，东与三堡乡、原种场毗邻，西接艾丁湖，北连葡萄乡，南抵芒硝湖，总面积也有800多平方公里，尤其下辖若干村队，大抵都有新旧两个名称，加之地处平阔沙漠边缘，很少看到参照物，看似就要到达目的地，却老是就在周边打转转，鬼使神差一般，突然间稀里糊涂就"找不到北"了。

　　我们就不停和亲戚家电话联系，几次都说不远了，但始终到不了跟前。母亲就急了，说还是我们芦草沟好，去一大队，过了磨石嘴子就找到了，到二大队，一问公安厅煤矿都知道，找三大队，过了铁路就是，不像这里，满眼都是一样的树木和庄子，平整得让人分不清东南西北。

　　要找的亲戚，也就是舅舅，叫马合木提，我们一路走，一路打听，好几次都打听到了，然而顺着指引的庄子走过去，很快就发现背道而驰了。最后看到一个骑摩托的村队干部模样的中年汉子迎面而来，我们就主动鸣喇叭示意能够停一下，然后我再一次急忙下车，问好、握手，然后说出原委。中年汉子一听马合木提这个名字，就断定我们要找的是"马合木提阿凡提"，"阿凡提"就是老师的意思，还反问我们舅舅当了老师都不知道么，随之调转方向让我们跟着他前行。我没有听说舅舅从事教师一职，问母亲，母亲也很纳闷。跟着摩托车来到一个十字路口，中年汉子停下来指一指东边的村子说，过了村头那个杂货铺子，向左一拐，就到"马合木提阿凡提"家了，随即又调头原路返回。

　　显然是张冠李戴了，因为我们清晰记得，到舅舅家必须先经过一处坟地，其中有几座坟墓高高隆起，长方形底座，圆形拱顶，仿佛一座房子，为墓穴遮风挡雨。之后还要经过一片新修的温室，绿树丛中白花花的塑料大棚，阳光下熠熠生辉，十分显眼，而现在这一切都压根没有看到，绝对走错了方向。

　　都说乡下人到城里容易迷路，想不到城里人来到乡下也辨不清方向，我就突然想起一个最简单的问题，是不是我们一再问及的"克孜勒巴依热克"这个村名出现了差错？于是迫不及待打电话向舅舅进行确认，舅舅一听哈哈大笑："我就寻思着，牙长的一点路，咋就走了这么长时间，不是'克孜勒巴依热克'三队，是'克孜勒尤勒杜孜'三队！"果然是我们自己出了问题，一个红旗村，一个红星村，同样都带有一个"红"字，却南辕北辙，让我这个走南闯北的见多识广者大跌眼镜，无地自容。

于是再一问路，轻而易举就修正了方向。还是那条窄窄的乡村路，还是一溜排开的黄泥屋，伴随着越来越熟悉的一阵阵桑葚的芳馨，我们终于费尽周折，却又如释重负来到了久违的舅舅家。

最后需要特别提及的是，母亲此行吐鲁番，一住就是半个多月，神奇的是，眼看着就要走完人生最后一段岁月的舅母，就这样硬是一天天顽强地活了下来，尤为可喜的是，她最大的一个负担，也就是迟迟不谈婚姻大事的大龄儿子，终于给她领回了一个新媳妇。

都是母亲

一双布鞋

当今社会，鞋的种类五花八门，应有尽有。不要说都市，即便乡下也是每人都有几多双，春夏秋冬换着穿，不重样。尤其那些追逐时尚和潮流的少男少女们，不但讲究款式新颖，更要注重品牌，幸福并快乐着。

然而回想当年，姐姐穿过的衣服妹妹接着穿，哥哥嫌小的鞋子弟弟再换上，家家如此，一点都不稀奇。就算像我这样，破天荒成了恢复高考的第一届大学生，而且是远离家乡赴内地深造，身上也只是一件黑条绒棉衣，脚蹬一双旧皮靴，再加一条麻袋装着被褥而已，谁家生活都不富裕。

男孩子调皮，闲不着，爬树、登山，沟沟洼洼乱蹿，特别费鞋，一双鞋穿不了多长时间，脚趾头就把鞋尖顶破几个洞，俗称"麻雀出窝了"。穿着一双窟窿眼的鞋子去上学，不好意思，就故意收缩着脚趾头，怕女生笑话，等放学回家，脚就像抽筋一样，很难受，也很无奈。

当时石人沟三队有个"毛则都孜"，也就是鞋匠，但只定做皮鞋，一般人家没那个条件，也就望而却步。母亲看在眼里，疼在心里，买不起鞋子，自己做。然而说着容易，做起来难。就见母亲一次次往邻居家跑，一个上了岁数的汉族老奶奶，心灵手巧能剪纸；一个回族妇女村干部丁大妈，贤惠可亲针线活好。两个人手把手耐心体贴教母亲，母亲更是心领神会学手艺，时间不长就出徒动手真做鞋了。

　　从此母亲手不离剪刀、锥子和针线，而且让我们找来粉笔和报纸。先是让我们脱了鞋，把脚踩在纸上面，量尺寸，画大小，随后打浆糊，粘鞋模，最终剪成一个倒置的"U"字形，鞋的大概样子就算基本成型了。毕竟是穿在脚上的鞋子，磨损快，结实必须是第一位的，因而线要搓成合股。一个办法到供销社买成品线，一个办法到地里找麻秆，敲软剥皮撕成麻线，虽费工却省钱，母亲不怕麻烦，夜以继日，一门心思都用在为我们做鞋上，很专心，也很费力。

　　黑面白底布鞋，上面平绒，脚底白洋布，一周要留出白边，鞋底针线一定要密。关键就在纳鞋底上，先用锥子穿过去，再用大号针把线领回来，一进一出一个线疙瘩。锥子要使劲用掌往里攘，线要缠在手上用力往外拽，一攘一拽，循环往复，即便带着顶针，手指被戳的事情随时发生，有时候血把母亲的手指都染红了。但我们总算穿上了母亲亲自做的布鞋，特别珍惜，也特别自豪，穿在脚上，喜在心上，走在路上时不时抬脚看看鞋底，密密麻麻的线疙瘩，横平竖直、整齐划一，简直就像机器做的鞋子一样美观、上档次。不要说村上的维吾尔族人家艳羡，就连左邻右舍汉族和回族妇女都跷起大拇指，直夸母亲不一般呢！

一件遗憾事

　　都说孩子的出生日，就是母亲的受难日，因而女人生孩子，丈夫天经地义就应该守在妻子身边。然而妻子生儿子的那一天，我却没有出现在产房的门前，甚至连医院决定要给妻子做剖宫产手术，急需配偶签字的紧急关头，最终都只能由羸弱的母亲代劳，不能不说是一件最为遗憾的事情。

　　那是1985年的1月份，我正在一所乡村中学担任校长，因为临近放寒假，学校正处于期末考试最紧张、最忙碌的阶段，几乎从早到晚都没有闲暇的时候。大概10号那天，妻子突然肚子疼，而我又不在家，父亲拦了一辆拉石头的汽车，就这样让母亲和妻子急急忙忙去了最近的石化医院。等我忙完期末考试再赶到医院，已是1月13号，也就是妻子生完儿子的第二天下午，整整迟了一天半的时间，错过了人生的一个重要关口。

我像一个做错了事的孩子，低着头，红着脸，默默站在床头一动不动。妻子和母亲婆媳俩，一个躺在病床上，一个坐在凳子上，一边唏嘘流泪，一边絮叨着我的不是。妻子说没有人在手术单上签字，吓坏了婆婆，不签字又不行，急了就浑身颤抖哭成了泪人，妻子就可怜母亲，说让母亲受累又受罪，最后还是在妻子一再告诉母亲没事的情况下，母亲才战战兢兢签了字。母亲说担心妻子和孩子有个三长两短，责任担当不起，即便儿媳再三鼓励，依旧觉得那支笔就像一块大石头，分量太重了，几乎拿不起。

然而当护士把儿子抱过来的时候，一切都烟消云散，不但我喜上眉梢，一声声喊着："儿子，儿子，快让爸爸抱抱!"妻子和母亲也随之判若两人，一起盯着儿子和孙子，如释重负，破涕为笑了。

所以当30年以后，当儿子也准备当爸爸，而我要迎来自己孙子出世的关键时刻，我就下定决心，不再留下遗憾，一天三次见缝插针赶到医院，和亲人们一起守候在产房门口，焦急地等待，热切地期盼，不停地张望，只要听到有哭声，就马上以为孙子出生了。最终功夫不负有心人，总算在第一时间迎接到了孙子来到这个世界。说真的，当医护人员和儿子推着病床从产房出来，激动又高兴的我，不但心"砰砰"跳得厉害，两眼也刹那间一片湿润了。

一次偶然发现

在过去，男主外、女主内似乎约定俗成。而女人打理家务，除了做饭、看孩子，缝缝补补是最起码，也最不可或缺的一件重要事情。所以古人孟郊就有这样的诗句流传至今："慈母手中线，游子身上衣。临行密密缝，意恐迟迟归。谁言寸草心，报得三春晖。"可见针线活在一个家庭的特殊作用。这一点，在母亲身上得到充分体现，在岳母那里更是发挥得淋漓尽致。

我们家五个孩子，针头线脑的事情不算少，而岳母家四男四女八个孩子，针线活更是从早做到晚。因为是在一个队上，啥时候到妻子家，都看到岳母坐在缝纫机前，戴一副老花镜，不是裁裁剪剪，就是缝缝补补，就像一个老裁缝，手不离米尺，脚不离缝纫机踏板，一年四季总有一堆干不完的活。实际上岳母就是一个好裁缝，不但承担了全家大小拆洗、修补和缝纫新旧衣裤的重任，左邻右舍上门来也是有求必应，且从不收费。那时候孩子比较费裤子，一个是膝盖，一个是臀部，找了合适的布料配上，再一圈一圈走针线，布料一个颜色，缝线又是一个颜色，就像学校画好线的运动场跑道一样，色彩鲜明，做工细致，而又结实耐穿，成了一种时髦，所以很多人至今记得岳母的好。

后来社会进步，生活节奏加快，服装成品化已成为一种趋势。批发、零售、定做，很方便，也很实惠，省了心，节约了时间，解放了生产力。即便干洗一下衣服，裤腿锁个边，都不用你自己亲自动手了，甚至不用出门，就可以从网上购置东西了，的确以前让人想都不敢想。

所以在城市，很多家庭已经没有缝纫机了，有些年轻人家里，或许都没有了针线盒，而女红好像也不再是一个女人必须具有的生活技能了。真正成了一个衣来伸手、饭来张口的时代，即使最简单的事情，别人都已经开始为你代劳了。

然而事情也并非全都如此。就在那一天，一个偶然的机会，我突然发现一个女士，不慌不忙从挎包里拿出茶杯，放到桌子上，又不动声色戴上眼镜，脱下大衣，拿出针线，聚精会神缝纫起了一枚纽扣。这位女士就坐在我身边，而那也是一个开会前的等待时间，一些男士在过道吞云吐雾，一些人在聊天，一些人在玩微信，而她忙里偷闲，见缝插针，就这样专心致志缝着她的大衣纽扣。"想不到书记也会做针线活？"我有些好奇，很是吃惊地问她。她抬头看了我一眼，莞尔一笑。"举手之劳的事情，做一件是一件！"随后重又低下头，一针一线缝起了纽扣。那天她一袭工装，面带微笑，脖子上一条红围巾，特别鲜艳。而她戴一副眼镜做女红的淡然神态，就像一首春天的赞美诗，在我的心头掀起波澜。

父亲活在心中

父亲故去已整整十八个年头了，每当忆及往事，他的音容笑貌就浮现在眼前，仿佛回到过去，让我心潮起伏、思绪万千……

其实父亲很普通，也很淳朴，就像路边的一棵无名小草，不事张扬和炫耀自己。但这却丝毫也不影响他大海一样的胸怀，大山一样的境界。所谓大爱无声，就是父亲这种高尚品格的完美体现。

说起来，或许别人不会相信，就是父亲这样一个连自己的名字都不会写的睁眼瞎子，却长期担任生产大队长和村支部书记的职务。而且需要说明的是，我们所在的那个村子以汉族和回族居多，而维吾尔族人家星星点点，成了真正的少数民族。所以人们称呼父亲时很少用"热合曼"这个名称，都缩减成了"热书记"或者干脆就叫"老热"。

别看父亲没上过一天学，脑子却很好用，尤其记忆力特别强。不管村里春耕秋播、修桥补路，还是邻里间张家长李家短，心里都有一本账。大事小事分得清楚，轻重缓急排列有序。举一个家里的小例子，就最能说明问题。因为父亲是在村上任职，各种经济往来就不少，因而身上经常装着各种票据，可是如何正确区分这些票据，就成了一项重要工作。

记得那些日子最怕父亲让我们认票据，因为这些个票据往往书写潦草，简直就跟天书似的，让人猜都猜不出来。所以一到这种时候，我们弟兄三个你推我推你，都不愿意接受这个苦差事。"你们是怎么上的学，难道连几个简单的字都认不出来？"父亲总是这样教训说，却始终不曾动过谁一指头。好在父亲记忆超群，只要我能蒙对票据上的一两个字来，他马上就能回忆起这张票据买了什么，价格是多少，经手人是谁。所以久而久之，我就找到了一个窍门，认字不认字，先认半个字。还果真加快了速度，十几张票据一根烟的工夫就能拿下，再也不像以前，既耽误时间又紧张得头上直冒汗了。

那些年我们家就像是一个车马店，你走了，他又来了，整天都是闹哄哄的，害得母亲忙进忙出，没有片刻闲暇时间。杂七杂八的事情没完没了也就罢了，要命的是经常要管吃管住。自己家里都是吃了上顿愁下顿，再去兼顾别人实在是"巧妇难为无米之炊"了。我们那时吃得最多的是叫作"乌麻什"的玉米面糊糊，十天半月做一回抓饭包子，也都是素的，且往往是客人优先。于是我们就盼着老家吐鲁番的亲戚，只要亲戚一来，就会带上一大包干馕，我们就过节似的，一人泡上一大碗，美美享用这饕餮大餐。既然人都吃不饱，事关农业生产的牲畜也同样缺草少料。尤其到了冬天，父亲就开始吉木萨尔乌鲁木齐来回跑，一趟少则三两天，多则一个星期。一趟一趟的草料是运回来了，但忍饥受冻的父亲却瘦得人不人鬼不鬼的，不成个样子，看着让人心疼。

我对父亲充满敬意，不仅是他经历坎坷却豁达乐观，而且是他对子女学业的强有力支撑。在那样的年代，同时供养五个孩子读书，且没有一人因为种种事由中途辍学，实在是一件了不起的事情。他纯粹是一个文盲，却始终坚信知识的力量，所以才义无反顾、倾其所有，让我们从小学读到中学，再从中学读到大学，一步一个脚印地走下来，其良苦用心一辈子受用不尽。我是恢复高考后的第一届学生，也是我们村上第一个土生土长的大学生，因为是第一次出远门赴内地求学，父亲就亲自送我。先是搭乘运煤车，进城后再挤公交车，到火车站将我送上车厢后，他才长舒一口气，蹲下身子稍做休息。但由于车上人多，而我的座位偏巧不朝向月台，见不到我的父亲干脆从火车下面钻到对面，看我正在座位上坐着，似乎有所放心，这才复又蹲下身子，卷上一根莫合烟，一边抽着烟，一边目不转睛地望着我，我突然觉得鼻子一酸，眼泪就流了下来。而今，每年寒暑假我都会送一双儿女离乡返校，一到火车站，当年的那一幕就会历历在目，让人久久难以释怀。

父亲因为不识字，就对听广播格外上心，当时户外是高音喇叭，而户内墙上则挂着一个小喇叭，再接一根地线埋在地下，为了保证收听效果，埋地线的地方还要经常保持湿润才行。这就是当时农村生活的真实写照，幸亏有这样一个小喇叭，才让贫瘠和闭塞的农户人家有了一个了解外面世界的渠道。别看一个四方形的小话匣子，看上去也很不起眼，却硬是成了我家的稀罕物，被悬挂在门框上方最显耀的位置。按照父亲的指示，我们几个孩子还要隔三岔五轮流踩着凳子、踮着脚跟，用抹布小心擦拭，直到话匣子外表光洁透亮为止。小喇叭每天分早中晚三个时段播出，这三个时段也正是庄户人家吃饭的时候，一家人围坐在饭桌旁，一边吃着粗茶淡饭，一边听着广播，如果家里有什么事情，也借这个机会顺便交代了。怕的是这个时候有重要新闻，或者是乡里有个什么会议通知，那样我们就只有听的义务，而没有说话的权利，甚至吃饭带出声响都不行。只见父亲放下饭碗，蹲在地上，手上卷着莫合烟，仰着脑袋两眼一直盯着墙上，仿佛我们今天盯着电视屏幕，看得见里面人物的一举一动。如果此时恰好遭遇刮风和下雨，喇叭有杂音，刺啦啦乱响，父亲的脾气就上来了，吹胡子瞪眼地让我们赶紧处理故障，生怕错过了重要新闻。

父亲主外是一把好手，家务劳动也不在话下。就拿我们家盖房打土坯来说，看着就是一种享受。父亲在正式打土坯之前，都要美滋美味地抽上一根莫合烟，然后才脱掉鞋子，挽起袖子，非常麻利而有节奏地去完成各道工序。父亲说打土坯有两道工序特别讲究：一是和泥，二是抓泥。泥和得不到家，就像没有和好的面一样，揉不到一起，即便勉强打成土坯，质量也不会过关；而抓泥则必须一次成功，不然要么多了要么少了，来回跑趟子不说，还耽搁时间。一般劳力一天也就打上二三百块土坯，而父亲最高纪录是五百块，真是神了，冰冻三尺非一日之寒啊！

除此之外，父亲有一大嗜好，就是下"方"。与围棋和象棋的场面不同，下"方"的情形有些特别，吵吵嚷嚷且尘土飞扬。尤其在家里的时候，其混乱程度让人接受不了。别人都是车轱辘似的轮着来，好歹有个接替，父亲则一蹲就是大半个晚上。因为要用手指不停地画"方"盘，就索性一只手上戴了手套。一只手调兵遣将，在地上摆弄着"方"子，另一只手则托着腮帮子，由于手套上都是土，脸上难免留下几道土印子，总给人一种灰头灰脸的感觉。后来父亲经常喊头痛，或许和下"方"有一定关系。我就劝父亲别再下了，"几个小时蹲在地上一动不动，影响血液正常循环，不头痛才怪呢？"我说。父亲嘴上应着，却就是不改，只要我不在家，总是偷偷摸摸在下。有一回分明被我瞧见了，父亲却硬是急忙用脚把土块疙瘩和小木棍（"方"子）踢向墙旮旯，然后像个孩子似的，红着脸和对手岔起乱话来。不过额头上那一片明显的土印子却留了下来，让我哭笑不得。打这之后我就有些于心不忍，不再干涉父亲下"方"。再后来我家搬了一次又一次，楼房越住越宽敞，但父亲从未住过一回。有一次我甚至急了，非要逼迫他来城里住上几日，但最终未能如愿。父亲过世后，我曾就此专门问过母亲，母亲告诉我说：不是父亲不想进城，而是怕给儿女添麻烦。

古人说："子欲养而亲不待。"到此时我才有了刻骨铭心的体验。父亲对我们恩重如山，而我们对他却很少回报，实在是汗颜和愧疚。于今我也有儿有女，如何去传承和发扬父亲的优良品行，我想路还很长很长……

与歌相伴

一段时间以来，我的晨练路线都是相对固定的。每当东方欲晓，大地笼罩在一片氤氲之中。街上行人很少，除了间或一辆汽车风一样驶过，四周静悄悄的。

这个时候，我已跨过宽阔的马路，沿着一溪潺潺清流，来到一片密林之中。呼吸着新鲜的空气，聆听着鸟儿的鸣唱，让身体通过生命在于运动的体验，感受一种全新的都市生活。

就这样，每次出过一身汗之后，我都要习惯性经过一个小区，然后来到菜市场，捎带买些早点和蔬菜，晨练才算画上句号。

我所经过的小区，是在原有基础上扩建而成的，新老建筑浑然一体，规模不小。加之一所大型综合医院坐落其中，沿街店铺林立，生意兴旺，从早到晚人来车往，一派繁忙景象。

自然，每天早晨，我就会看到保洁员劳作的身影。

保洁员都是按片区划分责任的，一把大扫帚扛在肩上，小笤帚和簸箕放在清洁车里。一路走一路打扫，神情专注，动作麻利。像一只不辞辛苦的啄木鸟，为城市清除污垢；又像一只快乐的蜜蜂，给人们送上一缕温馨。

注意到她，还是一个细雨霏霏的春天。

那天我刚好经过小区的时候，天上淅淅沥沥飘起了毛毛细雨。杜甫诗曰：好雨知时节，当春乃发生。从小与诗文相伴的我，沐浴在洋洋洒洒的雪花一样无声的细雨中，不由心旌摇荡，诗兴而发。然而就在这个时候，天上的霏霏细雨忽然变成了瓢泼大雨，不等我反应过来，就已经像个落汤鸡，刚酝酿了一半的诗作，仿佛小鸟一样一去不回了。

我就就近躲在一片廊檐下，等雨水过了再说。这个时候，我就隐隐约约听到有歌声从对面传来。起先，我还以为是对面楼上的歌声，抬头望去，楼上窗户关得紧紧的，不像是那里的声音。再望楼下门洞一瞧，发现有个人倚墙而坐，仔细一听，歌声原来是从门洞里传来的。

似乎注意到了我的存在，歌声的音量转而由弱变强，我就知道这歌声是由收音机发出的。是著名的帕夏依夏的女高音，那样高亢和嘹亮，让我感受到一种民歌的魅力，心情再一次激动了。

雨很快又停了下来，在我准备离开的同时，门洞里的人也走了出来。是个女的，而且就是一个保洁员。就见她扛着扫帚，拉着清洁车，在帕夏依夏歌声的陪伴下，沿着马路忙碌起来。

以后路过这里的时候，我就有意识放慢脚步。只要听到歌声，我就知道是她了。和其他几个保洁员相比，她的年龄好像年长一些，个头不是太高，身体也有些消瘦，乍一看去，给人一种力不从心的感觉。可是工作起来就好像换了一个人似的，浑身有一股使不完的劲。扫帚所到之处一尘不染，而且不放过任何一个拐角旮旯，即使藏匿在花砖下的纸屑和瓜子皮，也都被她清除得干干净净。这就好像她身上的工作服，从来都是刚刚洗过似的，让人看着舒服。

我发现她的收音机是装在上衣兜里的，这就丝毫不影响她的工作。仿佛一个流动的音箱，走到哪里歌声就跟随到哪里，成为马路一景，让不少路过者驻足欣赏。

都说保洁员是马路天使，因为他们的存在，才使我们所居住的城市始终保持一种干净整洁的环境。就像她一样，虽说只是其中普普通通的一位，却用自己的心血和汗水换来了社会的认可和尊重。我觉得她就是一道城市风景，挥舞着一把大扫帚，就好像书法家挥毫泼墨一样，有一种游刃有余的大家风范。

所不同的是，她始终与歌相伴，通过悠扬悦耳的歌声，让劳作不再成为简单枯燥的重复，精神上收获一种愉悦和慰藉。而且随着时间的推移，我也仿佛受到一种感染，如果哪一天错过和她相遇，就觉得少了什么，心里有些不太对劲。

然而更多的时候，我还是和她如期相遇。扛着扫帚，拉着清洁车，人未到，歌声先来。说真的，我也是打小听着收音机长大的，即使随着网络时代的到来，我的床头依旧放着一台收音机。然而，我都是以听新闻和体育节目为主，听歌的机会很少。所以每当这种时候，我总觉得这是一种意外补偿，因而特别留意她所带来的歌声。

"不登上巍峨的高山，

美好的前程难得看见；

不骑上黑色的走马，

难以穿越茫茫荒原……"

这是木卡姆当中的一个片段，传至我的耳边，有一种打动人心的力量。我磨磨蹭蹭移动脚步，注意力集中到歌声之中，似乎有点忘我的感觉。

"声音再放大一点吧！"一个女人的声音。

"声音再大就成喇叭了。"她回答。

"老公的病好一点了吗？"女人问。

"托你的福，好一些了。"她说。

"你可真行，一点都不知道苦和累。"女人又说。

"有歌声陪伴着，就忘记什么是苦和累了。"她回答。

问她的也是一位保洁员，穿一身和她一样的天蓝色工作服，脸上一副羡慕的表情。这期间收音机里的歌声一直没有停止，而她一边和那个女人交谈着，一边依旧没有放下手中的工作。只见她一会儿扫着马路上的垃圾，一会儿折转到人行道上，蹲下身子清除砖缝里的污物，一心二用且互不影响。

后来外出学习的缘故，我就错过了经常和她照面的机会。等学习归来继续我的晨练行动，就真的再也没有看到她的身影，而与之相伴的歌声，也随之成为一种永久的怀念了。

"恩格尔"先生

第一次见到"恩格尔"先生，是在20年前的一个冬天。当时乡上举办一期统计培训班，"恩格尔"先生作为上级单位业务权威，亲临现场进行面对面集中辅导。

原以为"恩格尔"先生腋下夹着公文包，鼻梁上架着高度数眼镜，是一个严谨古板的文弱书生。等到了培训班上才发现，他一不近视，二不带任何资料，取下帽子，脱了大衣，一坐就是一个上午，而且因为紧密联系农村实际，采用的又是互动式教学方法，其间没有一个溜号的，效果很好。

也就是在这次培训班上，我们第一次听说德国统计学家恩格尔，和以他的名字命名的"恩格尔系数"。而这个系数又与农村奔小康的标准关系密切，就是说在一个家庭消费结构中，收入越少，用来购买食物的支出比例就越大，推而广之，国家就越穷。所以提高农民收入，必须从改变消费结构上做文章。

或许正是因为分析得深入透彻，就有人索性称他"恩格尔"先生，而将其原名塔依尔抛在了脑后。他先是一本正经，连连摇头，说"不敢当，不敢当"，继而哈哈一笑，欣然接受了。

后来我的工作发生变化，和他在一个楼里上班，相互见面的机会就多了起来。有时候还和他一起走村入户，甚至偶尔住在乡下，一聊就是一个通宵。我就发现，"恩格尔"是一个很有特点的人物，尤其在穿戴方面，冬季和夏天反差很大，判若两人。到了冬季，他就表现出追逐时尚的一面，头戴哥萨克式船形皮帽，脚蹬一双高腰皮靴，而一件款式新颖的大衣总是披在肩上，配之以长长的一条围脖，显得特立独行、潇洒气派。可是到了夏天，则一反常态，不修边幅了。总是一件长袖衫，没见过打领带，裤子皱皱巴巴，鞋子失去原色，因为天生一头卷发和长时间不刮胡子，看上去根本不像一个知识分子。

其实只要仔细一琢磨，就又觉得非常合乎情理。夏天他的工作环境主要是在田间地头，土里来泥里去的，虽说身上脏了，他这个"土专家"的心却和庄户人贴得近了；而冬季就不一样了，大田的劳作均已结束，主要精力都用在业务培训和面授机宜上面，而且因为都是在室内进行，穿戴整齐和时尚一些，也和他为之奋斗的奔小康目标相吻合，以期达到"土洋结合"的示范作用。

如今城里人都抽名烟，特别是一些坐机关的，似乎身上不装一盒名烟，就不能显示自己身份似的。"恩格尔"也抽烟，而且烟瘾不小，一根接一根的，食指和中指都熏黄了。不过他抽的不是名烟，而是地地道道的地产货——莫合烟，劲越大越好，就是乡下人所说的要靠着墙抽的那种。这种烟味冲不说，还火星四溅，他的衬衫布满一个个小洞，就是被烟烧的。我曾问过他，都啥年代了，咋还抽这种烟，他却非常神秘地告诉我是因为怀旧情绪。

很快就在一个农户家里得到印证。那是好多年前的一个晚上，我们来到一农户家里，打算通过抽样调查，了解一下他家人均收入情况。起先人家不太愿意配合，东一榔头西一棒子，说一些不着边际的事情。只见"恩格尔"先生不慌不忙掏出烟和纸，卷了一根莫合烟递过去，划一根火柴帮其点燃，然后自己再卷一根美滋滋抽着。原本敷衍的庄户人仿佛突然遇上了朋友似的，一下子打开了话匣子。从他家种了多少地，养了多少牲畜，谁看病花了多少钱，卖一头牛又赚了多少钱，一五一十算得头头是道，毫厘不差。临了还不忘赘上一句："好长时间没有抽过这么硬棒的莫合烟了，过了瘾了。"

除了抽烟，"恩格尔"也喜欢喝点小酒，不过酒量有限，几杯酒下肚之后，话就多得收不住口，弄不好还会像孩子一样哭哭啼啼。一次周日我去办公室找一个电话号码，碰巧他也在单位加班，于是非要拉我到门口小餐馆喝酒，我就硬着头皮去了。两人一瓶二锅头，几样小菜，一边杂七杂八聊着，一边你一杯我一杯喝着。没想到酒过三巡之后，他就莫名其妙端着酒杯开始哭了，一把鼻涕一把泪的，似乎非常伤心，搞得我不知如何是好。我就劝他想开些，或者干脆扶他回办公室，大庭广众的，让熟人碰上了不好看。他却说："老兄你放心，我把握着分寸，不会出洋相的。"话虽这么说，可就是坐着不动，依旧一边喝一边哭，让我的心里也酸酸的。

实际上听了半天也没有听出什么名堂，我就怀疑他有心理压力，只是借酒宣泄一下情绪而已。然而不料想事隔几年之后，我又遇到他哭过一次，不过这次不是因为喝酒，而是在一次相当规模的业务大会上。

因为那次会议分管领导出差在外，就临时决定由我主持，轮到"恩格尔"先生安排下一阶段工作，说着说着他就止不住哽咽起来，而且不时站起身向台下鞠躬，意思是拜托各位给他一个面子，尽快把耽误的工作赶上来，否则影响了大局他担当不起，我几次让他坐下来慢慢说，他就是不肯，甚至到后来几乎有点泣不成声了。

后来我才了解到，这是一项紧急的工作，因为相关数据没有及时汇总上来，招致有关方面不满，这才走此下策，以泪相求。后来我又调动了工作，从此很少见到"恩格尔"先生。

突然有一天，他却从天而降似的来到了我的办公室，而且满面春分，谈笑风生，告诉我他现在已经在市里工作，尤其是盼望已久的县级待遇也解决了，言语间不难看出他有多么满足和欣慰。

他是为一个知青同学的工龄计算问题找我来的，因为负责此项业务的同志恰巧去了企业，我就留下电话号码，让他过后电话联系。"恩格尔"先生非常感激，小心翼翼接过纸条揣在怀里。"找时间我做东，叫几个老同事好好聚一聚"，临走时他一再叮嘱说。

然而就此一去，却成了永久的生离死别。当我后来听到他没过几天就突发疾病不治身亡，一下子陷入了悲痛的深渊。特别是当那位知青同学带着我写的纸条，无不惋惜地来到面前的时候，我不由得睹物生情，感慨万千，一任泪水纵情而流。

永别了，"恩格尔"先生。

都是朋友

儿子喜欢小动物，到了乡下，总爱往山上跑。这让父母很担心，说山上有蛇，毒性大，不小心碰上了，跑都来不及。儿子就安慰说，他手里拿着棍子，一边走，一边打草惊蛇。如果真的遇上蛇了，他也不害怕。因为他是学校足球健儿，速度跟国家队高峰一样，脚下一提速，蛇连屁都闻不上。

有没有碰到过蛇，我们不清楚。倒是时不时带回来一些小虫子，会飞的蚂蚱、滚粪团的屎壳郎，还有紧要关头丢下尾巴逃生的壁虎，妻子就叨叨：不怕蛇咬，也不嫌虫子脏啊，快拿出去扔了，恶心死了。儿子费劲巴力弄回来的东西，咋能说扔就扔了，只是由捧在手里，转为存放在瓶罐之中，等回城时偷偷塞进背包，掩人耳目。

不听大人言，吃亏在眼前。一次去父母家，高高兴兴跑出去，不大一会儿，鼻青脸肿缩回来了。问及原因：被蜜蜂蜇了。我出去一看，蜂窝就在路边桥下涵洞里，显然蜂窝被捣毁了，四处都是残留物，而蜜蜂一点都没有放弃的意思，飞进飞出，"嗡嗡"的声音直升机似的，让人不敢靠近。再看儿子的额头、面颊，好几处都起了红包，上面还抹了不知谁的鼻涕（民间有鼻涕止蜂蜇痛的说法），脏兮兮的，狼狈不堪。

后来虽不再轻易捉这逮那，可迷恋小动物的秉性还是很难改变。先是非要我们买一个鸟笼子，再配一对虎皮鹦鹉，挂在阳台晾衣竿上，观其行，听其鸣。美其名曰在完成家庭作业，心思却总是在鹦鹉身上。续水、添食，或者清除鸟粪，能干的活他都干了，不再让我们操心。甚至有几次再到爷爷家，他索性提着鸟笼子，让老人看新鲜。父亲就开玩笑说："电视上都是老人在遛鸟，轮到我们家，却是孙子提着鸟笼子，莫非你也是个小老头啊！"

后来不知怎么搞的，鸟笼子的小门突然开了，一只鹦鹉跑出来，翅膀扑棱棱一扇打，就从敞开的窗户飞走了。落单的那只鹦鹉，从此萎靡不振，没有心思吃喝，也不再鸣叫，仿佛被遗弃的孤儿，一副可怜兮兮的样子，令人心痛。后来又去买了一只鹦鹉，品种和颜色都接近一致，但很难达到最初的亲密、和谐。有时相反还要争斗，叽叽喳喳，跳上跳下，搞得羽毛都掉了，在空中乱飞。妻子怀疑异性相吸，同性相斥缘故所致，最后眼看着一笼不容"二鸟"，就干脆打开笼子，将鹦鹉放生。

然而室内干燥，容易上火，儿子就又动员我们养鱼。一则可以观赏，二则增加屋内湿度。于是买了小鱼缸和五六条鱼儿，红白黄红四种，浴缸里游来游去，屋内有了动感和生气。然而时间不长，红黄白三种鱼都先后翻了白肚，漂在水面上。只有那条黑鱼，摇着尾巴，嘴一张一张，瞪着眼睛坚守着。我就以为先前那几条鱼，可能儿子一时疏忽，耽误了喂鱼，有可能就是饿死的。从而一日三餐，按时按点，将最后一条黑鱼，一顿不差供养着。同样好景不长，一个月之后，那条黑鱼也在没有任何先兆的情况下，悄无声息离开了我们。

于是再买鱼儿，而且大的放进鱼缸，小的养在圆状透明玻璃花瓶里。可是依旧天有不测风云，先是花瓶的小鱼相继死亡，随后传染病似的，鱼缸里的鱼，也无一幸免，一个不剩地死了。我们就分析，花瓶里的鱼是缺氧所致，而鱼缸里的鱼是得病而死。后来经行家点拨，才知道鱼儿没有饿死的，只有撑死的。我们那些鱼之所以没有活下来，很大程度上是鱼食喂得太多了。

一天儿子去小舅那里，正好看见小舅要把一只雪橇犬送人。雪橇犬个头大，富有耐力，而且长得有点像狼。以前电视里看到过，北美雪原，茫茫无垠，七八只雪橇犬，拉着爬犁，长途奔驰，不达目的，丝毫不会松懈，真正意义上人类的忠实朋友。儿子告诉我，小舅的那只雪橇犬是别人送给他的，现在他又要转送给别人。虽说只有短短几天，雪橇犬就和他形影不离，这一点儿子也有切身感受。刚一见面，它就摇着尾巴，立着前爪，仿佛站起来一样，和儿子亲热，如同久违的亲人，有一种相似拥抱的感觉。而到了小舅相约的地方，突然看到一个陌生人等候在那里，本来跟着一起下车的雪橇犬，就跟有了预感似的，重又扭头往车里钻。好不容易拉出来，关上车门，雪橇犬就开始围着车子转圈，让小舅的朋友无法靠近。见小舅把绳子递给朋友，自己钻进了车子，雪橇犬转而拽着绳子向儿子求救。身子一扑一扑，双目直盯着儿子的眼睛，儿子看着不忍心，却也只能拉开车门钻进去。雪橇犬依旧不离不弃，拽着绳子，扑着身子，头一伸一伸向前冲，直到车子跑远，不见踪影……儿子后来告诉我，那只雪橇犬太通人性了，即使再不情愿随他人而去，也不会"原形毕露"而伤及别人。"那一刻，差一点我的眼泪也下来了！"儿子说。

时间不长，女儿又神不知鬼不觉，不知从哪里弄来一只小宠物狗，跟一只猫一样，小小的，白白的，蜷卧在那里，仿佛一团棉花，软绵绵的。女儿先用温水给小狗洗澡，擦干后还喷了香水，随后床上铺了小绵毯子，甚至包括一个小枕头，算是给小狗营造了一个小环境，很温馨、极舒适，比她小时候睡觉的床铺好多了。那么小的一点东西，声音也细小，活脱脱就是一只小白猫。狗食吃得很少，却打喷嚏一样，不停地咳嗽，我和妻子都猜测小家伙有病，或者肠胃不好，不治疗挺不过去。那天女儿不在家，我和妻子正在休息，就听得脚底下有微弱的声音再叫，抬起头一瞧，原来是宠物狗在叫。我就让妻子也起来，看小东西究竟要干什么，妻子不起来也罢了，一看到妻子坐起身子，宠物狗仿佛见到救命稻草，伸着脖子朝她"汪汪汪"一声一声叫，声音很小，但意思很明白，不能丢了它一个，我们独自享清福。那副神态，还真像一个撒娇的小孩子，妻子看不下去，就下去把它抱上床，小东西立马安歇了，身子蜷缩在一起，闭着两眼，"咕噜咕噜"睡觉了。

等　待

　　人的一生中会遇到各种等待，期盼游子归来是一种等待，渴望红运当头也是一种等待。套用俄罗斯大文豪列夫·托尔斯泰的一句模式，就是预期的等待都是甜蜜的，未知的等待各有各的焦虑。

　　我的焦虑完全源于妻子的病痛。

　　过了不惑之年，正是各种疾患悄然侵入肌体的时候，看着气色尚好，实则有了病因，不看医生不知道，一去检查大小都有些毛病。妻子的病就是在近日的一次例行检查中发现的，以前不知道也就罢了，现在得知有病，就感觉非同小可，马虎不得，当即决定住院。

　　其实只是普通的妇科疾病，主治大夫一再说这种病很常见，患者日渐趋于增多，只需做个小手术即可。看似轻描淡写，但我依旧焦虑，心里七上八下的，安静不下来。倒是妻子显得坦然，反过来做我的工作，说又不是没有上过手术台，一切顺其自然，没什么可怕。

　　我就有些汗颜，堂堂七尺男儿，竟不如一个弱小女子。

　　妻子确实刚强，自从为人妻之后，承担了繁重的家务不说，还额外遭受了两次身体的创痛，虽大伤了元气，却依然二十四年如一日，殚精竭虑、相夫教子，从一个风姿绰约的少妇，熬至皱纹爬上额头，个中滋味，局外人难以体会。

　　第一次做手术是八十年代初期，因为难产，肚子疼痛难忍，妻子自作主张，做了剖宫产手术。那一次我不在妻子身边，只让母亲一个人分担着惊恐。第二次做手术则是1999年的事情，因为那一年澳门回归，我记忆犹新。这一次是胆结石，做腹腔镜。好在我自始至终陪伴着妻子，让她的痛苦减轻了一半。

都说事不过三，想不到这种事情偏让妻子摊上。尽管说是一个小小的手术，无须紧张，但烦琐的检查、重复的会疹，仍让我心里疙疙瘩瘩的，觉得事情并非如此。明明事先已经拍过片子，院方却说只能做个参考，不能就此定论。既然是住院，就要从头再来，逐项检查，说这也是替患者考虑，万一再有其他毛病，可以一并治疗。随后X光片、B超、心电图一起上。其间因为间或咳嗽，一时找不到症结所在，医生就建议再做一个脑CT，被妻子拦住才算作罢。

总算等到了手术的时刻，我的心随着妻子一起飞进手术室，仿佛热锅上的蚂蚁，开始了焦虑和漫长的等待。

因为是一家大型医院，手术日医院走廊人满为患，这个病人刚进去，那个病人又出来了，走马灯似的，一个接着一个。走廊上专用的两排椅子已经座无虚席，不少人只能靠墙站着，一个个脖子伸着长长的，两眼一眨不眨地盯着手术室的大门，只要大门"喀啦啦"一响，还不等护士喊病人的名字，家属们立时蜂拥而至，都想在第一时间接近亲人，送上一句关怀和安慰。

以前或许不曾留意，眼下总觉得病人实在是太多，而且各个情形异同。大多数病人是推着进去躺着出来，有老有少，有男有女，或不省人事，一动不动，或眼睛闭着，却不住呻吟，听着让人揪心。只有个别的病人站着进去，又站着出来，但表情却是痛苦的。知道亲人手术时间可能会长，家属就替换着轮流出去吃点东西，时间尚不确定的，只能寸步不离，眼巴巴盼着。

这个时候，人们最怕的是大门旁边那扇窗户什么时间打开，因为这扇窗户一旦打开，就意味着哪个病人可能遇到什么新问题，需要和病人家属及时沟通。我就在心里默默期望手术室的大门随时打开，那样或许出来的就是自己的妻子。至于那扇窗户，则情愿关闭的时间越久越好，这样至少可以缓解一下楼道的气氛。

手术室的门是电动的，一会儿"喀啦啦"开了，一会儿"喀啦啦"又关上了，推出病人时就会有人如释重负，若是只有一个护士单独走出，就招来一些失望的叹息。我盼着大门打开的频率再加快一些，但就是不见妻子出来，而与此同时那扇窗户不但没有闲置着，反倒显得尤其繁忙，不停地有颗头颅从里面伸出来，紧随其后的就是一声高叫"某某的家属"，让本来就不安的心愈发跟着紧张起来。

在这之前，我几乎已经戒了吸烟的坏毛病，此时竟不知不觉犯了烟瘾，心里似乎有一只猫的爪子抠着，痒痒得厉害。我习惯性地将手伸进衣兜，确是空空如也。就想下楼去买，又怕这节骨眼上妻子刚好做完手术，错过迎接机会，只好去楼梯口徘徊。那里有不少烟民，正吐着一团团烟雾，解着心中的忧愁。我试着想张嘴，讨得一根烟，过过烟瘾，但始终张不开嘴。就一次次做着深呼吸，看似在放松身心，其实是在刻意吸着廉价的二手烟。

突然听到有人一遍一遍大声叫着妻子的名字，我以为手术结束，快速赶了过去。然而声音却是由那扇窗户发出的，我的心一下子由焦虑转向紧张，双腿开始发软，头上也都冒出汗来。心想不是说只是一个小手术么，怎么如此大呼大叫的，让人担惊受怕。不过还好，并不是妻子有什么不测，而是手术室的刘医生托护士向我转告，说妻子手术正在顺利进行当中，已确诊无关大碍，稍事等待就会出来，让我们夫妻团圆。

我的心已经开始流泪了，是喜悦，还是疼爱，我说不清楚。凡事只有亲身体验，才会有刻骨铭心的感受，就像这次等待，虽说只是短短的一个小时，却让我心潮跌宕，度日如年。这哪里是等待，分明是一种煎熬啊……

高考纪事

1977年的深秋，我高中毕业，在一所乡炭厂小学代课。因家与学校中间隔一道山梁，每天放学后，我都会站在高高的山梁上，一边享受着清凉的山风，一边欣赏着家乡的景色。高瞻远瞩中，一天的劳顿随风而去，留下一副好心情，侧耳倾听那来自乡村高音喇叭的声音。

恢复高考的喜讯就是在这个时候传来的。我清楚记得当时天特别晴朗，太阳的余晖洒满整个村庄，金灿灿一片，缕缕炊烟从各家院落袅袅升起，在高音喇叭播放新闻的间隙，不时伴有牲畜牧归的"哞哞"叫声，一派田园自然风光。

我几乎是屏住呼吸听完那则喜讯的，害怕遗漏一个字词，甚至辅之一只手在耳旁，就像怀揣着一只小兔子，心"嘭嘭"跳个不停。以前听老师多次讲过大学的故事，言辞中充满激情和留恋，后来私下里偷看小说，每当读到过这方面的描写时，也多是浪漫和神秘，就觉得那是天底下最美好的生活。只是就像做梦一样，这种生活虚无缥缈，离我们这些农村孩子太遥远，根本难以实现。所以当我刚听到那则新闻时，还以为耳朵有了毛病，直到后来确认无误，我高兴得在山梁上跳了起来，随后疯了似的，连蹦带跳一溜烟跑回家中，惊得正在刺墩下面觅食的呱啦鸡和野兔子魂飞魄散，有一只野兔子跑出去很远又停下来，回过头竖起两只前爪看着我，不知道发生了什么事情。

毕竟是一件事关前程的大事情，同学之间开始奔走相告，彼此传递着相关信息。一个个虽摩拳擦掌、跃跃欲试，但又不知该从何处下手，心里急得什么似的。如果打听到谁有一套复习资料，哪怕路有多远，都会匆忙赶过去，夜以继日手抄一份，如获至宝一样揣在身上，走到哪里带到哪里。

那个时候不像现在，教学条件非常落后，不要说多媒体教学和远程教育，就是正常课程都很难开全开齐。因为就读于一所乡村中学，任课老师少，物理和化学时断时续，一瓶子不满半瓶子晃荡，心里没底。就指望文科了，不过，那时所谓的文科，也并不是真正意义上的文科。首先，文史地当中，只有语文政治坚持上了下来，而历史地理三天打鱼两天晒网，无法前后连贯，自成一体；再则，就是所学都是课堂那点知识，没有课外辅助参考，更重要的是没有城乡之间横向比较，知识面就窄，形不成竞争优势；另外，由于是恢复高考第一次，而且我们已毕业离校，学校难以掌握具体去向，无法集中进行补习，全靠各自临时抱佛脚，考场上见了。

我在我们班上应该说是学习比较好的一个，尤其是作文，很早就崭露头角，让任课老师和同学刮目相看。当时语文课本上有一篇新疆维吾尔自治区原政府主席赛福鼎·艾则孜的散文《红隼》，文笔优美、意境深远，让我喜欢得不行。我就仿照其文风，也炮制了一篇关于苍鹰的散文，因为文中提到诸如乔戈里山峰和叶尔羌河等地理名称，事后被一位老师看到后，就感到有些吃惊，怀疑我是不是抄袭了别人的文章。我就猜测，老师大概第一次碰到这种情况，不然，在他看来，一个身处天山北麓的乡下学生，怎么会了解塔里木沙漠南缘的辽远而陌生的景致呢。

然而我心里十分清楚，机会从来都是针对有准备的人的。仅凭平时那点积累，要想在高考中脱颖而出，概率几乎很小。很快就听人讲，有一个老三届考生复习特别刻苦，仅模拟作文就写了十几篇，而且全都背得滚瓜烂熟，说是"临阵磨枪，不光也亮"。我就深受启发，白天继续代课，夜晚挑灯鏖战，从古文翻译到时世政治，从历史大事记到一个具体方程式，拾遗阙，巩固提高，直到雄鸡破晓。如此一来，学习是有所长进了，人却瘦成了一根干棒子，眼圈黑黑的，就跟一个熊猫似的。

在惴惴不安的期盼当中，终于迎来了高考的日子。因为都是乡下考生，必须提前一天赶到城里，看考场，安顿住处，时间仓促了不行。那时不像现在，农村交通条件很差，没有班车和的士，而且路况也不好，进一趟城要费不少周折。我们几个要好的同学，头一天早早约好赶到公安厅煤矿，求爷爷告奶奶，搭乘上了几辆运煤车，先是在一个叫作地磅的地方下车，等车过磅。遇上好的司机或许会一直带进城里，反之就到此为止，另想办法。我们那天还算幸运，当听说我们是进城赶考的学生，师傅二话不说又让我们继续坐到了医学院，然后换乘一路公交车，行至北门，这才紧张而又好奇地一路打听，一路寻找到考场——当时的十八中学。

第二天就要高考了，对我们这些农家子弟而言，是一个人生转折的重要关头。城里有亲戚的都去亲戚家借宿，我们几个则来到红卫旅社，说是养精蓄锐，迎接挑战，实则谈天说地，一夜没睡。我们几个都是第一次住旅社，虽说睡的是通铺，价格也比较便宜，大概只有五块钱左右，但毕竟是在城里，就有了一种奢华的感觉，这里摸摸，那里瞧瞧，话题自然就多了起来，有点指点江山，激扬文字的意思，不过说来说去，话题最终都自觉不自觉回到高考上来，彼此开玩笑说"苟富贵，勿相忘"，不管是谁金榜题名，都是同学加兄弟，友谊地久天长。

我们是在喜悦和诚惶诚恐中走进考场的。都是农村孩子，孤陋寡闻的，哪见过如此阵势，人山人海的不说，又是警察又是救护车，戒备十分森严，走进考场就如同走进战场，心理素质差一点的话，不要说答题了，吓也吓晕了。

说起来，现在的孩子就像是生活在蜜罐子里面，一人高考，全家出动，说是考孩子，其实是在考家长。这个营养素，那个保健品，有的甚至在搬进高档宾馆，开销不菲。一到每年六月七、八两天，所有考场门口都是家长云集，一个个踮起脚尖，伸长脖子，翘首期盼着，那种望子成龙、望女成凤的焦灼心态，简直到了无以复加的地步。而我那时就相当寒酸了，不要说有父母陪伴，就连钢笔都是残缺不全，只有笔套而没有笔帽，不能像别人一样别在胸前，或是放进文具盒，而是直接就装进衣兜。然而就是这只破钢笔，在那两天紧张而又漫长的考试中，给我源源不断提供笔墨不说，也给了我不少灵感和激情。

我至今记忆犹新的，自然还是题为《每当想起敬爱的周总理》的那篇作文。大概是总理逝世时间不长，大家都还没有从巨大的悲恸当中走出来，缅怀他的丰功伟绩，要说的话自然很多；抑或我本身就参加了学校的一系列悼念活动，当时的感人情景，就像电影一样，都一一重又复原，让人激情澎湃，妙笔生辉。我就觉得钢笔在考卷上行云流水似的"唰唰"响着，停都停不下来，一会儿工夫就写满了密密麻麻的文字，再想添加一些只言片语，都已经没地方可下笔了。

还有就是地理试卷上的一道试题，印象一直比较深刻。我记得那道试题是这样问的：南斯拉夫一艘远洋货轮到达我国广州，要途经哪些水域？许多同学一看到这个题目就懵了，不知如何回答是好，下来后纷纷拥到我跟前问个究竟。我就有点得意，因为从高一年级开始，邻居钱老师家那本世界地图三天两头就被我借来，从头至尾一页不落地翻阅。尤其星期天放羊的时候，这本地图就成了我消遣解闷的好东西，躺在山梁上一看就是一个上午，连羊跑了都没发现。我真的被那些奇妙的图例迷住了：什么颜色代表山峰，什么颜色代表海洋；国界和洲界有何不同，公路与铁路怎么区分？当然我最关注的还是各国的首都和主要城市，从亚洲到欧洲再到非洲，从北美到南美再到大洋洲，就像毛泽东诗词中所描绘的那样"坐地日行八万里，巡天遥看一千河"，简直其乐无穷。所以当同学们问我该如何作答之时，我就说："远洋货轮从南斯拉夫到广州，途经地中海、苏伊士运河、红海、亚丁湾、印度洋、马六甲海峡和我国南海，最后到达广州。"

同学们就都吃惊地说："咋这么复杂，难怪把人都给绕糊涂了。"

　　至于政治历史和数学，就没有那么幸运了，虽说事先也尽量做了复习，但毕竟没有高人指点辅导，仿佛盲人摸象，不能突出重点，各个击破，而是眉毛胡子一把抓了，效果不是太好。那时因为没有"一模""二模"和"三模"之说，虽说考试之后也估算了分数，但毕竟缺乏经验，估算的分数不是高了就是低了，心里七上八下的，没有着落。现在多好，高考结束时间不长，就可以通过多种手段查询分数，快捷得很，自己是不是已经中榜，或者是该上哪个批次的学校，只要了解了分数，心中就有了定数。

　　终于有一天，父亲带回了大学录取通知书。就这样在焦急的等待之后，我总算打起背包，扛上行李，在来年的春天踏上了东去的列车，在孔子故里，我的母校——山东曲阜师范学院，开始了大学四年的幸福生活。

掐"地皮"

说到"地皮"，不要说城里人陌生，即使有些农村孩子，也不一定知道是个什么稀罕物。

实际上，"地皮"就是野草莓。或许因为贴着地皮生长，随口起了这么一个名字，虽说土得掉渣，却给人一种亲切感。碰上几个上了岁数的人凑在一起，谈及当年的上山经历，仿佛眼前重又闪现出"地皮"的影子，一个个顽童般垂涎欲滴，几近沉醉。

"地皮"属多年生草本植物，叶深绿，呈多瓣半圆状，层层叠叠，一簇一簇的，混杂在没膝的草丛里，视力不佳，哪怕是在眼皮子底下，也视而不见。聪明者就靠嗅觉帮忙，哪里香气扑鼻，哪里就有"地皮"。

"地皮"生长在细长的茎之上，年景好时，就像小灯笼似的挂着，一串串，红艳艳。特别是沁人肺腑的浓浓的味道，仙气一样袅袅弥漫，香香的、甜甜的，扔一枚到嘴里，水蜜桃一样化了，而久久不散的芳醇，则让人余香满口，心旷神怡。用一句时髦的广告语来形容："味道好极了"。

"地皮"生长在人迹罕至的大山深处，而且只有到了盛夏时节才成熟，所以弥足珍贵。不像"老鸦蒜"一样，房前屋后的小山包就有，冰雪融化之际，随便拎根铁棍上去，片刻工夫就挖上一大堆，轻松得很。

而享用一次"地皮"的美味，就不那么简单了。首先是路途遥远，两头不见太阳，大人不放心，只有偷着去才行。再则去了不一定找到地方，即使找到了地方，也很有可能怕破坏草场遭到牧民阻拦。饥肠辘辘、空手而归也就罢了，最担心脚上的鞋子烂了，那个年代，一双鞋子要穿几个夏天，鞋子跑烂了就得打赤脚了。

毕竟都是孩子，因为挡不住的诱惑，头天晚上悄悄一商量，第二天大清早就上路了。常去的地方叫马牙山，途中经过一道道连绵起伏的旱地梁。由于粮食都不富余，怀揣一块苞谷馍或是锅盔就不错了。问题是一边走，一边还要好奇地找些掏鸟窝和追野兔的把戏，不等到旱地梁上，怀里的干粮就吃光了。于是趁人不备，猫着腰钻进豌豆地里，大把大把将吃豌豆，吃得一个个嘴角淌绿水，肚子也膨胀膨胀的，开始"砰砰"放响屁。

说是掏鸟窝，其实却很少付诸行动。特别是路过大涝坝上面那条沟时，看到那些人工垒起的石头堆，我们就会跑过去，在一片叽叽喳喳的叫声中，搬开一块块石头，看一窝窝雏鸟如何嗷嗷待哺。

我们之所以不伤害这些小鸟，因为这是被称作"铁甲兵"的红粉椋鸟，是农民的朋友和助手。那些年遇上干旱，旱地梁上蝗虫成灾，一跺脚"嗡"地飞起一大片，噼里啪啦扑打在脸上。幸亏这些神勇的"铁甲兵"，否则粮食就被蝗虫糟蹋残了。"铁甲兵、铁甲兵，哪里需要哪里冲，蝗虫见了无处藏，消灭害虫为百姓"，儿时的这首歌谣，我们至今都记忆犹新。

然而看到野兔就另当别论了。当时我们手中都操一根棍子，一路走一路敲打。不是打草惊蛇，而是梦想着遇上一只野兔，如果正好被我们发现了，一番围追堵截，将野兔逼到一个死角，说不定就是一次意外收获呢。

不过捕获猎物的概率几乎不存在。和家兔相比，野兔的速度简直太快了。突然发现草丛中蹿出一只野兔，不等反应过来，"嗖"的一声飞出去老远，上气不接下气追到山梁上，兔子早已不见踪影。刚蹲下身子歇一阵，又一只"噌噌噌"从眼前一晃而过，接着高喊着再追，兔子又像闪电一样销声匿迹。

一次偶然发现几个洞穴，我们如获至宝，误以为就是兔窝，急忙封死其他几个洞口。然后捡来柴草，塞进保留的洞口，将柴草点燃，期望通过烟熏火燎，把野兔逼出来。接着脱下衣服，等野兔仓皇而逃的一刹那，奋力将其捂住。

没有想到，冲出洞口的不是野兔，而是一只龇牙咧嘴、毛茸茸的大家伙。像狼又像狗，特别是一条粗长的拖在地上的大尾巴，扫把一样扫了过来。我们哪里见过这阵势，鬼哭狼嚎一般，扔下衣服四散而逃，几乎把魂都吓飞了。后来再一想，才知道那是一只狐狸。多亏是只狐狸，如果真的是一匹饥饿的老狼，那可凶多吉少。

有了这次可怕的遭遇，我们再也不敢无谓冒险了，顺路去顺路回，相互照应着，不让一个人掉队。即便如此，我们始终没有一次满载而归。都说樱桃好吃树难栽，幸福不会天上掉下来，这"地皮"也是想着急、闻着香、看着馋，就是藏而不露，呼之不出，没有办法。

明明闻香而驻足，惊喜中弓腰低头仔细查看，不是被羊群啃食了，就是被马匹践踏过。除了一片片绿叶，只有稀稀拉拉几颗果实，而且已经残破不全，只好望"莓"止渴了。

上山的时候贪心不足，总希望时来运转，随身携带着一个挎包。一个叫绰号叫"尼牙孜泡契（吹牛）"的家伙，甚至硬要他妹妹找一条面袋子带上。可是忙活了一整天，腰酸背疼，饿得前心贴后背，到头来，也只有攥在手心的一小把，而且舍不得吃上一个，等到家时，"地皮"早已蔫头耷脑不说，上面还落了一层尘土，不要说让大人尝上一口，看着就来气。

于今一想，之所以那时叫掐"地皮"，而不用"摘"或者"拔"等词汇，很大程度上是物以稀为贵的缘故。现在不要说等到夏天了，即使寒冬腊月，吃草莓已是轻而易举的事情，个大不说，品种也多了去了。

可我依旧怀念那些掐"地皮"的日子，是因为那绵延不断、香气回肠的纯天然味道，还是儿时那天真无邪、患难与共的最真挚情感？

我想都是。

从"摇把子"到"低头族"

早些年，农村闭塞，因为没有通信工具，相互间联系极为不便。近一些捎个口信、带个话，距离远了，就靠书信来往。不过往往远水解不了近渴，特别是遇上老家吐鲁番亲戚过世，得到信已经很晚了，奔丧都跟不上趟，让父母一直心存愧疚。

后来队上安装了一部电话，黑色的，像乌龟一样趴在窗台上，两截粗长的特大号电池，炮弹似的挂在墙壁。电话有个摇把子，靠使劲摇才能通话，故取名"摇把子"。

如此一部老式电话，却让队上当作宝贝，没有急难险重之事，一般人难得靠近。问题是这种电话很难伺候，尤其是遇上刮风下雨，不是掉线，就是听不清对方说些什么。就看到大人们一边不停"呜呜"摇着摇把子，一边对着听筒高声叫着："喂喂，总机，听到了没有？听到了没！"急得像热锅上的蚂蚁，汗都下来了。

后来索性连这种"摇把子"都没有了，有个通知什么的，就靠电线杆上的高音喇叭。我们这些孩子对开会呀学习呀根本不感兴趣，唯独盼着电影通知。只要听到喇叭里传出"通知，通知，今天晚上有电影"，就高兴得手舞足蹈，奔走相告了。

直到1977年恢复高考上了大学，电话依旧是个稀罕物，不要说乡下了，偌大一个高等学府，也找不到一部公用电话。远离故土思乡心切，给父母打个长途电话，就成了一种奢望。

当时我们枕下都有一摞稿纸和信封，稍一有空，便提笔给家里写信，然后就是牵肠挂肚的漫长等待。千里迢迢，翻山越岭，等到父母回信，短则十来天，长则个把月，那种翘首以盼的期待，实在像是煎熬，让人承受不了。所以，每当辅导员老师捧着同学家书来到教室，我们就像一窝蜂似的围上去。得到家信的喜上眉梢，迫不及待感受亲人的温情；反之就愁眉苦脸，落落寡合回到自己的座位，心里七上八下不是滋味。

好在这种单靠鸿雁传书的联络手段，终于随着社会的进步发生了深刻变革。就以电话为例，短短几年工夫，就从机关大楼走近寻常百姓生活。徜徉在城市街道，公用电话亭星罗棋布，即便是在乡下农户，拥有一部电话，早已不是可望不可求的事情。而且城乡之间，跨地区之间，就是漂洋过海的国际长途，只要拨上几个号码，须臾就听到远方的声音。

不仅座机普及千家万户，一些先进通信工具也应运而生。先是BP机，因为具备汉字显示功能，用起来方便，人们趋之若鹜，爱不释手，别在腰间成为一种时尚。如果曾有隔阂或矛盾，且不好当面表达，留个言递个话什么的，无声之中冰释前嫌。所以那些年一到新年，寻呼台就忙翻了天，仿佛一座传递感情和友谊的桥梁，把人们的心连接在一起。后来或许BP机留言必须通过寻呼台，而且你说一句人家重复一句，拾人牙慧似的，因而人们开始移情别恋"大哥大"，砖头一样握在手里，显得气派和潇洒。一时间，这种手提电话成了身份和富有的象征，持有者往往高调招摇过市，回头率很高。

只是由于"大哥大"个头大，分量重，别在腰上或是装在兜里都不合适，因而就配有专用的"大哥大"包，黑的黄的，款式各异。记得村上有个砖场老板，回到家里就没完没了打电话，可是信号又不好，蹲下起来，左转又转；一会儿站在鸡窝上，一会儿又爬上房顶，甚至口中喃喃自语："这移动电话，确实要移动着打才行呀！"口中这么说着，却忘了留心脚底下，一不小心就从房上栽了下来。

　　与时俱进之中，各种新式手机就取而代之了。小巧玲珑不说，且功能齐全，熟能生巧中将作用发挥到极致。特别是手机短信，只要拇指功夫到家，想怎么表达就怎么表达。长则短信小说，少则箴言绝句，而且懒人自有办法，将自己接到的现成段子再转发给别人就成。而且因为具备群发功能，瞄上一个好段子，一次就能转发给好多亲戚朋友，用我们维吾尔族话说，排档子得很。

　　说到先进迅捷，就要属网上QQ聊天了。起先对上网一窍不通，由于两个孩子都在北京上大学，仅靠打电话和发短信，已远远不能满足需要，就下决心开始学上网。刚开始初学乍练，打字速度慢得就跟老牛拉破车一样，一个字一个字往上蹦，儿子就奚落说：你先慢慢打吧，我先躺在床上睡上一觉。

　　后来摸到了窍门，聊天速度有了明显加快，有时恰巧遇上女儿也在线上，我就同时兼顾两个孩子，而且丝毫不影响意思的表达，一箭双雕，富有成效。于是女儿就称赞说：老爸不赖呀，速度可以赶上我了，随之发过来一个"V"字形表情，算是鼓励。

　　每每这种时候，妻子就坐不住了，也要撺过来和孩子聊天，因而我就成了专职秘书，她口述一句，我就打上一句。为了营造聊天氛围，有时候我也会借题发挥，临了还不忘在括号里注明：这一句是我加上去的。或许受到启发，妻子很快后来居上，学会了视频聊天，一边看着孩子镜头一边聊，海阔天空、神情专注，而我则被晾在一边，感受一种"失业"的滋味。

　　我只好独辟蹊径，探索QQ的其他神奇功用。譬如更换头像，先是选择自定义头像，隔三岔五变换着，或带一副眼镜，像个白面书生，或刁着一个烟斗，跟个明星似的。然而时间一长，就觉得多少有些呆板。后来因为学会了上传照片，我就喜上眉梢，动辄把自己最得意的头像来回更换，仿佛开办自己的头像展览一样，吸引了不少QQ好友的眼球。

　　最让我着迷的还是个性签名，不管是喜怒哀乐，还是三言两语，都是自己真实的心情，也是生活美好的记忆。因为加入了"QQ群"，有一天我留言说：我家的巴西木神奇般开花了。很快就有一个朋友说，看来你家有喜事了。还真让他猜中了，四年前我家巴西木开花的时候，女儿考上了中国人民大学。四年之后再次开花，她已是北京大学的一名研究生了。

前两天我又留言说：你相信吗？他穿着我的军大衣去喀拉峻了，正好又被一个亲戚看到了，于是回复说：三伏天烈日高照，谁还穿大衣呀？殊不知，军大衣是被来新疆拍风光片的内地同学借走的，那天同学回到乌鲁木齐时告诉我：在伊犁喀拉峻景区，我才真正体验到了早穿皮袄午穿纱，围着火炉吃西瓜的别样风情，幸亏有了这件军大衣，否则，哪能拍到那么多如诗如画的新疆美景呢。

不曾想还有比QQ更让人迷恋的东西 —— 微信。给我的感觉，微信更快捷，应用范围更广，不但可以用文字表达，还能用语音联系。除了随时浏览新闻和分享朋友圈链接内容，同时又信手拈来拍图片，成为"拍客"。无论是在车上、电梯里、会议室中，甚至饭桌上，很多人一夜之间变为"低头族"，玩起了微信，那个痴迷劲，几乎到了走火入魔的程度。

我也喜欢玩微信，尤其喜欢晒图片，也就是随时把刊发自己作品的报纸杂志拍下来，再发送到朋友圈里。不一会儿就会看到有人写下评论，或者留下赞许的标识，要么"心"字形图形，抑或竖起大拇指，我就好像吃了蜜糖，心里美滋滋的，甭提有多高兴了。

半导体

　　小时候乡下普遍贫穷，家中除了几样简单摆设，没有值得炫耀的东西。谁家来了亲朋好友，而且正好骑一辆自行车，我们就像过节似的轮番上阵，个子大一点的，腿一跨就坐到座包上了，矮小一点的，就只能将一只脚从三脚架当中伸过去，屁股一撅一撅、身子一伸一伸，沿着人行道一圈一圈接力赛，直到自行车掉了链子，这才悄莫声息将自行车放回原处，随即猴子一样不见踪影。

　　当时乡下打家具讲究腿多，腿越多说明家具档次就越高。而家用电器尚未普及，条件好一些的，可能会有一辆自行车，或者缝纫机和手表，要是几样东西同时具备，就已算是殷实人家，在村上说话都有一定分量。

　　我家兄妹五个，正是长身体的年龄，穿的戴的都很费，针头线脑的事情毕竟少不了，因而缝纫机就成了生活当中的必需品。因为是纯粹的计划经济社会，供需矛盾十分突出，缝纫机自然也成了紧俏商品，只能凭票供应。父亲先是托人弄到一张供应票，而后卖了家中两只大羯羊，才算把一台缝纫机搬回家中。

　　就这样，缝纫机成了我家唯一的值钱物，除此之外，连一台坐式收音机都没有。那时候不像现在，生活极为单调，而如果有一台收音机，日子就好打发一些。父亲在村上任职，由于不识字，就养成了听新闻的习惯，尤其是事关老百姓最现实、最直接利益的政策性新闻，都要反复收听，仔细琢磨。我深受父亲影响，打小爱听广播，所不同的是除了时事政治，也关注其他栏目，甚至包括天气预报。我记得那时天气预报有记录广播，播音员语速缓慢，一句一停顿，"乌拉尔山 …… 至巴尔喀什湖上空 …… 有个低压槽，未来两天内 …… 有一股强冷空气 …… 从西伯利亚 …… 南下入侵，北疆沿天山一带 …… 气温有明显下降 …… "，就连标点符号都播报得一清二楚。走在冬季的上学路上，听到高音喇叭里的冷空气入侵预报，身上不由打个寒战，脚底下的速度也快了许多。不过也有长时间听不明白的内容，譬如"新闻和报纸摘要节目"，我就一直没有搞清楚是什么意思。因为这个节目播得很快，特别是"摘要"二字，一眨眼的工夫就过去了，等好不容易盼到第二天，支棱着耳朵再去听时，一晃又错过去了，还是不明就里。越不明白越想听，而越听又越糊涂，简直让人伤透了脑筋，恨不能钻进喇叭当中探个究竟。后来学说普通话，才知道问题出在汉语拼音上，是"z""zh"不分所致。

户外是高音喇叭，而户内墙上则挂着一个小喇叭，再接一根地线埋在地下，为了保证收听效果，埋地线的地方还要经常保持湿润才行。这就是当时农村生活的真实写照，幸亏有这样一个小喇叭，才让贫瘠和闭塞的农户人家，有了一个了解外面世界的渠道。别看一个四方形的小红话匣子，看上去也很不起眼，却硬是成了我家的稀罕物，被悬挂在门框上方最显耀的位置。按照父亲的指示，我们几个孩子还要隔三岔五轮流踩着凳子、踮着脚跟，用抹布小心擦拭，直到话匣子外表光洁透亮为止。小喇叭每天分早中晚三个时段播出，这三个时段也正是庄户人家吃饭的时候，一家人围坐在饭桌旁，一边吃着粗茶淡饭，一边听着广播，如果家里有什么事情，也借这个机会顺便交代了。怕的是这个时候有重要新闻，或者是乡里有个什么会议通知，那样我们就只有听的义务，而没有说话的权利，甚至吃饭带出声响都不行。只见父亲放下饭碗，蹲在地上，手上卷着莫合烟，仰着脑袋两眼一直盯着墙上，仿佛我们今天盯着电视屏幕，看得见里面人物的一举一动。如果此时恰好遭遇刮风和下雨，喇叭有杂音，刺啦啦乱响，父亲的脾气就上来了，吹胡子瞪眼地让我们赶紧处理故障。因为不知道是外面天气影响，我们便自作聪明地在地线上大做文章，挖出来埋上，埋上再挖出来。看效果不明显，就一勺一勺往地线上浇水，踩得满屋都是泥巴，父亲越急了，在地上乱转圈子，口中还不停唠叨："不知道你们把学上到哪里去了，不知道你们把学上到哪里去了？"头摇得像个拨浪鼓似的。

也有让我们特别开心的时候，那就是广播电影通知。每当这个时候，我们就觉得乡上广播员是世上最好的一个人，也是最了不起的一个人，是她给我们带来了福音，让我们如饥似渴的心灵得到慰藉。"通知，通知，今天晚上有电影，一部是国产电影《智取华山》，另一部是外国电影《第八个是铜像》……"，播音员略带本土方言的广播通知，至今映在脑海，记忆深刻。记得当时广播电影通知，大抵是在下午上工的时辰，这个时候我们正在山上放羊，第一个听到消息的孩子欣喜若狂，就像电影《鸡毛信》当中的海娃一样，急忙脱下衣服在空中来回摇晃，而且一边摇晃，一边对着另一座山头的同伴高声传递讯息："喂——喂——，听见了没有，今天晚上有电影，今天晚上有电影，没有假演，都是真演！"所谓假演，就是新闻简报之类的纪录片，而真演就是故事片。于是，还不等到羊群完全吃饱肚子，我们便不约而同地提前收圈，然后回屋"咕咚咕咚"喝一大勺凉水，拿上一块干馍跑着跳着就走了。因为是夏天露天放映，周围许多人家都倾巢出动，聪明一些的孩子就捷足先登，早早赶到现场抢占座位。所以常常是人还未到，地上砖头瓦块却摆了一大溜，等到电影正式放映之时，找座位的人就大呼小叫，噪声一片，遇上个争嘴和相互撕扯的，有时比看电影还热闹。等看完了电影再瞧，走的已经走了，睡的还在那里睡着，冷不丁被人拉起来，早已糊成了土蛋蛋，于是急忙拍打身上，一时间放映场上人头攒动、尘土飞扬，夹杂着此起彼伏的一声声呼叫，同一个混乱的自由市场别无二致。

后来生活有了一些改善，才算是添置了一台带电源的座式收音机，墙上的喇叭就成了摆设。收音机不仅功率大，收的台也很多，中央的地方的都有，而且几个语种，可以任意选择。这一下我们家就显得与众不同了，母亲一直喜欢听维吾尔语电台，特别是赶上播放民族歌曲，一边忙着手中的家务，一边跟着轻声哼唱，幸福就像花一样开在脸上。我们兄妹几个则以汉语为主，除了电影录音剪辑，尤其喜欢曲艺类节目，像马季和唐杰忠的相声《友谊颂》，简直到了痴迷的程度。诸如其中的"拉斐克""库哈尔里尼"这些非洲斯瓦希里语，直到现在还记忆深刻。只有父亲是维吾尔语、汉语和哈萨克语兼而听之。从国际时事到全国联播再到自治区新闻，一个都不能少，一句都不能落下，就像是一个政治家似的，一会儿眉头紧锁，一会儿又频频点头，激动之时还会口中念念有词："大江南北，举国上下，真是家大业大，骄傲中华啊！"所以我们家往往人闲了，收音机却闲不住，从早响到晚，一阵维吾尔语，一阵汉语，有时间或一阵哈萨克语，让电费超支了不少。不过时间长了，人的需求又开始发生变化了。有一段时间，父亲就特别想有一台微型半导体收音机，主要是因为携带方便，可以随时带在身上，即便出去地里干个农活，也不耽误收听新闻。尤其晚上躺在床上辗转反侧的时候，有一台收音机伴随在身边，很快就能催人入眠。后来父亲还真养成了这样的毛病，人早已酣然入睡了，可收音机还在枕边一直响着，母亲也就习惯成了自然，经常半夜三更爬起来关收音机。而今不要说我随了父亲，就连我的孩子都受到潜移默化的影响，喜欢躺着听收音机。正如当年母亲一样，我也时常在夜间给熟睡的孩子关掉收音机。

有一件事情至今不能忘怀。那时我正上初中，也就十四五岁的年纪。一个寒假的早上，随父亲去山里牧人家拉一只病山羊，考虑到来回几十公里山路，父亲就让我赶着邻家的毛驴车上路。去的时候觉得新鲜好玩，赶着毛驴一路小跑，似乎不知不觉就到了。来到牧人家，父亲和主人一番寒暄之后，就从牲畜膘情到当下饲草供应，一聊一个大半天。我记得那是个冬窝子，地处深山老林，就一户牧人，喝的是雪水熬成的奶茶，吃的是干硬的包儿萨克。父亲和主人长时间不曾见面，话多得好像说不完。谈兴正浓时，茶就越喝越香，包儿萨克也越嚼越有嚼头，两个人都红光满面的，头上冒着热气。我却开始感到很不适应，总觉得奶茶有一种涩味，只喝了一碗，就学着大人的样子用手捂住碗口，连声说"布鲁都，布鲁都"（好了，好了）。至于包儿萨克本想多吃一点，但没有水就着，刚吃几个就噎得不行，也就因噎废食而作罢。肚里没有东西，身上就没有热量，等往回走时，已是饥肠辘辘，浑身没多少劲了。好像天公跟你有意作对，又是刮风又是下雪的，天冷得要命。我在车上蹾上一会儿，再跳下来跟在驴车后面慢跑一会儿。跑累了复又蹾上驾位，索性怀抱着鞭子，半醒半睡，一任毛驴晃晃悠悠往回赶。我估计毛驴和我一样饿着肚子，不但没有归心似箭、一路小跑，反而老牛拉破车似的无精打采。走了接近一半路程我再看时，毛驴全身结了一层霜，父亲的眉毛胡子也都是白颜色的，跟传说中的圣诞老人一样。或许是同主人话说得太多，父亲有点疲劳，偶尔问我几句什么，就不再言语，一手高高竖起大衣领子，一手不时清扫着那只病山羊身上的积雪。我的意识好像渐渐朦胧起来，就觉得自己如同安徒生笔下那个卖火柴的小女孩，漫天大雪之际，没有一处可以暖身的地方。为了一丝火光，只好迫于无奈去点燃一根火柴，再点燃一根火柴……隐隐约约中传来一阵天籁之音，下意识睁开惺忪睡眼回头一看，原来是父亲正在摆弄半导体收音机，声音就是从那里传来的。那个年代八个样板戏风靡全国，不少台词和唱段家喻户晓，深入人心。就连七八岁的小姑娘张口都是"我家的表叔数不清，没有大事不登门……"。当时我听到的就是样板戏《智取威虎山》之中的经典片段——打虎上山。"穿林海，跨雪原，气冲霄汉……"，杨子荣那高亢嘹亮的声音，就像冬日里的一把火，由远及近，极具感染力，一下温暖了我的身心。我的意识开始恢复，思路也变得逐渐清晰，早先有些饿得发蔫的身子骨，猛然间重又精神抖擞了。"得儿，驾!"我使劲挥一个响鞭,赶着毛驴车一路小跑起来。

如果一种嗜好到了痴迷的程度,把握不好还会闯下祸端。我曾遭遇过一次这样的事情,于今谈及仍然心有余悸。我那时已开始上高中,当时学校有个规定,无论住校与否,每逢法定假日,都要轮流值校。一次国庆节期间,晚上闲得无聊,几个人便围在一起玩扑克。我对扑克兴趣不大,又无事可做,想来想去就打起了广播的注意。先是听一些新闻和歌曲,后来意犹未尽,干脆打开麦克风用口哨吹了一段苏联歌曲《喀秋莎》。如果事已至此或许相安无事,不曾想第二天后来者如法炮制,而且发展到最后竟在麦克风上说了脏话。因为全乡高音喇叭都是相通的,一夜之间传遍所有村落。此事被校方当作一起严重的政治事件揪住不放,我们几个始作俑者无一幸免,一遍一遍写检查不说,还要三番五次公开检讨。那是一个凡事和政治挂钩的时代,说我们把广播喇叭当儿戏,其实就是在挖社会主义的墙角,帮阶级敌人的忙。作为一个贫下中农的子弟,而且身为一名共青团员和班干部,竟然一时冲动创下如此大祸,我觉得有愧于父母和组织,在众人面前抬不起头来。让我记忆犹新的是,每次检讨都是头上冒汗,嘴唇哆嗦,两腿发软,真的跟一个罪人似的。或许正因为有了这一次深刻教训,以后才养成了谨慎稳健的作风,先后辗转好多个岗位,无论是当一般干部,还是担任领导职务,口碑一直不错。

到了最近这些年,半导体又有了新的发展,不仅有数码显示的新型收音机,也有功能完备的诸如MP3、随身听之类的时尚产品。所以我就想,即使到了最发达的互联网时代,半导体的作用依旧是无法替代的。就像我这样,每天醒来头一件事,就是习惯性打开收音机,让新的一天从"新闻和报纸摘要节目"开始……

那个年代的时尚

　　最早见人戴口罩是六十年代末的一个深秋。那天我正在山坡上放羊，就看见一个年轻女子，沿着去往老乡政府的土路，婷婷娉娉朝前走。土路就在山坡下，坑坑洼洼，高低不平，两道深深的车辙印，像是刻在大地上的两道伤痕，一直伸向不远处的那座山包。女子路过我们庄子，正巧有人出来打水，就听到两个人的一问一答："大妈提水呀？"女子回过头亲切打招呼。"哎呦，这不是小霞吗，该行去呢吗？"大妈问。"上街呢！"乡下人把上街去说成该行去，到了年轻女子口里，就自然带了一点洋气。说话之前，年轻女子脸上有一块遮挡口鼻的白布，见到大妈时，她手向耳后一捞，带子一松，那块白布从一边掉了下来，露出口鼻，一边的带子仍挂在另一只耳朵上。我这才看清，这个走路姿势优雅，说话声音甜美的漂亮女子，原来是李大伯家的三女儿，因在城里上班，潜移默化中受到城市影响，烫着刘海，系着围巾，说着普通话，如今又口鼻捂一块白布，难道不怕影响呼吸么。

　　很快我就知道，这个新鲜玩意儿叫口罩，天冷戴着它，嘴和鼻子不受冻。因为是白纱布做的，透气性能好，不会阻碍人体呼吸。口罩呈长方形，雪一样白净，轻绵，几层纱布叠在一起，缝纫机踩出精密的线路，一边一根白线带，拉到耳后对齐、系好，既防冷又美观，不要说女孩子喜欢戴，小伙子也跟风托人买。不过当时市场萧条，物资供应严重不足，很多东西一时想买却买不到，何况是在农村，人们的头等大事是先把肚子吃饱了，其他的只能退而求其次，没那个心思花在穿着打扮上，因而谁有一个口罩，谁就成了别人羡慕的对象。

乌黑的一对大辫子，娇嫩的白皙脸庞，再配一个那个时代新潮白口罩，确实一下子有了"人配衣裳马配鞍"的奇妙感觉。李大伯家三女儿就是如此，虽生在乡村，却工作在城里，不但手头有活络钱，还心灵手巧，精于女工，瞅上一块看上眼的花布料，裁剪好缝成衬衣褂子，花钱不多，效果却不差。人家懂得色彩搭配，锦上添花，在别人身上不起眼的花色，到了李大伯三女儿那里，就别具风采，即便像花衣服上套两个蓝袖套这样的寻常事，都被人看在眼里，记在心上，然后落实在行动上，东施效颦，却不一定吸引人的目光。

关键还是人的优雅和气质，就以口罩为例，有些人纯粹是为了御寒，冬天才戴，又不讲就卫生，一天下来口罩有三处明显的污痕，脏兮兮、黑乎乎，看上去就像个粗人。李大伯三女儿则不同，一年四季除了夏天不戴口罩，其他时节都离不开口罩，特别是春秋两个季节，早早就戴上口罩了，却很少有人说她矫揉造作，用现在的话说作秀，原因很简单，从小养成干净整洁的好习惯，身上一尘不染，衣服合理搭配，色彩引领时尚，就像一个小小的口罩，云彩一样白洁，泉水一样清新，什么时候都那样新鲜如初，那样充满魅力，在她那里，口罩除去防冻的功能，更是一种不可或缺的装饰品。

有那么一段时间，城乡开始流行工作服，尤其那种蓝色夹克衫式工作服，穿在身上，喜在心里。一开始是一个家在城里的女生穿了一件，劳动布，蓝颜色，上边一个口袋小，下边两个口袋大，左胸前有"安全生产"四个白色小字，大翻领，带卡腰，一边一截松紧带，手风琴风箱般带褶皱。虽说工作服有点陈旧，洗得发白，穿在这位女生身上，为她不太出色的身材增添不少光彩，加之里面是一件红毛衣，脸就显得白里透红，富有生机。

　　虽说班上以农村孩子为主,但追逐时尚的本能,一点也不比城里人差,自己没有,借着穿一下,多少也能过过瘾。于是那件工作服不时轮流被别的女生借穿,即使有的女生原本没有回家的打算,穿上这件工作服,就想着回家一趟,说是回去带点口粮什么的,实则想借机向左邻右舍炫耀一下。后来城市不断发展,需要征购农村的土地,除了补偿青苗费和地上附着物,另外还有一亩地带三个人走的优惠,近郊不少人进了工厂,有了工作服,隔年淘汰下来,就又成了我这般学生的心爱物。款式不一样,颜色有区别,甚至有的工作服上面还留有油污,然而只要穿在身上,感觉就非同一般,趾高气扬、踌躇满志,好像自己从此就像一个工人,干公家活,住公家房、吃公家粮,拿公家钱了。

　　那时候问我们上学图个啥,十有八九都说要当工人,所谓农村孩子跳农门,不就想着转为城市户口,月月开工资,年年有存款,日子一天比一天好。不要说别的,身上穿的工作服都给人发,哪里还有比这更好的事情。说真的,农村孩子穿上工作服,心里或多或少都有毕业后进工厂当工人的想法,随着不久身着工作服的学生由早先的凤毛麟角,变得逐渐多起来,这样的想法就从私底下,转为公开化,有些同学甚至开始跑门路,想办法,把户口从本地迁至近郊亲戚名下,时机一旦成熟,很有可能就从一个农村娃,摇身一变成了城里人。

　　我的工作服,是哥哥从朋友那里弄来的,自己没穿几天,就给了我,八成新,藏蓝色,四个衣兜,有翻领,虽说有些宽松,穿上依旧心花怒放。好在哥哥同时把一双皮鞋也给我了,蓝工作服配黑色皮鞋,再挎一个大黄书包,有同学就说我有大学生的派头。毕竟是劳动布,又厚又硬,洗起来很费事,搓一遍,揉一遍,水再冲一遍,头上淌汗,胳膊生疼,最后拧干时,两手使不上劲,只有很少的一点水被拧下来,我只好将工作服湿漉漉搭在晾衣服的绳子上,随后抻展、捋平,等着慢慢晾晒干。

　　这种工作服结实耐穿,时间长了虽然失去原色,但只要不是刮了、戳了，一直完好无损，而且越旧越被人看好，穿在身上，走在路上，回头率不少。有人就提议彼此换着穿，归还前各自把工作服洗干净，这样一来，大家身上工作服不断更换着颜色和样式，就越发让人艳羡了。

那些年乡下文体活动少，打篮球就成了最普遍的选择，几乎每个生产队都有一个篮球场，好一点的铺了砖，差一些的就是土场子。很少有铁的篮球架，生产队都有木匠，队长一交代，木匠就花工夫把木头架子做好了，一边一个，画好篮筐，安装好篮圈，拉上网子，一场队与队之间的比赛就开始了。

都是与土地打交道的庄稼汉，有了背心，没有短裤，有了短裤，没有球鞋，服装不统一，规则不熟悉，急得当裁判的人顾不上吹哨子，直接开始扯开嗓子喊："走步了，球放下！""三秒了，换发球！""犯规在先，两份无效！"气喘吁吁，汗流浃背。有的人看球员你追我赶，运球、传球，再上篮，有的人则眼盯着裁判，看他如何口衔着哨子，跟在球员屁股后面来回跑趟子。这样的比赛不好吹，吹严了，犯规多，只听哨子响，不见球进筐，一场比赛下来，一队往往20来分。换作女子比赛，叽叽喳喳一片吵叫声，人累得上气不接下气，再一看比分，超不过个位数，有的甚至像是一场足球比赛，3∶5，或者7∶6，让围观者哄笑不止。如果裁判放松了尺度，很快就会一盘散沙，不是推人搡人后依旧不管不顾，脚底下像捣蒜，手上球胡乱拍，就是"公说公有理，婆说婆有理"，为了一个球有效无效，伸长脖子吵吵半天，耽误时间不说，还会伤了和气。

最厉害的是一小队，篮球架是铁制的，标准高度，队员也整齐，背心上印了号码，像个正规球队。有一个姓马的大个子，身高臂长，抢篮板十拿九稳，别人沾不到跟前，是球队赢球的基本保障。还有一个小个子，绰号"孙猴子"，动作花哨，速度极快，有人拦挡，一个胯下运球，躲闪而过，乘人不注意，一个快速三大步腾空而起，球进篮筐得分。最叫绝的是他在快速运球过程中，还像跳探戈舞一样，一边跑一边回头看人追上没有，上篮的姿势好看且实用，无人比得上。

有一天，一队的球员，一人脚蹬一双白色回力鞋，意气风发走在去往比赛的路上，而且像扭秧歌似的走走跳跳，不用说，他们是怕尘土或者泥水糊脏了鞋子。回力鞋底子厚，有弹力，穿在脚上，好似安了弹簧，有一种天然的推动力。一群年轻人说说笑笑走在路上，身后跟了一群看热闹的孩子，到了比赛现场，立刻引来一片惊艳的目光。雪白的鞋面，绿色的鞋底，球场上跑起来，仿佛电打的一样，速度快得让人追不上，从气势上一下子压倒对方，赢球自然是不在话下。

回力球鞋是乡上的一个国家干部回上海探家时给他们带回来的，有了这一双双回力鞋，球队的技术水平，仿佛注入催化剂，从此提高不少，一打比赛，赢多负少，成了各队盯防的主要目标。而这极具诱惑力的回力鞋，同时也成了我们向往的对象，做梦都想拥有一双。后来还真的有了，一开始不适应，觉得脚底下像垫了什么软东西，走路一翘一翘的，不太习惯。后来又怕鞋子被弄脏，走路眼一直盯着脚底下，专拣干净地走，哪怕绕弯路。可是活动量大了，毕竟脚出汗，或者一不小心，鞋面粘了脏东西，洗的时候就得格外小心，先是鞋带，鞋眼来回穿，难免留下黑印，一遍一遍要单独洗，撒洗衣粉，还要用土肥皂，老百姓俗称"胰子"，再不行，就要找来粉笔再一遍一遍涂。洗鞋面更是如此，小心翼翼，仔细认真，最后用粉笔涂上厚厚一层，等鞋干了一看，真的还很有效。

挖　冰

　　二十世纪七十年代初，我们家住在芦草沟杨家庄子，也就是生产队上最下面一个自然村，院子外一条洋灰渠，夏天流水时断时续，到了冬天渠里除了积雪，一滴水都没有，吃水就成了最大的问题。从我们家到挑水的泉眼，有两三公里路程，一个来回个把小时，加之个子小，扁担长，挑着两桶水，晃晃悠悠，颤颤巍巍，走一阵，歇一阵，一不小心滑倒了，水洒一地，爬起来，拍拍雪，很不情愿地再折回泉眼边，重新接满两桶水，挑着担子小心翼翼往回走。

　　挑水是个力气活，也是技术活，大人一个肩膀压疼了，一边走一边就能把扁担换到另一个肩膀。我们则不行，没有那个本事，必须停下脚步，躬着腰子，撅着屁股，两手抓住铁钩子，将水桶轻轻放在地上，揉揉肩，缓缓劲，然后才继续赶路。再有就是走路不稳，水桶摇晃，走一路洒一路，回到家时一桶水成了半桶水，大人就出主意，找两根窄细的竹片，钉成十字形状，洗干净压在水上面，果然水洒得少了。

　　正是长身体的年龄，天寒地滑的，挑一次水费不少劲，耳朵冻得通红，呼呼喘着粗气，父母担心我们打小受累，影响长个子，就极力劝阻我们不再去挑水。我们不听话，偷偷摸摸又挑了几回，惹了大人生气，于是父亲亲历亲为，拉着爬犁，扛着斧头，带我们来到冰滩上，找一个无人涉足的干净地方，扫扫上面一层雪，挥舞着长把子斧头，一斧子一父子朝下开始挖冰了。

　　冰滩是由山脚下那眼泉的泉水日积月累自然形成的。最早泉水顺着河沟游动，天一冷，开始结冰，太阳出来，水继续向前流，一层一层，一截一截，循序推进。泉水一会儿化成水，一会儿结成冰，时间一长，漫出河沟，波及两边田地，就像海边潮涨潮落，一波一波延展、拓宽，高高低低，错落有致。冰滩湿气大，天阴时有雾气，氤氲弥漫，视野模糊。日头一照，天空一片蓝，树身一片白，晶莹剔透的雾凇，风一吹雪花一样飘扬。再看冰滩上，五颜六色，光怪陆离，成了一片五彩缤纷的世界。颜色深的地方，呈灰黑色，那是最接近庄稼地的地方，透过一层薄冰，看得见黝黑的泥土，踩上去随着"咔嚓、咔嚓"的响动，冰下边先是一圈一圈白色的水泡，继而泥浆从冰裂口冒出来，甚至能听到"咕嘟、咕嘟"的声音。有些冰面结着一层白霜，在阳光照射下，熠熠生辉，银光闪闪。有些冰面则重新开始泉水漫溢，随波逐流，却悄无声息，开始像白色绸缎浸染，随后变成一层冰沙状，似流非流，流光溢彩。而更多的地方白一片，绿一片，蓝一片，青一片，仿佛走进九寨沟五彩湖，充满诗情画意，简直是一个童话世界，给人想象的空间，留下难忘的记忆。

　　这里的确是一个孩子们的乐园。滑爬犁的，滑脚马子的，打牛儿的，打骺石的，不是脚上的鞋子被水浸湿了，就是身上到处粘着雪，一个个兴高采烈，心无旁骛，沉浸在游戏和欢乐之中。我们人在父亲身边挖冰，心却随着孩子们叽叽喳喳的声音飞走了，一阵溅起的冰碴打在身上，这才回过神，伸出双手，帮着父亲把一块一块冰装进麻袋。麻袋立放在爬犁上，因为冰块有大有小，且不规则，装进麻袋会有空隙，必须不停地将麻袋提起来，再蹾几下，这样冰才会装得尽量多一些，沉一些。

　　挖冰也要讲究技巧，不然一斧子下去，冰碴多，冰块少，出力不出活。就见父亲蹲在冰滩上，先画一个圈，沿着冰圈再使小劲砸出沟槽，看着沟槽有了一定深度，站起身，猛地在冰圈内砍几斧头，随着一阵崩裂声，一块块厚厚的冰块就下来了。冰碴像碎玻璃，有棱有角，光闪闪、亮晶晶，蹦到脸上，会刮伤脸皮，捧在手里冷冰冰，钻心寒。冰块大的如砖块，小的似拳头，抓在手上沉甸甸、凉飕飕，砸在脚上硬邦邦、死沉沉，疼得让人嗷嗷叫。麻袋装满了，扎好扣，放倒再绑上绳，父亲扛着斧头前面走，我们拉着爬犁跟在后，回家化成水，吃的喝的都有了。

有些时候我们也吃雪，提一个桶，带一把马勺，到麦子地深处，把上边一层脏雪除去，一马勺一马勺盛进桶里，提回家倒入炉上锅，立马刺啦啦就变成半锅水。只是雪水颜色发暗，味道涩口，我们很少喝，大都用来饮羊和洗洗涮涮了。而冰就不一样了，色泽清亮、味道清醇，和自然流水差别不是太大，挖一麻袋冰，够用两三天，省了力，还解决了吃水难的大问题。

父亲因为忙，天天早出晚归，我们随他挖了几次冰，就取而代之，不再劳他的驾了。另外还有一层意思，就是我们借机可以挖冰、游戏二者兼顾。大都是我和弟弟一同去，有时哥哥也会帮助一下。挖冰的地方在村中央，介于杨家庄子和泉眼之间，一片开阔的场地，尤其到了放寒假，冰滩上从早到晚都有孩子在那里活动。我们每次先挖冰，后再玩，一开始动作慢，一斧子下去，冰碴乱飞，冰块却下不来，两个人你砸一阵，我换着再来，但效果一直不明显，急得像热锅上的蚂蚁，忙活了半天，冰块少，冰碴多，麻袋松松垮垮，拉回到家里，自己都觉得不好意思。有过那么几回体验，就熟能生巧，进度和质量都上来了，不但冰块大而厚实，晶莹透亮、光彩熠熠，银子一样闪烁，钻石一样璀璨，冰清玉洁，完美无瑕，麻袋也是满实满载，一个人拉着吃力，两个人用劲将就着慢慢往前走，分量足，心中喜，有一种载誉而归的感觉。

挖冰的任务大功告成，我们就如释重负来到冰滩，加入游戏的行列。我喜欢在冰上滑脚马子和打髀石。脚马子有双板和单板两种，双板宽一些，下面固定有两条钢筋，踩着稳当；单板高且窄，下面仅有一根钢筋，没有相当功夫，脚是踩不上去的，即使勉强踩上去了，也是一滑一个跟头，摔得鼻青脸肿的。我一直踩着单板，如果看到冰滩上一个家伙倒背着手，燕子一样飞速而去，不用问，那就是我了。我在冰上滑脚马子，经常会表演一些高难动作，比如雄鹰展翅，还有金鸡独立，特别是金鸡独立，动作难度大，必须经过刻苦磨炼才能达到要求。每当我单脚着地，另一只脚高高伸向后方，挥舞着双手风一般从人面前飞过，那个潇洒劲，谁见了谁竖起大拇指。

髀石就是羊拐骨，不但分为"温海"（右后拐骨）和"索罗"（左后拐骨），而且还有背背、窝窝和香九、臭九之别，背背即背面，窝窝即正面；香九就是上方，臭九就是下方。窝窝优于背背，香九胜于臭九。而打髀石又分"泡克"和"三太板"两种。"泡克"就是双方各取一个髀石当子，并立放在一起，在外围再画一个圈。然后将各自的砣子握在一块，来回往地上撂，看谁取得优先权。接下来取得优先权的一方，走到事先规定好的距离，习惯性地用脚在地上来回踢一下，将砣子提得高高的再撂至脚下，不管香九臭九，都可以拾起砣子，站在原地来投掷圈里的子，如果正好将子击出圆圈，就算是赢了，反之对方再来。

"三太板"则是先在地上画一条横线，长短要适中，各自取一子立着摆在两头，然后也是撂砣子，优先者在规定的地方飞九，要是没能飞九，而是窝窝或背背，就由人家站在摆子的线上，用他的砣子来击你的砣子。无论是击子还是击砣子，必须达到三脚的尺码，不然就轮至对方来击了，所以才叫"三太板"。冰滩上打髀石特别有意思，蹲下身瞄准好，伸出臂膀一扔砣子，就像现在看到的冰壶比赛一样，人也跟着髀石砣子在冰滩上滑行，就听"当"的一声响，砣子击中目标，两个髀石像安了弹簧似的，瞬间一前一后弹出去好远，赢得一片喝彩。

到了开春化雪，冰滩就逐渐变得清静了，远远望去一片水汪汪，湿漉漉，上面甚至有些雾气缭绕。孩子们的游戏便从冰滩转向别处，此时冰面也被漫溢的流水覆盖，牛粪、马粪、驴粪和羊粪混杂其中，渗入冰层。而冰层只要受到污染，我们靠挖冰吃水的日子，就同时宣告结束了。

劳动最光荣

　　不是所有农村孩子都吃过苦，也不是所有农村娃都懂得农事。比方说啥叫墒情，何为歇地，为什么农民爱把"人误地一时，地误人一年"这句话挂在嘴上，镰刀咋使，铁锨咋用，恐怕不少人一头雾水。

　　说句不好听的话，过去农村就是艰苦和贫穷的代名词。"面朝黄土背朝天"，一年到头含辛茹苦，依旧不够吃，不够穿，揭不开锅的酸楚，很多人家都经历过。日子要过，活就要干，哪怕你年纪还小，活总是干也干不完，很可能有些重复劳动对扭转家境状况没有多少实际意义，也得年复一年起早贪黑，周而复始干下去。

　　开春季节，地里的雪刚一化完，先要把积攒了一冬的肥料拉到地里。肥料分两部分，一部分是拉着爬犁走村串巷拾到筐里的马粪、牛粪，还有大粪，然后堆在院子外面一个墙旮旯；一部分是从自家羊圈，一锨一锨翻地一样，把厚厚一层连土带灰的羊粪，两个人用抬巴子抬出去，堆在粪堆上。不几日沤化的肥料呼呼冒热气，上到地里，地力就增强，作物便茁壮生长。这个活很累人，一是握铁锨的手磨成了血泡，生痛。二是地边有条渠，要靠担子把粪再挑到地里，一根扁担，两个筐子，挑到肩上分量重，一天下来，肩膀磨得红肿，躺在炕上像散了身子骨，睡觉直哼哼。

　　粪上到地里，像一个个黑色小土包，还要靠要一锨一锨均匀撒开。随后再用铁锨开始翻地，这是个强劳力活，刚开始劲头大、速度快，到了太阳头上照，脱了外衣，脱绒衣，最后索性只穿一件背心，还是觉得热。头上冒汗，脸上淌汗，汗流浃背，关键是这个时候脚掌用力过多，被铁锹硌得疼痛难忍，而地翻了接近一半，还有一半玉米茬子都还原地不动端爹着，心里就有了负担，埋怨天太热，地太多，活太重，哪一天是出头之日。

翻地的同时，要用铁锹背不停地把土坷垃拍碎了，胳膊就要使劲，到了回家时胳膊好像是别人的，已经失去了知觉。而地还要平整好，靠马或者驴拉耙子，人站在上面，来回将土地磨平了，地里的玉米茬子、石头捡干净了，才具备下种的基本条件。先要打好埂子，挖好沟，选好种子，种玉米和葵花，手拿一个小铲子，挖一个坑，点两粒种。种洋芋则用刨耙，挖前面的沟，埋后面的沟，一个人叉开两退挖沟，一个人蹲下身点种。一个人退步向后走，一个人紧跟向前进，动作娴熟，配合默契，间或拉一些家常话，比一个人默默无闻劳作好受多了。

玉米和葵花长出苗了，要间苗和除草，洋芋长出来了，则要壅土。间苗和除草，不能一劳永逸，一锤子买卖，要重复劳作好几次，直到长势旺盛了，才能留下最终一株苗，任其自然生长。洋芋壅土则是一次性的，有些人家为了确保收成，壅土时割来苦豆子，埋入土里，地老虎的数量就明显减少，土豆就安生生根发芽，果实结的多了。

庄稼不能缺水，不然一年的辛苦就白费。地块小，又平整，浇地就相对容易。水按地沟走，不跑水，地浇得透，墒情保持时间长，等下一个水来，庄稼不带卷叶子的，绿油油的，看着心里踏实。地块大了，土地高低不平，水流急速，形成雨打地皮湿的短期效应，高处见不上水，低处水成洼，苦乐不均，影响收成。农村种地，勤快人精耕细作，种地就像绣花，田是田畦是畦，沟是沟渠是渠，地里不长一棵杂草，土里散发着的都是当家肥的味道，种粮粮成，种菜菜旺，吃的苦比睡的觉多，受的累比吃的饭多，换来的是满脸花一样的笑容，泉水一般敞亮的笑声。懒人种地偷奸耍滑，出工不出力，磨洋工，人哄地，地哄人。种麦子燕麦比麦穗高，种玉米稀稀拉拉，一棵葵花，葵花头多得像铃铛，一株洋芋，大的像鸡蛋，小则似花生，真正的庄稼人看来摇头，叹息，骂一声"这狗怂，地咋种的？"很是想不通地走了。

前些日子，在电视上看到这样一个报道。说是南疆有个乡村，一个年轻人种了红枣，但收成不好。工作队打算帮助，年轻人听了高兴，却说没有钱再买树苗，工作队回答说，我们凑钱给你买。年轻人又担心不会管理，工作队让他放心，说他们帮着看管。随后年轻人又犹豫，结了枣卖不掉咋办，工作队又说，我们帮你卖。这个时候，一个老人过来，指着年轻人嚷嚷道：人懒地才荒，看看你种的地，草比人高，枣比树少，害不害臊？干一行要务一行，干一行还要爱一行，不然就像这个年轻人，枉背一个农民的名声，却丢农民的人。

放羊看似轻松、浪漫，实则谁放过羊，谁就有一肚子委屈。一个是你每天都要比别人起得早。十六七岁的年纪，那是给一沓哗啦啦作响的钱票子，都不愿卖瞌睡的时候。天麻麻亮，就得出门，这当儿天很冷，风一吹，身上瑟瑟发抖。我是经常缩着脖子，斜着身子，跟在一群毛墩墩的绵羊后面，上山下沟，哪里草场好，就把羊群赶向哪里。羊儿低头啃食着草皮，我也见缝插针，找一个背风的地方，蹴着身子打个盹。可是一睁眼睛，羊却不见了，跑向山头一瞧，羊群已到庄稼地里。牲畜糟蹋了别人的庄稼，后果那是非常严重，我情急之下撒腿就一阵猛跑，好在多次都是化险为夷，想起来一次次感到头皮子发麻。

放羊有两件事情最让人头疼。一是羊混群，二是羊误吃三瓣子苜蓿。害怕羊混群也分两种情况，一种是害怕羊混入有过积怨的放羊娃的羊群，另一种是害怕混入托克逊人的羊群。所谓的有过积怨，不外乎因为打骽石、划领地（放羊娃都有固定的牧羊地，一般不会相互跨越）彼此曾经红过脸，有过撕扯行为而已，没有什么大不了的事情。但羊群混在一起，容易节外生枝，再生矛盾，心里多少有点疙疙瘩瘩，忌讳。我们乌鲁木齐周边山上，过去有不少托克逊过渡草场，游动性很大，羊群一旦混入其中，一不小心就会跑出去很远，一时半会找不到，搞得人身心疲惫、担惊受怕。山上的草杂，有些羊能吃，有些是羊要离得越远越好，最怕羊儿误吃了三瓣苜蓿，那样的话，羊的肚子发胀，硬邦邦、气鼓鼓，羊随时都有被胀死的危险。有经验的放羊娃，就喜欢撅了柳树条子，编成凉帽戴在头上，一旦有了羊胀肚子的紧急情况，急忙将柳树条子塞进羊口中，让羊咀嚼吞咽，据说有很好的效果。

有的农活耽搁不起，比如下种，比如夏收，都有很强的时间要求，错过了就等下一个周期了，一推就是一年半载，所以才有"抢农时"一说。割麦子就是如此，麦黄叫（知了），麦子熟，磨好镰刀，扎好草腰子，头戴一顶草帽子，脖子上挂一条白毛巾，低头弓腰，一手抓麦秆，一手挥镰刀，人望前边走，麦子向一边倒，一鼓作气割下去，回头再一看，很有成就感。因为身后那一片麦铺子，就像一条条瀑布，从地头一直这么黄灿灿延伸至人的脚下，一年的希望和收获，全凝聚在一滴滴渗入土地的汗水中，深藏在永世难忘的记忆里。

割麦子是力气活，也是考验人的意志品质最典型的当家活。天上太阳最毒，地上麦芒如刺，镰刀割下去，一股呛人的尘埃，虫子一样钻进鼻腔，侵入肺腑。汗在身上流，芒刺在背动，黏糊糊，奇痒痒，急躁躁，就觉头昏眼花，呼吸紧促，不喝水渴得要死，喝了水汗水如注，赶时间，抢进度，麦子齐刷刷倒下了，而人离栽倒也就一步之遥。最强壮的汉子扛得起一麻袋麦子，却不一定经受住这种如火般煎熬的割麦日子。"锄禾日当午，汗滴禾下苦，谁知盘中餐，粒粒皆辛苦"，只有在烈日如烤的大地上，为抢收扑下身子而忘我的人，才有这样刻骨铭心的感受和体验。劳动是生存必需，生活所迫，也是亘古不变的为人之道，处事之路，离开了劳动，我们将一事无成。

就像打土坯，我们乡下普遍叫脱土块。一个最简单的盖房子原材料，却从最原始的步骤开始：挖土、和泥、滚草、入模、成形，少一道程序都不行，哪一个环节出问题都得重来。其中最吃力的是和泥，我们弟兄几个都很怵，却也没有办法，轮番上阵，接力完成。土质要好，避免泛碱，就要事先选好土源，从上往下，一刨锄，一刨锄挖下来，形成一个黄土包，上面再自然形成一个盆状土坑，浇上水，等水渗透黄土，挽起裤腿，手持铁耙，一边挖泥，一边踩泥，几次三番，来回反复，通过挖、踩、搅、拌、窝等步骤，泥才算基本和好。挖和踩好理解，搅和拌也不陌生，就是搅拌融合的意思，让泥土尽快兼容。而"窝"类似在饧面，需要让泥巴由一个从"生"到"熟"的过程。

模子是木制的，有一次只脱一个土块的，也有一个模子同时脱三块的，这样的模子体大，量重，专供壮劳力使用。一天下来，别人脱三四百块土坯，壮劳力可以突破千块大关。土块在入模前，是要掺和麦草的，粉碎的那种，农村叫麦裔子，起凝固黏合作用，土块不见水就很结实，一些上百年的老土块房子，房顶都坍塌了，挖开墙，土块还完好无损，的确结实耐用。

还有撬石头，烧砖窑，赶马车，都是农村不可或缺的劳动，经过了，就是一种积累和财富。在很多地方和场合，都能用得着，靠得住，让你的思想更丰富，意志更顽强，品德更高尚。现在人们不断说到乡愁，其实就是怀念自己出生和劳动过的地方，怀念父母的音容笑貌和大爱无疆，怀念过去一些人和事。或许高兴，或许感伤，都和家乡的山水草木联系在一起，过去不在意，而今忘不了。人越是活到老，记忆越是停留在孩提时代，尤其几个从小生活在一起的乡下人，知根知底，往来不断，虽两鬓斑白，却乡音不改，说起过去和现在，一样感慨，一样不舍，眼含热泪，心情激动，感念遇上了好时代，过上了好生活。

劳动让人明白许多道理，劳动也让人心存智慧，笑对生活。那么艰苦的劳动都挺过来了，什么样的沟沟坎坎过不去，那么难熬的日子都坚持下来了，有一点小小的挫折没什么了不起。不走荆棘路，摔跤寻常事。意思都一样，过过苦生活，方知甜日子。年轻时多干一些活，上了岁数，想想也幸福，因为劳动最美丽，最美丽的劳动者，创造最不平凡的火热生活。

盘中餐

　　"盘中餐"这个题目，让人自然想起"锄禾日当午，汗滴禾下土，谁知盘中餐，粒粒皆辛苦"这首古诗。五言四句，简单明了，把天下农民一辈子面朝黄土背朝天，日出而作，日落而息的艰辛和无奈，把粮食的稀缺和金子般的珍贵，就那么逼真、那么生动地展现在我们面前，仿佛一幅绝世画面，看过一次，就永远印刻在脑海里。

　　常言道：春种一粒粟，秋收万颗粮。而这一种一收，又包含着多少农民鲜为人知的辛酸泪。土地贫瘠，粮食歉收，水跟不上趟，庄稼不成，有了病虫害，造成减产，误了农时，耽搁一年，凡此种种，都是户儿家经常遇到，也必须面对的现实问题。一个问题刚解决，下一个困难又接着来了，让种地人一年四季忙得团团转。有些问题靠劳力解决，有些困难靠票子解决，有些事情一个人不行，要靠集体的力量，不然粮食种不到地里，即便种上了，也不一定有好收成。

　　就以麦子为例，在我们新疆，有春麦和冬麦之分，春麦适合于山区，开春播种，晚秋收割。冬麦头一年秋季下种，翻过年夏天开镰，所以农民盼着冬天多下雪，大雪像一床白棉被，覆盖在冬麦之上，才能确保粮食丰收。"雪，雪，大大地下，蒸下（哈）地馍馍车轱辘大，柜柜箱箱盛不下"，这是我们从小学会的歌谣，足见大雪对粮食的重要。

　　粮食从一粒种子，到我们碗中心爱的美味，走过的是一条漫长曲折的道路，如何种下去，怎么收上来，现在很多哪怕是农村的孩子，也很难一样一样说清楚、弄明白。就像许多城里人不知道车床什么样子，螺丝钉如何生产出来，有些农村孩子甚至连麦子和韭菜都分不清了。四体不勤五谷不分，是很多孩子的通病，不知道粮食是咋来的，就不知道疼爱劳作在土地上的父母。更有甚者，害怕暴露自己的农村人身份，听不惯乡音，睡不惯土炕，张口闭口普通话、城里事，"一年土，二年洋，三年忘了爹和娘"。当然这样的人是少数，不能以偏概全，但不能忘了自己是从哪里来的，根在何处。"不忘初心，方得始终"，当下这句话很新潮，也很发人深省，土地是我们的命根子，粮食是我们的生存之本，父母对于我们至高无上，道理就这么简单，用列宁的话说：忘记过去，就意味着背叛。一个忘记了乡愁，对土地没有情怀，不知道感恩的人，说到底不能算是一个纯粹的人。

老百姓对一块田地的感情，不亚于自己养育的骨肉，从犁地开始到收获庄稼，心思和精力都在庄稼上。还说种麦子，撒种就是一项含金量很高的农事，有些人当了一辈子农民，却不一定会撒种，必须是行家里手，一手抱着桶，一手挥洒籽种，手脚配合默契，种子抛撒均匀，考验的是人的眼力和耐力，收获的是自信和赞誉。我曾经在一首诗里这样描绘撒种："把手伸进怀中的盆钵，目光所到之处，种子就像从天而降的春雨，淅淅沥沥投入土地张开的怀抱，一种温暖油然而生。"绿油油的麦苗长出来，就像是希望在农户的心中生长，时不时蹲在地头，手捋着麦苗，如同抚摸着自己的孩子，脸上绽放着灿烂的笑容。来过一场雨，或者浇了头水，戴上草帽，穿上雨衣，脚蹬雨靴，提一桶化肥，顺着垄沟一趟一趟撒化肥，雪花一样的化肥，雨点般撒落在翠绿的麦田里，在农民的心中又掀起一层幸福的涟漪。

庄稼一枝花，全靠肥当家，要想好收成，水还要跟紧。麦子长到齐腰深，正是灌浆、抽穗的紧要关头，千万不能缺了水。特别是地处下水口的麦田，看着上面来了水，赶到地头，一渠水则成了半渠水，因而就得有人扛着铁锨来回巡水，不然不是这里渗漏了，就是那里被人截了，派水时间虽到，地还没有浇完，时常闹矛盾，起纠纷。我们好多地方人少地多，土地不平整，不是细流沟灌，而是大水漫灌，吃上水的地方，淹成了涝坝，地势高的地方，依旧是雨过地皮湿，浇不透，墒情差，一片绿地中，间或一处一处泛黄的麦子，就是缺水的缘故。我浇过这样的麦地，大太阳头上炙烤着，胳膊被晒得脱一层皮，但麦子地浇得一塌糊涂。水大了，流速急，口子一打开，浑浊的流水像饿疯的野狗，拼命向前冲，顾了这一头，顾不了那一头，脚底下一会儿工夫冲出一条水沟，不及时填补，一块地就被毁了。水流小了，太耗费时间，却不见得将地全部浇透。我就像个灭火队员，扛着一把铁锨，哪里告急，就火速冲向哪里，两脚都是泥，浑身全湿透，汗水泪水混在一起，一个上午就像漫长的一年，人累得几乎散了架子。

浇麦子又苦又累，割麦子则有过之而无不及，弄不好还会被镰刀割伤，留下疤痕。水浇地麦子长势好，又高又稠，技术高超，一镰刀下去，齐刷刷一片麦子倒地，反之抓一把割一把，进度慢，成效低，不大工夫，就被人远远撂在身后。以前割麦子都是7月15日左右，各单位都下乡帮助麦收，这些人被称为"夏收人"，穿着白衬衣，脖子上搭一条白毛巾，干活不多，喝水不少，和当地农民比起来，差得远了，就有不少人打下手，抱个麦铺子，扎个麦捆子，或者送个水什么的。还是天最热的时候，要抓紧时间抢收，否则天下雨了，麦子就遭殃了。就见有的人挥舞着镰刀，弓着腰，"唰唰唰"一阵响，麦子像战场上的敌人，一堆一堆倒在割麦人的脚底下，然后脚一抬，镰刀一收，麦子整整齐齐平摊在一边，动作麻利，速度超快，一个来回，收获一大片麦子。尤其妇女组的那些婆婆妈妈们，一边张家长李家短地说笑着，一边头也不抬汗流浃背地割着麦子，韧劲足，耐力强，从天亮到天黑，一个比一个能吃苦，一个比一个割得多，灰头土脸，口干舌燥，体力透支，身心疲惫，看着让人心痛。这还没完，回家还要烧火做饭，看管孩子，照顾老人，就像铁打的人，的确撑起了乡村半边天。

割了麦子捆起来，再一车一车拉到麦场，紧场，阴场，摊场，把麦子摊成偌大一个圆场，套上马，或者开着拖拉机，拉着石碌子，一圈一圈，周而复始，碾压麦穗，打下麦糠，然后堆成山状，借助风力开始扬场。打场的日子，许多人吃住在麦场上，白天人声鼎沸，夜晚灯火通明，不但要防火，一口一口水缸盛满水，并排放置在麦垛边上，以防万一，同时还有戴着红袖标的安全员全天候守候。还要保证颗粒归仓，扬完场，将麦子一麻袋，一麻袋装上马车，运到仓库，一年的收成才算定局。所以有一位诗人这样写道："扬场，还要靠那些'好把式'，随手抓一把黄土撒向空中，确定风向，然后此起彼伏挥动一把把木锨，糟糠和杂质，粉尘一样随风而去，而金灿灿的麦粒堆积如山，这是乡下人最开心的日子，用沉甸甸的收获，分享节日般盛大欢庆，自古就说民以食为天，看看麦场挥汗如雨幸福场景，你才懂得庄户人对粮食割舍不断的特殊感情。"

种玉米也是如此。从一株小绿苗长到高过人头，再结三五个玉米棒子，或煮了尝鲜，或等磨成棒子面，蒸发糕或者窝窝头，要么打成糊糊，都是当今不可或缺的富含营养的杂粮。但不要忘了，玉米的生长过程同样凝聚着劳动者的汗水和心血。间苗、除草、壅土、浇水，一个环节都不能疏忽，尤其除草，一遍不行，两遍，两遍不行，再来一次，直到松了土且无杂草，玉米也就长到半腰高了。这是一个枯燥、繁重、熬人的活，也是一个分寸掌握不好，就会伤毁秧苗得非常细致的技术活。密密麻麻的一棵棵玉米，锄头刨下去，留下苗，除去草，不是一件容易做到的事情，需千锤百炼，长期积累。技术好的人，一个动作兼有三种功能，也就是说，锄头刨下去，同时把松土、除草和间苗的活都干了，一举三得，功半事倍。像我们这种一瓶子不满，半瓶子晃荡的半拉子庄稼汉，除了草忘了去间苗，松了土又把杂草落下了，总觉得活越干越多，人越干越累，干一天歇三天，老牛上套，稀屎不断，哩哩啦啦，没完没了，不要再说干了，看也把人看乏了。到了掰玉米棒子，要用力一拧再一拽，一袋子一袋子背回家，剥开皮两个一组皮对皮绑在一起，然后一排排吊挂在屋檐下的木杆子上，黄灿灿，光亮亮，自然晾干晒透，需要时取下来，磨成面粉食用，或者当饲料喂牲畜。我们最爱吃母亲做的"乌麻什"（苞谷面糊糊），用羊脂油炝锅，放上肉蛋子和葱花，还有洋芋疙瘩，一手端着盆子，一手拿双筷子，面糊顺着盆沿往下淌，筷子顺势在锅中搅，不一会锅中开始咕嘟咕嘟冒白泡，一股香气弥漫开来，诱发着我们的食欲。

最近到了南疆温宿，一路都是核桃园，一棵棵核桃树，根深叶茂，硕果累累。以前总觉得核桃好吃，有营养，要么用石头砸，要么用门缝挤，要么一手一个核桃，用力来压，总之想办法要吃到核桃仁，说是对大脑有好处。可没想到，核桃结在树上，功夫下在农户的心上。原本核桃仁包裹在硬壳内，硬壳外还有一层青皮，光滑，僵硬，干砸太费事，利器撬，也是一种收效甚微的笨办法，要么埋在土里，发酵后再除去青皮，要么堆放在阴凉处自然风干，脱壳。反正都不容易，关键是产出多，数量大，人少了不出活，赶不上好价钱，雇人成本又高，弄不好就成了给别人打工，得不偿失。

我们就看到一个路过处，一堆类似黑煤堆的东西，脏兮兮堆放在路边，不时还有黑水从底下渗出。再看水井旁，一架机器在那里转动，原先乌黑的核桃，转眼间变得清亮黄白了，一个辛劳的农民老乡，正在一辆农用车上忙碌着，脸上堆着笑，却一句普通话也听不懂。再往身后瞧，几十条白花花的尿素袋子，盛满了清一色漂亮丰收的核桃，干干净净，整齐划一，一看就是薄皮核桃，放到掌心一挤压，咔嚓嚓脆裂，肉质新鲜，口感好，不买一两箱子，有一种对不起核桃的感觉。

一棵核桃树，从育苗到生长，再到挂果，果农不知要操多少心，受多少罪，修枝，打叉，授粉，消灭病虫害，好不容易等着结果了，自己舍不得吃，就想卖一个好价钱，一个个从树上打下来，再想办法除去青皮，洗晒干净，一个个再装进袋子里，等着人来收购，有的时候价格好，有的时候不值钱，不值钱也要出手，不然一年的辛苦都白费了，所有的预算都落空了，今年不行盼明年，明年不成后年一定行的，人就靠理想活着，有了理想生活就有奔头。

粮食也好，果蔬也罢，没有一样盘中餐，不费吹灰之力就到手的。即便是当今社会，集约化程度高，耕作化水平先进，温饱问题已不再是燃眉之急，就有人数落说：用不着杞人忧天，再拿土地和粮食来做文章，那都是过去式，不能代替现在式。然而不管什么式，民以食为天是不变式，是硬道理，不管你吃的是美味珍馐，还是粗茶淡饭，一日三餐是铁定了的，那你就要珍惜盘中餐，起码知道都是怎么来的，这是对自己的尊重，也是对粮食的尊重，更是对人类和大自然的尊重。

新疆的冬天

春夏秋冬一年四季，季节不同，冷暖各异，总的感觉是春天有点短，冬季有点长。一个好像是急匆匆的赶路人，没时间环顾四周的景致，加快步伐，头也不回地朝前走，似乎一晃春天就过去了。一个则如总也睡不醒的"晒肋巴"（瞌睡虫），老是喜欢赖在被窝里不愿起床，等到日头把屁股都晒疼了，这才打着哈欠，伸着懒腰，磨磨蹭蹭起来了，然而大半年已经过去了。

新疆的冬天确实比较漫长，从当年的10月15日到第二年的4月15日，被确定为一个采暖周期，掐指一算将近整整6个月时间，足见新疆的冬季是一个什么样的概念。以前生活困难，天气也出奇的冷，很多人家的孩子，最多也就三四套衣服，春秋一套，夏天一套，冬季一套。尤其是冬天这一套衣服，最讲究，开销也最大。到了冬季，冰天雪地，严寒刺骨，必须"全副武装"才行，记得当时我和哥哥一人一顶"库拉克江"（皮帽子）戴在头上，身上则是"巨瓦"（皮裤子），到了脚上，不是棉鞋，而是一双小毡筒。即便这样穿戴，依旧经常手被冻裂，滋味不好受。

因了这种特殊的气候条件，冬季如何取暖，就成了人们生活中的一件大事，于是炉子、火墙、热炕等要素便应运而生。当时农村都是土房子，上房都有梯子，我们冬天上房，主要有两件事，一个是清扫屋顶的积雪，一个是扫除烟囱的煤灰。清雪的工具是推板子和扫把，除煤灰的家当则是一根缠了烂布条的长木杆子。

冬天冷，保持室内温度必须采取全面措施。譬如当时门窗都是木料做的，时间一长会裂缝，关不严实。特别是到了深更半夜，炉火奄奄一息，寒风钻进来，小孩子容易受风，头痛脑热了都是麻烦。所以地上落过霜以后，各家各户都要检查门窗，找来报纸，打了糨糊，把一个个缝子都糊严实了。后来有点钱的人家，索性到门市部买来透明塑料，遮挡在窗户上，室内温度就有所提高。记得我们家到了"三九四九冻死狗"的极寒天气，就要在门上挂一个旧毯子，挡风御寒，过上一段时间再一瞧，毯子上都会挂一层白色寒霜。

最主要的还是炉子。先是家家户户土炉子，有土坯砌的，也有土坯和砖块二合一的，后来还有用耐火砖砌。下面留风门，凹进去，是一个空当，炉灰掉下来，可以及时清除。就像一个古代的鼎，有底座，作支撑，高度到膝盖处，然后上面分层向外延伸，一层一层都要压茬，看上去美观，更是为了牢固。到了腰际，收口，外边看像是一个实体，其实也是一个空心，底部小，上头大，先放好炉齿，有浑然一体的原装货，也有自力更生找来铁棍现做的，和好草泥抹几遍，最后盖上炉盖。所谓炉盖，是一个现成的四方大钢板，中间再凿一个大圆孔，盖在土炉子上面，然后由大到小，一圈一圈再套生铁做的炉盖子。最上面那个小盖子只有碗口大，中间留有一小孔，生火，添煤，炉棍子一撬，一层一层就打开了，也很方便。实际上还要在风门上面再留一个小门洞，如果炉子上坐着水壶，或者正在做饭，而又需要炭火，直接把小门洞打开，塞进柴火和煤炭就很省事了。

有了炉子，还要配上火墙才行。打火墙是真正的技术活，只有行家里手才能承担。我们村上四五十号人家，会打火墙的只有那么几个人，必须及早预约，不然到了跟前排不上队。盖房子用土坯，打火墙则用砖坯子，所谓砖坯子就是没经过砖窑烧制的原生态砖。如果说脱土坯一个模子只能脱一块土坯，而砖坯子的模子则能一次脱上三四块。具体流程是：先和好泥巴，不添加草屑，一个个搓成团，滚上细沙，依次按入模子。随后双手蘸上水，依次在泥团上从上到下刮一把，其作用一是刮去多余的泥巴，二是使砖坯子上面变得平整、光滑。最后端起模子，快速来到场地，猛地一翻模底，将砖坯子倒扣在地上，脱砖坯子的工序就算彻底完成了。

等砖坯子自然风干才能使用，而且还要在大工到来之前做好各项准备工作。主要包括提前和好坐泥，不能太稀，也不能太稠，而且泥中不能有杂物。砖坯子也要提前码放在施工现场，场地要干净，不能有障碍，不然会窝工。除此之外，我们还要沏好茶，准备好莫合烟和报纸。打火墙的过程中，喝一口热茶，卷一根烟抽，那是最好的解乏。当然饭菜更是必不可少，母亲的抓饭那是拿手绝活，保证管饱吃好。

打火墙先砌底座，两到三层，这是实体，而后一层一层往上砌，到了一人多高才封顶，宽则像现在的三门书柜，双臂伸开的那个尺度。一个火墙打得好不好，关键是看烟火走得利不利，循环速度快不快，这就靠本事和经验。怎么留风道，拐点放在哪里最佳，看似土不拉几的一个土火墙，门道多着呢，处处都是学问。处理不好，火墙不但不热，还会打倒烟，整的满屋子都是烟，呛得人流眼泪，直咳嗽，那就前功尽弃，推倒重来劳民伤财不说，还要坏了大工的名声，这是万万要不得的。

炉子和火墙之间有个链接处，最好用合适尺寸的半截钢管，耐烧，寿命长。而烟囱则分两部分，屋内一部分到天花板洞口处，再上房顶，继续砌到大腿根的高度。有的人家觉得有必要，在房顶烟囱上，再续一截铁皮烟筒子。火墙打好了，炉子一烧旺，火墙就持续散热，室内温度就上去了，所以外面天寒地冻，屋子里却暖洋洋，热烘烘，太阳一出，阳光照射，摆放在窗台上鲜花开得艳丽，插在盆里的蒜苗呀什么的长势就旺盛。

除了炉子和火墙，有不少住家户，家中还有火炕，实际上就是一座躺倒的"火墙"，室内面积大，火炕就跟着扩大，反之就缩小。也是先打好底座，留好风门和烟道，随后填上土，上面铺上"炕面子"就成。"炕面子"城里人很少见，现在许多年轻人闻所未闻，即使很多农村孩子，也只是从大人口中听说过，却很少见过其模样。"炕面子"通俗地讲，就是铺在炕上的一种四方四正的大土坯，就像现在的地砖，有60厘米的，也有80厘米的，区别在于一个铺在地上，一个挪到了炕上。炕面子很大，也很厚实，一个人拿不动，需两个大人往炕上搬，一块一块拼凑好了，上面再抹一层草泥，然后铺上席子，上面再铺上毛毡。生活条件好一些的，还要加一层毯子，订上花布墙裙子，最后将被褥整整齐齐码摆在一个墙角的木箱子上面，苫上图色清爽布单子，房子一下子变得舒适、漂亮了。我到今天还在怀念旧日的土火炕，平平地仰躺在上面，一股暖流涌向全身，很惬意，也很消解困乏，躺下就想再多睡一会儿，懒得起床。

虽说冬天架炉子是一件最为平常的事情，但有些人一点就着，有的人则用嘴吹，用硬纸壳子煽，熏得淌眼泪，火却始终旺不起来。我的体会是，先找好点火的引子，最好是易燃的干纸张，不能捏成团，要留有空隙，上面放上一把干透的麦草，或者干细的树枝，等火一着，再往上添加提前准备好的柴火柈子。确保火势不会熄灭之后，最后再把煤炭放上去，炉火就会越烧越旺了。后来有了油毛毡，就事先把柴火和煤块都塞进炉膛，坐上水壶，然后从风门或者小门洞，点燃油毛毡来引火，成功的概率也很高。

再后来有了生铁铸造的铁炉子和铁火墙，铁炉子安放在伙房，铁火墙架在卧室，火越旺，火墙越热，火一灭，他就跟着退热，不像土火墙，即使火先灭了，仍旧保持一定的余温。因而铁活墙必须始终有火烧，不然半夜会冻醒。炉子要天天清除炉灰，火墙也要及时打扫煤尘。到时小心翼翼去掉几块砖坯子，拿了笤帚或者裹了布的木杆子，上下左右来回清扫，黑煤灰哗啦啦顺着火墙往下落，随后一铲子一铲子铲入灰盆，拿出去远远地倒了。冬天的晚上，必须屋中有温度，但也必须确保人身安全，那就是煤烟中毒，轻者导致昏迷，重者有可能失去生命。因而生火要有预防措施：

一是一定要盖好炉盖子，不让煤烟冒出来；二是压火不能想着一劳永逸，也就是狠狠地把炉膛填满，炭火一炸裂，顶开炉盖子，可能就会遭遇不测；三是水桶和脸盆随时准备一些清水，晚上放在睡觉的房子，可以起到一些保护的作用。

不管土炉子，还是铁炉子，下面风门还有一个作用，就是烧土豆和糖萝卜（甜菜）。从炉齿间掉落下来的炉灰，都是烫热的，将拳头大小的土豆和糖萝卜放进去，过不了多长时间，就烤熟了，吹了灰，剥了皮，外面焦黄，里面软绵，真是解馋。或者把洋芋切成片，放在炉盖子上烤，味道也很好。而铁火墙一般都带着烤箱，上下两层，各一个烤盘，锅里炒菜，烤箱烤饼，两不耽误。关键是烤箱里烤出来的饼子，有着和馕与馍馍不一样的口感，尤其是就着酸辣土豆丝一起吃，感觉就更不一样了。

凡事都要有合适的专用工具，冬天围着炉子和火墙转的，也有几样不可或缺的工具。火铲子，头像一个萎缩的簸箕，有一柄铁把子，铲煤渣，掏灰，离开了火铲子咋能行。炉棍，一根长铁，握手处要有手把子，呈耳朵形，握着舒服。炉棍要打成尖，再拐成钩状，放柴，添煤，手拿炉棍对上眼，钩出最小，也是最上面的那个炉盖子，其他炉盖就迎刃而解，很简单，作用却很大。夹钳，则是放大放长的剪刀样子，可以夹出炉膛的煤矸石，也能往炉中夹炭，很灵活，也很实用。当然还要配一把小榔头，最主要的功能就是砸煤块，找一个小凳子蹲在煤堆边，将一般人几乎抱不动的大煤块，一榔头一榔头敲成小碎块，然后装进胶皮煤筒子，提至屋内等着备用。这些都是我们过去不寻常的家庭生活，上了岁数的人都记忆犹新，而年轻人大抵不明就里，梳理成文字，算是一个小小的纪念吧。

库车馕

到了库车，就一定要品尝库车的馕，大而薄，脆又香。我们一般看到的馕，充其量盘子大，和库车的大馕一比，小巫见大巫，成了微缩版，小了好几轮。库车大馕是出了名的，早些年根本没见过，只是听说状若大锅盖，形似车辐辘，打一个馕，够全家人吃。

第一次吃库车大馕，还是几年前的一个早晨。那天我正在家里洗漱，就听得有人敲门，开门后进来一个朋友，倒背的双手，一脸笑容，却不说话。我好生奇怪，这个朋友原本人未见声先到，大大咧咧惯了，做事从不掖着藏着，此时却只管笑，不出声，难道有求于我不好意思开口。然而不等我让座上茶，朋友突然从身后拎过来一个大大的塑料袋，哈哈笑着对我说："老哥，我给你送馕来了，库车的，没见过吧？"塑料袋大，装在里面的馕更大，自行车轮子一样，袋子几乎盛不下，白里透黄的大馕，抹了一层皮牙子和黑芝麻，散发着淡淡的诱人清香。维吾尔族民间有这样的笑话：最好的工作是放羊，最美的事情是吾呼朗（睡觉），最爱吃的就是馕。对我来说，尤其如此，看到馕就想吃一口，何况这是库车的馕。我赶紧让妻子取出馕，一块一块掰开，装进盘子，端上餐桌，随后沏一壶奶茶，就着葡萄干和巴旦木，与朋友一起分享一次美好的早餐。

这几年乌鲁木齐也有了库车大馕，朋友看过我写的散文《心爱的馕》，文中库车馕只是一笔带过，就猜测我对库车馕不甚了解，经打听才知道胜利路就有一家专卖店，于是跑过去守在馕坑边买了几个，匆匆来到我家，想让我见识一下库车馕的风采。后来虽说经常可以品尝到库车的大馕，为其独有的特色拍手叫好，但总觉得比不上到原产地，原汁原味领略一番库车馕的味道，体认更真切，印象更深刻。

很快就有了这样的机会，国庆节前夕，出差到库车，头一天办完事，第二天我们就上街寻访馕的芳踪。原想去老市场看看，上了出租车才知道那里正在改造，听说我们要买库车大馕，司机掉转车头，走了不多远拐进一个巷子。巷子窄长，一眼望不到头，两边有不少门店，剃头的，做糕点的，零售小商品的，叫卖时令蔬菜水果的，麻雀虽小五脏俱全，应有尽有。但由于天公不作美，风一吹，尘土飞扬，四周灰蒙蒙的，很少行人。到了一排白杨树下，出租车停了下来，一瞧一个蓝色广告大牌，上写"阿布都海里力营养馕"几个大字，这才下车走到凉棚下，生平第一次如此近距离观察一个小小面团，如何经过一道道工序和烫火烘烤，最终变成一轮满月一样，香气四溢的库车大馕。

凉棚下，馕坑前，已有几个人来买馕，因为少则一两个，多则三五个，买馕的人即来即走。轮到我们时，数字一下子暴增，刚开始打算一人三个，四个人十二个馕，后来一想，出一趟远门不容易，再增加一些回去送人，于是最终数目攀升至三十五个。库车馕因为大，馕坑一次最多容纳两三个，三十五个馕需要一定时间，不如先交了定金，见缝插针到巷子里转一转。然而到了馕房向老板一讲，他却摇着头不愿意。我问他为什么，老板说，买馕的人随时来，来的都是客，不能看着馕出来，让顾客失望走，你们回来要馕，凑不够数字，我拿什么给你们，钱我不能先拿着，你们买馕要先等着。我们只能放弃转一转的想法，等着馕一个一个从馕坑里钩上来。

馕坑和馕房紧挨着，盘子大的面杖子从窗口送出来，打馕师傅接过来放到手心，像东北二人转演员转动手帕，一边转动面杖子，一边不停往大里撑，不一会儿，面杖子就变得又圆又薄又大，仿佛一个白色软绵的面钻辘，从一个手倒到另一个手，顺势再按放至面托上，扎上花纹，撒上洋葱、黑芝麻和胡萝卜丝，或者南瓜丝，腰身一弯，头一低，手一伸，馕就贴在炉壁上。稍停，手持长铁钩往里一钩，馕就钩出来了，不过馕并没有完全烤熟，只是根据情况掉转方位，或者做一弥补，重新送回炉内，过几分钟，再钩出来，馕就完全熟了。

　　缝补衣服再平常不过，用面补馕我还是头一回见，我就看到铁钩子钩出来一个馕，上面有一个缺口，打馕师傅从面杖子上揪下一点生面，补上去，捏一捏，再从馕坑钩上来，馕已完好无损。我就开玩笑说："以面补馕，天衣无缝！"

　　这时候，风小了，尘土不再扬，又陆陆续续来了买馕的人，男的女的，老的少的，自然形成排队，从凉棚下延伸至路边。有一个骑电瓶车的男子，好像是老板的熟人，急匆匆走进馕房，高声叫着老板的名字，意思是让他插个队，买几个馕好回去打发客人。老板依旧笑着不答应，说前面排队的人，等了很长时间，而且还有远方的客人，我打发了你，就不好打发别人了。一边说着，一边从屋里搬出几把凳子，让顾客坐着等候。

　　听说有乌鲁木齐来买馕的人，那个男子不再言语了，回到路边电瓶车跟前，抽着烟等待，凉棚下的几个女人却你一言，我一语聊了起来。"大城市的人看重库车馕，客人来了'达斯特汗'上一摆，很有面子呢。"一个说。"达斯特汗"乃维吾尔语，意即餐桌布。"那么远来咱库车买馕，我们等一会儿也没关系。"另一个道。一时间人们向我们投来羡慕的目光，其中一个戴着鲜红头盔，讲一口流利普通话的高个子媳妇，主动上前帮我们摆放着出炉的馕，一边摆一边还和我们聊着天。最有趣的是她还充当了报数字的角色，每烤出几个馕，她就报一遍数字，而且聊天用普通话，报数字却用维吾尔语。"贝日（一）、欽西克（二）、玉奇（三）、白西（四）、阿了特（六）、叶特（七）……"而我们的人也开始现学现卖"奥赛克孜（十八）、奥套扣孜（十九）、依格日买（二十）数了起来，惹得在场的人都笑了。

一次要买三十五个馕，我估计打馕的师傅也很少见，他盘腿坐在馕坑上，馕坑像一个四方平台，远远望去看不到炉口，走近一瞧，炉坑则像一个倒扣的瓮，口小肚子大，里面炉火通红，映得馕一片金黄。打馕师傅头戴白色高高的厨师帽，身穿白衬衣，腰系花围裙，动作麻利，坐功了得，耐力持久，一曲一伸中一个个令人称道的正宗库车大馕，变戏法一样，就从他辛劳的双手上创造出来了。周而复始被炉火烘烤着，他的脸一直汗津津、黑黝黝，却始终带着微笑，似乎没有一点倦意。

很快我们的馕全部打完了，经过一番晾晒，打算五个一摞，分别装进七个特制的专用塑料袋，打的去机场返回乌鲁木齐。然而最后再数馕确认时，却发现多出一个馕，成了三十六个，我们毫不迟疑，走进馕房，如实告诉老板，并坚决增补了多出的那一份钱。

桥比路长

桥，即桥梁，《辞海》中这样解释：架在水上或空中以便通行的建筑物，如石桥，铁桥。我们最早接触"桥"这个概念，还是在孩提时代，是担在水渠上那种最原始、也最简易的木桥。那时我们住在芦草沟村杨家庄子，出了院子就是一条排洪渠，从一大队到三大队，七八公里长，全用鹅卵石和水泥修砌而成。排洪渠呈U字形，上边宽，下边窄，年轻人纵身一跳越过去，年老体弱者只能绕弯路过桥涵，费心巴力走到渠对面。否则只能望"渠"兴叹，干着急，使不上劲。后来就有人提议找几根木头，担子水渠上面，于是就有了记忆中最先看到的木桥。

后来公社从下面老址搬到村上一二三队交界处，每每遇到山洪暴发，芦草沟河浊浪翻腾，轰隆隆的河水，雷声一样，振聋发聩。早先的桥梁禁不住洪水冲击，成了危桥，人们出行极为麻烦，只得重新设计改造，再建一座结实牢固的新桥。从此道路畅通，车来人往，不但有了桥头商店，还通了班车，早晚各一趟，从乌鲁木齐中桥到芦草沟三小队，人们进城方便了很多，再不用为找个便宜旅社来回跑趟子，或者为去亲戚家借宿不自在而发愁，心情自然变得舒畅了。

这都是路桥带来的实惠。不然换作以前，我们先要到附近煤矿搭乘拉煤的汽车，认识矿上的人还好一些，经人介绍，司机答应捎上一程，运气好了，直接带进城里。如果仅凭自己跟司机求爷爷告奶奶，最多也就到地磅，煤过磅，人下车，另想办法。要么等石化到乌鲁木齐的19路公交车，要么去往米泉，再坐13路。终点站都是医学院，去南门上1路车，到大西门倒7路，赶火车则乘2路车了。如果是石人沟的人到米泉，或者去乌鲁木齐，就要步行走很长的路，才能到达煤矿，然后再磨破嘴皮子，给司机说好话捎上一程。尤其到了冬天，天冷时间又短，总觉得天刚亮一会儿，太阳就又急着要落山了，工夫都花在了路上。父亲有个干沟的哈萨克族朋友，儿子在城里畜牧局工作，每次回家，先要在我们家住上一宿，第二天再往家里赶，来回一趟，费时不说，人也累得够呛。

当班车通到一大队三队时，就给附近的农牧民也带来了福音。进一回城不再变得遥远和疲惫了，特别是遭遇突发重大疾病，班车一来，拉上病人就走了，了却了往常担惊受怕的煎熬。所以说要想富，先修路，只要路修好了，距离也就不成问题。有两个例子，一个是1977年到山东上大学，就有一个西藏阿里的工农兵藏族学员告诉我们，他回一趟阿里，大概需要半个月时间，从山东到新疆吐鲁番大河沿，再到喀什叶城，最后回到阿里。先是火车，再换汽车，经过好几个省份，从鲁西南平原到青藏高原，一路颠簸，车马劳顿，还有重新换水土的诸多不适应，回一次家散一回身架骨，吃惊了苦头。一个是儿时邻居艾尼大哥，和田民丰人，因早年被诬陷，在乌鲁木齐监狱服刑，后来释放来到我们村上，娶妻生子，再后来平反恢复工作，重又回到民丰，从此家人天各一方，两地分居。当时因为没有沙漠公路，也没有铁路，探一次亲，也要费很大的周折。从民丰到和田，再到喀什，还要跨越阿克苏、库尔勒，走干沟，进后沟，过达坂城，等到乌鲁木齐，人就像剥了一层皮一样，憔悴得不成样子。而今有了沙漠公路，距离一下子缩短了500多公里，省多少心。而坐上火车，人们从此不再受罪，好比一座长长游动的房子，夏天不热，冬季不冷，吃喝拉撒睡都在车上，一路看着风景，也放松了身心，值得。更惊奇的是，坐飞机已不再是什么奢望和稀罕事，一只硕大无朋的鸟一样，总感觉飞机刚从乌鲁木齐机场起飞，不一会儿就已在和田降落了，速度快得不可想象，前后两重天，生活大变样，不比不知道，一比感慨万千啊。

再说乌鲁木齐，我当年还曾经有过一次坐上马车回到芦草沟的经历。当时上小学，一次暑假到红山姑妈家做客，一住就是十天半月，急着就想回家，却一个人找不到回家的路，只能心急火燎等待机会。突然有一天，说是涝坝沟的大伯他们到了乌鲁木齐，而且是坐着马车来的，住在中桥车马店，因为要办的事很多，不能再到姑妈家，只能托人问候一声。听到这个消息，归心似箭的我欣喜若狂，缠着姑妈大儿子木合塔尔哥，赶快将我送到中桥，搭乘涝坝沟的马车赶紧回家。马车上午出城，经红雁池、榆树沟、葛家沟，到了石人沟红土湾，等到了三队喀瑞庄子，我的记忆逐渐变得清晰起来，并且及时认准了那条回家的路。于是乘着大人们打盹不注意，我急忙悄无声息溜下马车，撒开脚丫子，一路跳着唱着就跑回家去。

后来公社路修好了，汽车也渐渐多了起来，再到姑妈家，就走河滩路。既然叫作河滩路，顾名思义，就是由早先的泄洪道改造而成的道路。起初破破烂烂，全是石子，路两边有很多沙场，拖拉机、翻斗车出出进进，尘土飞扬。而道路坑坑洼洼，凹凸不平，坐在车上面，人一颠一颠的，就像跳皮筋，必须牢牢抓住车厢板，不然容易摔跟头。不过既然是河道，就建有桥梁，所以西大桥成了乌鲁木齐标志性建筑。东西走向，一头连着天山区，一头连着沙依巴克区，站在桥上向北望，一座红山赫然耸立，还有高高的镇龙塔，见证着这座边城的过去和现在。

据了解西大桥最早建于清代，后来多次被洪水冲毁，又多次重建。先是木桥，后来改建成石墩木面桥，二十世纪五十年代再遭洪水冲毁，从此政府下决心，修建了一座钢筋水泥大桥。到了2005年，新疆维吾尔自治区成立50周年，再次对西大桥进行全面升级改造，才有今天这么美观、大气和牢固的一座现代化大桥。就在河滩路上，最先还有一些原始桥梁，譬如中桥、三桥、五桥等，如今都焕然一新，变成了花朵一样盛开的立交桥，如人民路立交桥、广汇桥等，连接东西南北，贯通天沙水新等中心城区，给我们这座美丽的家园增添了光彩，带来了生机，创造了活力。

第一次接触立交桥这个名字，是作家刘心武的中篇小说《立体交叉桥》，就觉得新奇无比，心想桥梁怎么可能像楼房一样建成多层，而且相互交叉，绕圈，汽车如何开上去，又咋样转下来啊。后来到了北京一瞧，还果真如此，桥梁如螺旋一样，这头绕上去，那头开下来，而且上面一层，下面一层，中间还有一层，汽车各有各的道，来去自如，井然有序，仿佛自然流淌的溪流，又像妙手弹奏的琴弦，那么和谐，那么让人赏心悦目。

很快乌鲁木齐也出现了这样的立交桥，也就是城北的地窝堡立交桥。从此车辆不仅在地上跑，还从人们头上过。从木材厂下来，可以通过立交桥到飞机场，从迎宾路过来，又能上立交桥到达火车北站、西站和八钢，速度快了，效率高了，人气自然就旺了。地窝堡从此成为最关注的风水宝地，建成了最早的国家级经济开发区。先是以大地窝堡村为核心的开发区一期工程，短短十几年，一座现代化新城悄然兴起，吸引着四面八方的企业和商户入住；后来又跨过乌昌大道，向丰田村和九家湾一带拓展，维泰大厦、万达广场、火车新客站、大小绿谷，都成了人们街谈巷议的新话题。不过给我们最深刻印象的，还是四通八达的一条条道路，还有高耸的桥梁。因为新城区，道路都是新修的，不但宽阔、气派，而且标志明显，指代清楚，路两边无一例外都是整齐新美的绿化带，郁郁葱葱，高低错落。关键是道路都相互连接，四通八达，视野开阔，不会迷路，也不会走回头路。而一座座桥梁，像一道道彩虹，从楼宇之间穿过，将一个个小区连成一片，方便行人的同时，又成了新的靓丽风景线。而那架在高空的铁路专运线，将流线型动车引进高大宽敞的检修车间，简直就是一个大手笔。

说到动车，以往想都不敢想。早年在山东曲阜上学，要么乘54次列车到徐州换车，要么坐69次列车到北京倒车，每次都是硬座，3天3夜下来，腿都肿了。如果遇到洪水冲毁铁路，还要绕道河北、山西、内蒙古和宁夏，而且经常晚点，回一趟家，受一路罪。现在有了动车，风驰电掣，平稳安全，过去一天的路程，几个小时就到了，借道西宁去西藏，路过兰州到北京，朝发夕至，指日可待。而我们新疆，乌鲁木齐到喀什、和田有了铁路，去往伊犁也有了火车，而通过阿拉山口，还有到哈萨克斯坦的国际铁路线，不远的将来，从巴州若羌到青海格尔木的铁路也会修通，届时从南疆到内地，人们再也用不着绕一个大圈子了。现如今从天上的飞机，到地上的列车，再到乌鲁木齐正在紧锣密鼓修建的地铁，一张稠密、通达而又繁忙的交通运输网络已经形成，让人引以为荣。

乌鲁木齐现在不但路修得长，桥修得更长。先是东西外环，像是伸出的两只巨大的臂膀，将一座充满现代气息的城市环抱在怀中。一条从天山区开始，经过沙区和火车站，穿越雅玛里克山隧道，而且都是双层双向的，与西山、北郊连城一起；一条由水磨沟区开始，经过高新区穿越蜘蛛山隧道，和经开区相互衔接。不管通向何处，都有上下接口和辅道，对于连接中心区和城郊区，提供了极大的方便，同时对于缓解交通压力，起到了不可替代的积极作用。最为自豪的，还是克拉玛依东西路，一座高架桥从雪莲山直通骑马山，让荒郊野外变成了最适合人居的一个个新的小区。而六道湾检查站高架桥，成了名副其实的立体交叉桥，上下共五层，堪比楼房高，尤其到了晚上下班高峰时，南来北往的车流，熠熠生辉的车灯，时而像悬挂在空中的一道道彩虹，绚丽斑斓，醉谜双眼；时而又似通向天际的一条条五色河流，缓缓流淌，动人心弦。

如果说以前我的家乡芦草沟交通闭塞，经济落后，到如今路多了，车多了，进城再也不用愁了，也正为如此，人们的生活跟以往大不一样了。最突出的还是农牧民的房子，从过去的土木结构塌塌房，变成现在漂亮牢固的安居富民房，不少人家还建造了独特别致的小别墅。从前无人问津的穷山沟，因为度假旅游的兴盛，诸如百泉沟、蝴蝶沟、石人沟，摇身一变都成了城里人趋之若鹜的好去处，尤其当今欣赏红豆草，观览薰衣草成为时髦，一到节假日人们纷至沓来，流连忘返。

最为令人交口称赞的东绕城高速公路，就从我们芦草沟经过。这条道路从吐乌大高速公路乌拉泊起始，经过葛家沟、石人沟、铁厂沟等直达甘泉堡经济园区，全长70多公里。又将米东、石化、准东和阜康连成一片，乘车从乌拉泊或者观园路出发，不到半小时，就到甘泉堡了，沿途都是风景区，到石人沟、峡门子或者更远的天池、江布拉克，车油门一踩，不知不觉就到了，方便快捷，身心愉悦。其中石人沟四队那一段，是一座架在空中的赫然耸立的高架桥，一排排高大结实的水泥桥墩子，高过十几层楼房，站在桥底下，必须抬头仰望才行，雄伟、壮观、神奇、罕见，让人叹为观止。蓝天下，一座顶天立地的博格达雪峰，仿佛一位饱经沧桑的白发老人，看上去庄严肃穆，浮想联翩。山脚下，一座横空出世的崭新高架大桥，犹如一条腾云驾雾的现代长龙，最终会带给人们吉祥和福音，功不可没。

所以有一位长者这样说：世上最难得是事情是修桥和补路，乌鲁木齐这些年路修得好，桥建得长，人过得滋润。这是千真万确的大实话，我们都是亲历者、见证者，看着这座城市一天天发展、变化、壮大，从过去的偏远、落后、陈旧，到如今的繁荣、现代、美好。不容易，更不简单，"吃水不忘挖井人，幸福感谢共产党"，这是我们每一个人的肺腑之言。

而我由乌鲁木齐的路桥建设，联想到了更远的地方，先说通往南北疆的高速公路，几乎都通了，不但距离缩短了，而且都见成效了，最突出的还是房子，整齐划一，美观实用，既然安居了，乐业就有希望了。说到桥，最引人注目的就是果子沟大桥，就像一把巨大的冬不拉琴，架在大美伊犁无限风光中，山岭、树木、白云和牛羊，都有了美妙音乐的律动，单用一句"风景这边独好"，不足以表达人们赞美和憧憬的心情。

如果抬头往上瞧，其实还有一座桥梁，那就是从伊犁输送到南疆的高压线路。那么长远的距离，那么连绵起伏的崇山峻岭，如何建起一座座高压电线塔，如何把一条条又粗又长的电缆线从高空连接在一起，没有敢于担当的勇气，没有不怕牺牲的精神，没有坚持不懈的恒心，永远也做不到。而我们的架线英雄们做到了，他们矫健的身影，来回穿梭在高压线路上，仿佛一个个英勇善战的现代版"蜘蛛侠"，在雪山松林之上，蓝天白云之下，行动自如，身手不凡，用不懈的辛勤劳动，春蚕吐丝一样，在天空架起一道道闪光的银线，让南疆大地焕发蓬勃生机。这条高空线路，某种意义上来说，也算是一条"天路"，她连通人心，带来福音，也带来发展和变化，因而不但感动了我，也感动了千千万万懂得感恩的一颗颗善良的心。

联想到全国，路桥的奇迹则天天都在发生着。过去的武汉长江大桥、南京长江大桥，让长江不再成为天堑。而杭州湾跨海大桥，是一座横跨大海的桥梁，北起浙江省嘉兴市海盐郑家埭，南至宁波市慈溪水路湾，是继上海浦东南浦大桥之后，中国改革后第二座跨海跨江大桥。杭州湾大桥全长36公里，比连接巴林与沙特的法赫德国王大桥还长11公里。最近，又从媒体看到更加振奋人心的一条喜讯，那就是联通珠海到澳门、香港的跨海大桥，大桥全长50多公里，建成后将成为世界第一跨海大桥，不能不说是由中国人创造的又一个人间奇迹。

怀念一匹马

　　那一天我们去石人沟踏青，按惯例沿着一条山路边走边看。天山脚下，春暖花开、坡缓草青，马牛羊像游动的风景，不时冲击着我们的视野。到了红豆草山梁拐弯地，就见一条清亮的小溪，从山坳叮叮咚咚流下来，到了一个涵洞前，形成不大不小一片水洼，成了牲畜固定的饮水点。正是上午饥渴的当儿，牲畜们有的在低头喝着水，有的卧在山坡悠然反刍，有的却在撒着欢儿相互追逐。

　　转着圈从这个山头，一溜烟跑向另一个山头的，自然是那一群自由自在的马，有大马，也有一脸萌相的小马驹。绝大多数马是在被动奔跑，只有两三匹马是在主动追逐，一匹枣红、一匹雪青，还有一匹一素黑。其中枣红马和雪青马似乎有积怨，咧着嘴撕咬，尥着蹶子蹬踏，粗大的喘气声，风箱一样在山谷回荡。而那匹一素黑马，充当着帮腔的角色，一会儿蹭蹭枣红马，一会儿顶顶雪青马，一会儿见缝插针，身子一跃挤入两匹马中间，打着响鼻，摇头晃尾，好像在劝和，又似在警告，反正急速奔跑的马群速度开始有所减缓，尤其是那几匹裹挟其中无缘无故陪跑的骒马，总算如释重负，四散开来，重又和落伍的马驹儿团聚了。

　　看到这样热烈生动的场面，一向喜欢捕捉原生态镜头的我，急忙掏出手机走下路基，兴冲冲顺着山坡向马群迎面而去。刚刚松弛下来的马群，本打算过山路、走坡道，去往牧草丰美的高山草场。然而猛然间看到一个陌生人，径直大摇大摆迎上来，齐刷刷回过头，向着反方向也就是狭长的沟底呼啦啦涌动。不承想，就在我准备加快步伐，沿着一条捷径拦挡马群之时，还是那匹枣红马，突然再次爆发，故技重演，上演了一场更加激烈的追逐游戏。不过不是马群去往的沟底，而是绕了一个圈，急忙再掉转头，一边撕咬着雪青马的屁股，一边放开四蹄，冲着我杀气腾腾追赶过来。

没有一点思想准备的我，被这突如其来的情况震住了。先是脑子一片空白，继而身子有些发抖，心想如此快速野蛮的一匹强悍之马，不，实际上是一前一后两匹发疯一般的高头大马，就这样一下子横冲直撞过来，自己将会无路可逃，后果也一定不堪设想。可是，就在这千钧一发的危及时刻，那两匹忘乎所以、山一样即将轰然坍塌的烈马，忽地鬼使神差般竖起前蹄，头一甩，嘶鸣着扭转身子，掉过头原路火一样返回了。事后同行的朋友惊叹不已，说还是我经验丰富，临危不乱，紧要关头以"静"制"动"，避免了一场无辜伤害。看来不跑是对的，就像小时候被狗追咬，情急之中急忙原地蹲下，狗以为你在捡石头，就会回转身一下子跑开。马也一样，一般不伤害静物，哪怕是人，你不动，它也不主动攻击。

如此虚惊一场，说到底与爱马、想马有关。毕竟是在农村生活过，放过羊、与牛相伴、亲近马都是再寻常不过的事情。羊是养家糊口的基本要素，谁家没有三五只羊，日子就很难打发。而牛是村队重要的生产工具，因而叫作耕牛，冬天用料精心伺候，到了春种秋收，牛的作用无法替代，偷盗或者滥宰耕牛者，是要严重判刑的。实际上马最辛劳，一年四季没有闲暇时刻，耕地的时候，牛不够用了，马就可以上，拉犁、耙地，有劲、实用。到了旱地梁拉麦捆子的时候，一挂车四匹马，从早到晚安生不下来。即便是秋日打场，最早都是马拉着一个个沉重的石碾子，"咕噜咕噜"带着响声，周而复始围着麦场转了一圈又一圈，直到金灿灿的麦子装进麻袋，拉入仓库，一个阶段的劳作才算收尾。可是紧接着又要去拉煤了，那是冬天老百姓最大的期盼，耽搁不起。煤矿是在山背后，冬天天短，起得

迟了，赶回来太阳就落山了。马必须早早套车，好去排队等煤出井，鸡叫头遍的时候马车就上路了，而且马掌都要事先钉好，不然马在冰路上滑倒了，损失就大了。实际上跑运输，搞副业也要靠马车，一个是在山上撬了石头，运到城里的工地，一年下来社员可以分到一点红利。一个是干脆联系好一项工程，人和马都住在那里，而且住的时间越长，人们越觉得有指望，因为回来得早了，意味着活就干完了，那样坐吃山空的话，口袋过不了几日就瘪下去了。

马是大头牲，不像羊，可以养一大群，一个生产队能有十来匹马，就算不错。一两匹公马，大多数是骟马，一年生几匹马驹子，循环轮转，过不了几年，套车卖力气就不成问题了。马无夜草不肥，槽中无料力衰。所谓夜草，不是杂草那么简单粗放，最好有苜蓿和稻草，用铡刀铡成截，马吃了舒服。而"槽中料"就是金贵的玉米、麸皮和油渣，隔三岔五调剂一下，马身上才有劲。当然，马槽还要定期放些疙瘩盐，这样马的耐力和抵抗力都有了，用起来就省心。

马在农村，不管什么时节，杂七杂八的活都离不开它，是农民不可或缺的好帮手。而在一个家庭，拥有一匹好马，有可能会成为一种永久的念想。我家这匹马，一开始是被当作父亲的坐骑，牵到我家的。后来因为马太出众，生产队又急需一匹考虑长远、繁衍后代的优良种马，而父亲也因伤寒卧床不起，导致马匹无人照料，最终被队上看中，从此离开父亲和我家。

马是从遥远的伊犁昭苏运回来的。头长，脖子长，身子也长。全身除了眼白、嘴唇和眉心有一点白色，通体乌黑发亮，尤其四条腿，长而硬棒，奔跑起来，虎虎生风，快如一道黑色的闪电。马鬃稠密，齐刷刷端夆着，毛刷子似的摸上去扎手。尾巴简直就是一个大扫把，长长垂在身后，来回一甩动，发出"嗖嗖"的响动，苍蝇飞虫不敢接近。

随马而至的还有马鞍子、马笼头和一副精致的马鞭子。生马不好骑，驯马靠本事。前几天父亲不上马，而是牵着马房前屋后溜达，就有人开玩笑说："热书记不会骑车子，更怕坐摩托，这会儿咋连马背也不敢上了？"父亲先是大队长，后又是村书记，一干好多年，一直靠两条腿走路，现在配了一匹马，是为了照顾父亲。父亲摸不准马脾气，不好轻易骑上去，一连几天，引来不少围观者，一个老车户，素以驯马匠人著称，二话不说接过父亲的马缰绳，跃跃欲试往马身上跳。马一受惊，猛地向前一跃，缰绳就把车户摔了一个趴匍子。车户脸一红，从地上翻起身，嘴里一边"咦咦"叫着，一边再次拉住缰绳，伺机上马。经过一番努力，车户这一次总算是骑在了马背上，可是马连跳带蹦，连跑带甩，冷不防腾空一跃而起，接着又突然猛地摇晃了一下身子，车户就口袋一样从马身上栽了下来。

人们一片惊呼，围上去看车户的狼狈相，而马则仰着头、高抬着蹄子，头也不回地回到了我家院子。之后几日，父亲依旧不上马，而是换了一种方式，由遛马变成一边抚摸抠痒，一边给马喂苞谷粒、盐巴或者糖果等。被父亲唤作"乌鸡黑"的这匹性子大的马，也由一开始父亲一接近就不停磕蹄子、打响鼻、扭动身体，慢慢变得听话了，顺从了，一看父亲过来，主动把嘴凑上去，舔舐父亲藏着吃食的手。

包括那位车户在内，很多人不相信父亲在那么短的时间，就驯服了一匹性子刚烈的伊犁马。从此这匹马不但驮着父亲深入田间地头、山梁沟谷，跑项目、找资金、盼收成，和村民一起同甘共苦、休戚与共，把自己的美好年华无私无怨地献给了一个叫作芦草沟二大队的地方。我就经常听人们这样描述：远远看到一匹高头黑马走过来，就知道是我们的热书记来了。"乌鸡黑"是一匹走马，什么时候都是一路小跑，自行车追不上，高兴了和摩托车也有得一拼。可是我们没有看见过父亲用鞭子抽马，鞭子拿在手上几乎就成了一种摆设，即便有时需要马速度加快，马鞭子也只是举在头顶上挥一挥，假装吓唬吓唬，从来不会落在马身上。

不但父亲骑着"乌鸡黑"相安无事，就是驮着我们，马也乖顺得像个绵羊，听从调遣，从不担心从马背上掉下来。一次父亲临时有急事坐车去米泉，而又需要有一个人顺道把马骑回去，正在着急之时，以前是我的同学，后来成为父亲儿媳妇，当时又是前后邻居，最终变为我的妻子的她，恰好从父亲身边经过，父亲就叫住这个从小见了老鼠都会又跳又喊的年轻女邻居，把骑马回家这个艰巨的任务交给了她。后来我才听妻子回忆说，当时她左右为难，吓得两腿打战，却不好违背一个准公公的意志，无奈中只好诚惶诚恐第一次艰难上马，怀着一颗忐忑不安的心往回走。一开始马很顺从，过了一会儿开始小跑，而且没有一时半会儿放慢步伐的意思，她使劲拉住缰绳，嘴里效仿着大人不停地喊着"喔、喔"的口令，可马根本不予理会，依旧按照自己的节奏一路小跑，路上碰到个熟人，一闪而过，连打招呼都顾不上，搞得人家一头雾水。最后总算平安回到家了，可妻子也出了一身冷汗。

有一次马腿突然瘸了，父亲急得吃不下饭，一脸愁容。然而就是找不出原因，情急之下，找来铁匠取下马掌，这才发现有一颗马掌钉子扎进了肉里，淤了血，化了脓，又赶紧叫了乡村医生，止血、包扎，一连多日精心养护。父亲雷打不动每天两次检查马的伤情，一边看一边拨浪鼓一样摇头，口中也发出"吱吱"的叫声，满满的都是心疼和懊悔。就像自己的孩子病了似的，心里难受。

还有一次是"乌鸡黑"病了，脊背上突然凸起一个肿块，痛得马不能自已，不能上马鞍子，看见马鞍子，马本能地原地打转，一反常态地情绪有点失控。以前父亲听村上兽医讲过，遇到这种情况，最好的办法是放血。眼见得马不停地跳腾，因不想吃草料，不几日肋条都一根一根露出来了，而且眼睛也深陷了下去。父亲就找出一把刀子，磨石上磨了一磨，一步一步接近"乌鸡黑"，一咬牙朝马背捅了一刀。随着马的一声尖叫和一跃而起，马背上鲜血直流，看着瘆人。然而"乌鸡黑"却一天天好了起来，胃口大开，身体恢复，步伐更快，真正成了我家一分子，依旧早上驮着父亲去村上，晚上伴着夕阳回家来，偶尔晚上随着狗叫声，打一两个响鼻，于是家里就有人开门起夜，一切都在顺其自然中。

马一天天好起来，可父亲却突然因为伤寒躺在床上了，整整一个冬天卧床不起。可他的心思却离不开"乌鸡黑"，它的吃喝，它的冷暖，有时甚至比父亲自己还重要。哪怕是半夜三更，他也会突然睁开眼睛对母亲说："让孩子出去看一眼，马身子下边干还是湿？"三九天寒风刺骨，马身子下面潮湿，很容易得病，自己是病人，一再担心马不要得病。这个时候母亲就会这样回答父亲："今天临睡前，刚把圈里的湿粪铲了，重新换了干炉灰呢！"

家里白养着一匹马，总归不是一件事，再说父亲的病一时半会儿好不了，即使有所好转，骑马恐怕也费劲。还不如牵到马号，和队上那些马养在一起，等以后自己的病彻底好了，拉回来接着骑。不然，就归队上统一管理，或套车，或耕地，或者当种马，为繁衍后代，壮大集体经济，做出"乌鸡黑"应有的一份贡献。这是父亲的意愿，也是父亲这匹马最后的归宿。

亲亲稻谷

前些日子，我在手机朋友圈晒了一组米泉稻谷的图片。那是我们从东道海子返归途中，看到蒋家湾金灿灿一片稻田波浪起伏，动人心魄，急忙停车掏出手机进行拍照的。从沉甸甸的稻穗，到排列齐整的稻捆，从一根根草绳，到踩在脚下"咔嚓、咔嚓"作响的稻茬，尤其是铺陈在黑色柏油路上，那一抹泛着金光的稻粒，远远望去，就像是一束太阳色的纱巾，飘扬在秋日丰收的大地之上，让人不免有一种诗意的冲动。

微信图片九宫格，我以"亲亲稻谷"为主题，突出粮食的贵重和收获的喜悦。图片一经晒出，立刻引起一片叫好声，甚至有一位远方的朋友竟然发出这样的惊叹："想不到新疆出产大米，而且看这阵势，规模不小，产量不低呢！"不要说外乡人这样感慨，即便就是近在咫尺的城里人，也很少有人近距离接触稻谷从育苗、插秧、收割到脱粒的全过程。

小麦、稻谷和玉米，是我们最寻常，也最不可或缺的粮食，前二者属"精粮"，也就是平常所说的细粮，玉米则属"粗粮"的范畴。早先我们芦草沟和米泉隔一条乌奇公路（乌鲁木齐—奇台），分属乌鲁木齐和昌吉两个地州管辖。芦草沟是一条狭长的沟谷，适宜生产小麦和玉米，米泉多平地，一听这个名字，就知道是出大米的地方。那些年生活困难，然而再困难家里没有一点大米，生活就难以维持下去。逢年过节，婚丧嫁娶，那是喜庆和欢乐的日子，不做一顿香喷喷的抓饭，主人的脸上是挂不住的。而且吃五谷得百病，谁家没有个头疼脑热的人，坐月子和上了岁数的人，不熬一点大米粥，谁能忍心啊。解决的办法只有去买，或者去换。买的途径有两个，一个是直接掏现钱去米泉市场上买，必须眼观六路，耳听八方，偷偷摸摸进行，不然被捉"割资本主义尾巴"，得不偿失；另一个是想办法找个吃公家粮的熟人，借人家的粮本去粮店购买，虽便宜一些，却欠一个人情，要找机会补上才行。所谓换的意思，就是到附近的矿上，或者还是去米泉，走村串户，以面换米，互通有无，两相情愿。反正活人不能让尿憋死，各家有各家的门道，各人有各人的活路。

我母亲抓饭做得好，红黄萝卜搭配好，放一点皮牙子，先炒肉，等八成熟，再下胡萝卜，最后才是米。用盘子而不是用锅盖盖好锅，一圈用卷好的湿毛巾将锅边围严实，而且不时转动锅，让锅受火均匀。等抓饭出锅，要颜色有颜色，要味道有味道，特别是锅底焦黄精美的一块块羊肉，怎么吃也吃不够。而父亲喜欢做的是大米干饭，有他自己的小锅，一次做不多，切一点葱花，放一点炒好的小肉块，等水一点点熬干了，饭也就差不多熟了。一揭小锅盖，一股诱人的浓香味道扑鼻而来，我想起关键作用的还是那一勺羊脂油，父亲享受着他的劳动成果，我们看着直咽口水，父亲就让我们一人尝一口，不够塞牙缝的，越发觉得嘴馋了。

父亲在米泉有两个朋友，一个叫老吕，大个子甘肃武威人，无论春夏秋冬都头戴一顶蓝帽子，着一件中山装，一说话露一口整齐的白牙，眼睛却眯着一条缝，口音很重，略带一点嘶哑。一个是库尔班，小个子，大眼睛，喜欢戴鸭舌帽，扎领带，只是领带一直系不紧实，松松垮垮吊拉着，显得很随意的样子。我们盼着这两个人经常来我家，因为他们来从不空手，每次都是肩扛着一袋白花花的大米。当时我们住在杨家庄子，离公安厅煤矿还有三四公里路，而这一段路只能步行，二十几公斤的大米扛在肩上，夏天热得直淌汗，冬日冷得耳朵通红，实在是让父母过意不去。为了进行回报，母亲就得施展另一个拿手绝活，做一顿美滋美味的拉条子。这也成了他俩来的一个惯例，就像我们吃惯了面食，就想来一顿可口的米饭，而来自米泉的老吕和库尔班，几乎一日三餐都是大米，用新疆人的话说，最渴望实实在在咥两盘子拌面，那才叫过瘾呢。

老吕偏爱鸡蛋韭菜和土豆丝拌面，库尔班则迷醉于大杂烩，也就是萝卜西红柿和莲花白一起炒，而且要汤汤水水，于今一想就是家常拌面。吃饭的时候是我父亲和他俩最高兴的时候，要么回忆过去在一起的煤矿生活，那个矿槽口宽，煤质好，一个矿就像一个大家庭，谁家有个难事，都会伸出手帮一把；要么相互打听各自的现状，老人还健在与否，孩子的情况咋样，粮食收成好不好，啥时候要盖新房子，手头紧不紧等，就像是亲弟兄似的，想的自然，说的随便，听着亲切。

说实话，因了老吕和库尔班的关系，我们家的大米饭才吃得相对多一些，无论抓饭、干饭还是稀饭，端起饭碗就能想起那两张熟悉而又可爱的面孔。一个在三道坝，一个在黑水。一个喜欢讲甘肃老家的奇闻逸事，讲到关键处还要卖关子，说一声"今天先讲这些"，并做出要喝水的样子，我们赶紧去把茶壶端过来，给他碗里续上茶，老吕吸溜吸溜喝一口茶，才会接着讲下去；一个个子虽瘦小，饭量却很大，一盘子拌面吃下去，似乎才吃个半饱，然而还不等他抬起头，准备喊一声"热娜汗嫂子，看样子我还得来一盘子面！"，母亲已经把下好的一盘子热面端到他的面前，并一再叮嘱他吃饱吃好。库尔班吃完面，还一定要喝面汤，而且喝面汤老是发出"咕嘟、咕嘟"的声响，招得我们"扑哧、扑哧"偷笑，他就有点不好意思，鸭舌帽往下一压，领带向上一拉，鼻子一缩，嘴一噘，眼睛再一眯，学者卓别林嘴一咧一咧笑了，我们止不住又笑得喷饭了。

然而我们却从没有到过米泉的田间地头，更不知道大米是如何种到地里，怎样生长，靠什么从一株苗变成一袋粮的。直到几十年后的今天，当我们变成所谓的城里人，为了记住乡愁，回归田野，才第一次走近稻田，看插秧的老人，在赤日炎炎下，卷着袖子，挽着裤腿，两脚踩进泥水里，弓着腰，低着头，一溜一溜插着秧苗。而田埂边，放着茶壶，茶已经凉了，还有馒头，也已经干了。除了几个老头，还有几个上了岁数的女人，一边干着活，一边拉着家常，这么大的稻田，满满一农用车的秧苗，就听一位同行者自言自语：换成我的话，不要说干了，愁都把人愁死了。

据米泉县志考证，米泉水稻种植历史悠久，最早可追溯到唐代，但广为发展则是在清代。十九世纪七十年代，左宗棠率部收复新疆后，部分湘军及湘军中的遣散士兵，留居三道坝一代屯田种稻，大大促进了稻作的发展和进步。1884年新疆建立行省，后，清政府再次移民实边，来自四川、湖北、湖南、河南、陕西、甘肃、青海7省的汉族、回族农民陆续到达米泉县境，围湖造田，水稻种植面积从此扩大到2000余亩。到了民国初年，新疆巡按使杨增新大力推动，在三道坝一带强行购得不少稻田，并以"乾德堂"名义出租，以大米为实物地租，让水稻种植成为一项农民主业。后又有人效而仿之，以购买为名，在湖南村、高家湖、吉三泉等村圈占耕地，雇人耕种。到了民国十七年（1928）成立乾德县时，全县已有稻地933.33公顷。中华人民共和国成立后，米泉的水稻生产更是趁势而上，蓬勃发展，成就了享誉四方的"塞外稻乡"之美誉，无论从种植规模，还是年产效益上，都达到了前所未有的程度。因而1954年更名为米泉，其意就是盛产大米和地下多泉。如今再到米东区产稻的几个乡镇，尤其是稻谷丰收季节，"喜看稻菽千重浪、遍地英雄下夕烟"的诗词意境如在眼前，只有置身于一片金黄的灿烂田野，才能真正感受其中的美好和新时代的荣耀。

实际上，新疆不仅米泉出大米，与此毗邻的安宁区青格达湖也出产大米。一样的地势，一样的土质，更重要的是水位也很低，难怪乡的名称带有一个"湖"字，足以说明有丰沛的水资源。二十世纪九十年代中期，青格达湖乡建学校，挖掘机一挖，水先汩汩冒上来了，果真名副其实。所以农业生产以种植水稻和蔬菜为主，所产稻米形美、味香、产量高。当时水稻"旱育稀植""盘育机插"技术已推广，《乌鲁木齐县志》记载，青格达

湖乡1993年种植水稻444公顷，总产4900吨，平均单产736公斤。记得那些年单位工会搞福利，都要派车到青格达湖排队拉大米，一粒粒晶莹剔透的白色大米，还未打开米袋子，一股清香就弥漫开来，无论做抓饭，还是蒸干饭，味道都很醇厚，吃了都说好。

而到了丰饶绮丽的伊犁河谷，也有一片生产稻谷的美好地方，那就是察布查尔。察布查尔是我国唯一一个锡伯自治县，地处天山以西，伊犁河之南，气候湿润，土地肥沃，水源丰沛，是种植水稻的理想之地。1996年秋天去过一次察布查尔，一下子就被其广袤丰收的稻田吸引住了：齐腰高的稻谷，一马平川般向远方伸展，黄绿色的稻秆和叶子，金黄色的稻穗，一个齐刷刷向上升华，一个颗粒饱满朝下垂首，风一吹过，窸窸窣窣响成一片。翘首一看，山之巍峨挺拔，峰之皑皑白雪，山之上、云之下，一只鹰在盘旋，一行雁在南归。稻田深处，丛林边缘，一条大河蜿蜒迂回，寂静无声流向地平线，像白色的哈达，给远方游子送上一段割舍不下的情谊。人世间最宝贵的我们心爱的粮食，就应该生长在如此充满诗情画意的苍茫辽阔的大地之上，亲亲稻谷，亲亲我们赖以生存的粮食吧，珍惜眼下我们脚下每一寸生长粮食和作物的土地吧，因为我们深深懂得一个最简单、最朴素的道理：没有了土地，就没有了粮食，没有了粮食，就没有了我们生存的最根本的保证。

当然，以前总以为南疆和塔克拉玛干沙漠连在一起，也就意味着和干旱荒芜连在一起，就如同"皮之不存，毛将焉附"，没有了水这个最基本的要素，种植水稻就是异想天开、绝对不可能实现的事情。然而别忘了，南疆就还真有一个很好听的地名，而且就与水有关 —— 阿克苏。阿克苏，维吾尔语，意为白色之水，引申义为平安、顺达。坐飞机从天上俯瞰，一块块整齐划一的田地，镜子一样，泛着白光，走近再一瞧，却是插满秧的稻田，这是我10年前在阿克苏看到的场景。阿克苏和水有关，而温宿县还叫绝，直译过来就是"十个水"，或者"多水"的意思。维吾尔族生活中不能没有大米，水多不种稻谷是天大的浪费。从温宿前往托木尔峰的方向，沿途看到不少的稻田，从车窗望过去，看不到田埂，走下车朝路边去，一条条逼仄泥泞的田埂，隐藏在稠密的稻谷之中，与其交相辉映的是，苹果挂满枝头的果园，核桃落了一地的核桃园，间或石榴像灯笼一样闪烁的石榴树，凡此种种，就有了和北疆明显不同的地域特色。这是最近再去阿克苏的一个深刻印象，然而不管怎么说，我还是钟情于那一片金黄的色彩，就因为那是稻谷，是我们时刻不能忘记的最亲切的粮食。

杨家庄子

　　我们小时候，乡的称谓是公社，村则是大队，而村民小组一律叫作小队。当时我们生活在东山公社二大队二小队，也就是现在的芦草沟乡芦草沟村第二村民小组。二小队的人几乎都分散住在一个狭长的山坳里，最上面靠近大涝坝的地方，一长溜依次间隔住着十来户人家，因为地势高，习惯上唤作"高头"（上面）。中间地带居住比较集中，马号、磨坊、车库、篮球场等公共设施全集中于此，尤其是队部设在一个院落里，就以"大院子"相称。再下来顺着山势走向拐个弯，就是早先的焦炭厂所在地，也零零散散有些住家户。沿着排洪渠一条土路连着老公社，在接近去往炭场和七队的岔路口，也就是二小队最下面的地方，俗称"哈头"，还有七八户人，这就是杨家庄子。

　　杨家庄子地处生产队最下游，却离老公社最近，买个东西，搭个便车，或者晚上看个电影，都有近水楼台先得月的实惠。后来公社搬到上面来，从地里的小路穿过去，距离一点都不远，尤其是上小学和初中那几年，中午跑回家吃饭，时间绰绰有余，根本不会迟到喊"报告"的。

　　杨家庄子最早是一户杨姓人家的住地，坐北朝南盖了三间高高大大的房子，有廊檐，有立柱，立柱底座是坚硬的青石凿成，有花纹，很气派。就像南方的骑楼一样，宽宽的廊檐挡风遮雨，夏天锅头就支在外面。因为高出地面，我们都叫大殿台子，脚底下铺着红砖，洒上水，砖缝子压茬的痕迹显露出来，看上去很美观。后来东西两边又盖了房子，但与其比起来都显得低矮，这三间房子自然成了上房。东头靠近排洪渠有一道土围墙，两人多高，真正的干打垒，由于再后来住户不断增加，自然形成一个院子。觉得进出院子麻烦，就又在土围墙上挖了个洞，提水呀，乘凉呀，就不用再绕圈子了。当时院子周围全是一棵一棵大榆树，枝繁叶茂，遮天蔽日，夏天路人走累了，都要在大树底下歇一下，顺便到谁家喝口茶水。而对我们孩子来说，上树掏鸟窝，揪榆钱子，给羊撇树枝子，几乎成了家常便饭。除了树多，地也多，种小麦、玉米、苜蓿和土豆什么的，到了春种秋收之际，地里都是大人小孩和出力的马和牛，甚至一头头毛驴，热闹得很。

杨家庄子院子大，住家户也不少，我们住在上房，东边是李书记大佬（大伯）一家，两间房子，门前也盖了一间小房子，实际上当羊圈和炭房子，夏天割的草平铺在小房子上面，我们经常晚上踩上木梯子爬到房上去睡觉，实际上想听李书记家二儿子东拉子讲故事。东拉子上过市师范，当时算是我们院子的高才生。我就在他手上看到过一本徐寅生写的《怎样打乒乓球》一书，某种程度上对我后来迷上乒乓球起到了启蒙作用。后来东拉子当了小学老师，不但会讲故事，像什么《武松打虎》《猪八戒背媳妇》《智取威虎山》等，绘声绘色，活灵活现，让人百听不厌，而且他的笛子也吹得很好，尤其在月亮当空的晚上，坐在水渠边，听他吹一支清脆悠扬的曲子，让我们心里痒痒的，产生许多美好的联想。

我们家是维吾尔族，李书记家是回族，住在西边的钱老师家则是汉族。钱老师是江苏人，当年支边到新疆，先在我们队上搞财务，后来当了代课教师，再后来就转正，到了我们上高中，钱老师已是公社中学一名"元老级"老师。钱老师为人老实、忠厚，待人很热情，而且特别能吃苦。有两件事给我印象很深，一个是开荒种菜，一个是两本地图册。我们院子出去是排洪渠，渠和大路中间有道土壕沟，杂草丛生，无人问津，钱老师不辞辛苦，开荒造田，挥汗如雨让土壕沟变成了绿油油的菜地。关键是因

为地势高，水上不去，钱老师就挖一条小水沟到排洪渠边上，遇到来水的日子，双脚站在水渠里，弓着腰一盆一盆将水泼在水沟里，地也浇完了，人也累得直不起腰。菜就这样成了，自己吃不完，送给左邻右舍，一人受苦，大家受惠，让我们到现在记着他的好处。钱老师教我们珠算和地理，我和妻子两个人当时都是他的学生，妻子对打算盘情有独钟，后来还真学成了，到哪个单位都是搞财务，还因为如此上了新疆财经学院。而我则对地理产生了浓厚兴趣，动不动就跑到钱老师家，痴迷地翻看两本地图册，一本中国的，一本世界的，黄河长江澜沧江，天山泰山喜马拉雅山，五大洲四大洋，泰姬陵巴比伦狮身人面像，越看越觉得学问深，越看越感到爱不释手，甚至发展到这两本地图册放在钱老师家的时间少，待在我们家的时候多。直到1977年恢复高考，这两本地图册还真帮了我的大忙，地理卷子取得了好分数，最终让我到山东曲阜师范学院学习深造。

我们院子还有一家汉族，当家的姓张，甘肃人，由于干的一手好皮货，全队人都叫他"张皮匠"。当时院子还有一个皮房，长长的，大大的，一头支一个木架子，木架子上面凿有孔洞，安着铁绞巴子，绞皮绳的时候，张皮匠很专注，也很忙乎，徒弟和帮手稍有疏忽，就会瞪着眼睛大声嚷嚷，浓浓的武威口音，拉着长长的声调，长时间在皮房回荡。只见他来回在两个木架子之间走动，两只手不停地在皮绳上类似于梭子的东西上面进行校正，每每这种时候，自然有不少人围观，张皮匠就越发显得神气和自豪了。当时队上有好几挂马车，缰绳、皮绳大都是自力更生，由张皮匠的皮房生产而出。而我则喜欢看张皮匠熟皮子，一边两手握着铡刀一样的大刀，把经过处理的一张张羊皮，就像给人剃头一样，一刀一刀上下刮着光板，看似很用劲，分寸却把握很到位，而且一边刮着，一边用口"噗噗"往皮子上喷着水，皮子看上去光溜溜，水津津，软绵绵，却没有留下一个口子，真正意义上的行家里手。

有一年夏天，下了三天三夜的大雨，别人家的房子全部漏雨了，地上没有下脚的地方，唯独张皮匠家滴水不漏，他就头戴着草帽子一家一家喊人，最后一个不少一起集中在他家里，一大一小两间房子，挤了个水泄不通，但因为不再挨雨淋了，一院子人又说又笑，倒也其乐融融，倒是忙坏了张皮匠的几个女儿，不停地招呼，不停地烧水沏茶，就像一家人一样，度过了一个难忘的时刻。实际上张皮匠未雨绸缪，早早就开始在屋顶进行防渗处理，先是上黄土和炉渣，随后一人一个木踏板，"乒乒乓乓"对整个房顶踏实紧固，等雨来了，真的就派上用场了，所以都说张皮匠脑子灵活，干活实在，心里还惦记着街坊邻居。

张皮匠家搬走后，又住进了一家汉族人，也是甘肃人，主人家姓苟，我们就叫他苟大佬。苟大佬人很干净，春夏秋冬都穿得整整齐齐，看上去都说是城里人。苟大佬走路很快，风风火火，头梳得亮亮的，戴一副石头镜子，白衬衣，黑马甲，深颜色裤子，脚蹬一双圆口黑布鞋，说实话，跟电影演员差不多。夏天吃过晚饭，大家都喜欢坐在院子里乘凉，这时候苟大佬就把我们期待已久的留声机搬出来了，一个四方浅绿色的方匣子，打开盖，放上唱片，手握着摇把子摇一摇，咿咿呀呀的声音就出来了。孩子们喜欢听相声，记得当时听得最多的是《女队长》，马季早年的段子，包袱多，笑料足，第一次接触，新奇得很，听一遍还想听。然而大人们等不及了，因为爱唱秦腔的老李哥嗓子早就痒痒了，包括李书记、苟大佬，还有住在我家西南侧的杨叔叔，都是最爱听秦腔的高级"票友"，过上几日不听一段老李哥的秦腔段子，似乎晚上觉都睡不安稳。

老李哥也是回族，单身一人，却很爱吊大家的胃口，意思是唱之前不来上一根莫合烟，过过瘾，总也提不起精神，于是回族孩子伊斯玛尔的父亲杨叔叔就赶快喊："老热哥，快把最好的莫合烟拿出来，我这里有报纸呢！"老热是我的父亲，虽然听不懂秦腔到底唱的啥，却也喜欢这种氛围，于是急忙回屋，把他珍藏的从伊犁带来的金黄色一粒一粒的莫合烟拿出来，抓一撮均匀撒在杨叔叔伸过来的卷烟纸上，随后杨叔叔顺势先一卷，

再一搓，点上火，递到老李哥的手上。老李哥抽过烟，清清嗓子，地当间一站，头一抬，手一伸，扯开喉咙唱上了："西北风吹的我浑身打战，大雪飘衣裳单行走艰难。活剥皮掏银钱买通法院，我爷爷受冤枉坐了牢监。"就见老李哥后来一边唱，一边开始流泪，而放唱片打拍子的苟大佬，眼睛也有点发红了，过后才知道，老李哥唱的是著名的《三世仇》唱段"卖女"，听着这个故事名字就难受。

杨家庄子除了我们这一家，还有一家维吾尔族人，只不过住在院子外面，叫阿娜尔汗。老太太有几个女儿，都出嫁在外，隔三岔五来看妈妈，而她则单身一人住着。老太太人虽老，却有两根粗长的黑辫子，招眼得很。老太太也在房屋边种了一块地，自己一锨一锨翻出来的，不知从哪里弄来的一袋子一袋子鸡粪，一把把用手撒在地里，不种别的，全部种南瓜，而且种了就成。瓜秧爬上房顶，南瓜吊在棚架上，红的黄的绿的，呈现丰收景象，不但自己吃，同样也分给大家，和洋芋、糖萝卜一起蒸着吃，很有味道，后来阿娜尔汗老太太嫁到了地窝堡，就一直没有再见面。

如今杨家庄子全部变成了耕地，原先的那一院子老邻居，有的早已故去，成为亡人，有的孙儿孙女都长大成人，偶尔见面，依旧十分亲热，嘘寒问暖，仍像过去一样，各自记着各自的好处。即便不再能见面，我们每每说起过去的事情，仿佛就在昨天，一股浓浓的情谊，潮水一般，立时就开始在胸中涌动。

琼布拉克

琼布拉克即大泉。在我们村上，有两个生产队有泉眼，一是二队，一是隔河相望的三队。我们家在二队，从小学到高中，我一直生活在这里。二队向东是一条沟谷，呈喇叭状朝西延伸，从最上面旱地梁坡下，到芦苇地附近河沟旁，分布着大大小小不少泉眼。尤其旱地梁坡下那片湿地，三五处泉眼一字排开，成了二队最重要的水源地，很早就修建了涝坝。涝坝蓄满水，也就三五天时间，闸门一打开，水就顺着渠沟流到地里，土地墒情好，庄稼长势旺。

那些年放了暑假，我们都往旱地梁上跑，一是拾麦穗，挣点小钱贴补家用；二是碰上食堂改善生活，我们可以解嘴馋。来回的路上，趴在泉边喝水成了规定动作，然而有一件事情搞不明白，那就是泉眼里不仅汩汩往外冒水，同时伴有指甲盖大小的虾米。虾米背部暗紫色，腹部泛白，仿佛千足虫，爪子多而细小。喝水一急，弄不好将虾米一起吞进肚子，别人一吓唬，还真的感觉胃里东西动弹，忐忑不安好几天，像个病人无精打采。

都不知道虾米从何而来，就像不知道大泉的水老鼠源自哪里。二队和三队被一条季节河隔开，河里春秋时候水多，特别是发洪水，轰隆轰隆打雷一样，隔老远就能听到。到了夏天，河里几乎不淌水，圆的扁的石头，裸露在河床上，要颜色有颜色，要图案有图案。可惜那些年不懂得收藏，顶多捡几块回去洗吧洗吧，到了秋天缸里压咸菜。

过了河就是三队，而大泉就在路边。大泉年代久远，出水量也很大，因地势低洼，看上去更像一个大坑。泉水很清，也很深，扔一块石头下去，"扑通"一声，似乎深不见底。当时学校不烧水，下课铃声一响，三五成群跑向大泉喝水。清凉甜润的泉水，真的就像甘霖一样，滋养着我们干渴的肺腑。有一天突然听到一个消息，说是大泉发现了不明"稀罕物"，不是一只，而是好几只，三角头，长尾巴，白天看不见，夜晚扑腾泉水哗啦啦响。我们哪里听说过这样的东西，人在教室，心在大泉，不但喝水的次数一天天增多，在大泉边逗留的时间也长了许多，有的时候干脆旷课，为的就是看一个究竟。

还真如人们所讲的那样，我们白天全部扑空，连"不明物"的影子都没有看到。倒是被老师一次次训斥，红着脸、低着头，像个罪人似的，不敢吭声。后来还是不死心，就相约着几个人抹黑溜到泉边，敛声屏气，一动不动，不相信"稀罕物"不显影。功夫不负有心人，我们最终还是看到了泉中"稀罕物"。先是轻轻游动的声音，绕泉一周，稍停片刻，再次反方向游动。继而水中开始躁动，急忙打开手电一看，泉中央露出两只类似老鼠的头颅。只是看上去比老鼠大很多，胡须长而明亮，颜色一片灰黄，突然见到亮光，一个猛子扎下去，长尾巴就像树条子，一晃再不见踪影。后来才听说不明"稀罕物"，叫水老鼠，昼伏夜出，近水而栖，具有潜水功能，却不能长时间生活在水里。

那么白天水老鼠钻到哪里去了，又是靠什么而生，泉里无鱼，莫非吃一些小蛤蟆，一直是个谜。后来看了人与自然，就说海豹源自大海，而西伯利亚贝加尔湖的海豹，出生地到底在什么地方，公说公有理，婆说婆有理，众说纷纭，莫衷一是，不知道到底谁说的对。

过了三队大泉往西，还有一眼泉，自然形成一个小涝坝。我们家的自留地，就靠这眼泉浇灌。地不多，种着却麻烦，一是春天不能把肥料直接运到地里，只能卸在渠边。然后靠肩挑，把肥料一担一担挑到地里，堆成一个个小坟堆，随后用铁锨再均匀散开；二是秋天收了玉米和土豆，还要靠同样的方法，把收成先一麻袋，一麻袋背到渠边，而后才能装上车，运回家去。不要小看地边一条小渠沟，平常时候，稍微一运劲，腿一抬就跨过去了。然而身上一负重，腿就像两根粗木头，挪动起来非常吃力，尤其是两腿跨渠一刹那，不但要保持平衡，还要瞅准时机，借助惯性一跃而过。不然稍一犹豫，失去重心，就很有可能栽进渠沟，伤了腰身。

农村娃娃，夏天地里劳动，冬天也闲不住。有的时候拾粪，有的时候拾炭。拾粪在村里绕圈子，爬犁一拉，铁锹一扛，看到马粪铲马粪，看到驴粪铲驴粪。因为拾粪的不止一家，而牲畜头数又有限，拾半天筐也不满。于是想办法掺雪充数，可是大人眼尖，很快就看出破绽，使劲一摇粪筐，几乎雪把粪都掩盖了，挨一顿骂在所难免。

拾炭要走出村子，好在煤矿不远，而且都是大矿，指头缝随便漏一点，就够我们烧上十天半月。不能到井口漏槽跟前拾炭，那里是作业区，闲人不得靠近。要在边角废料处，也就是废弃的煤矸石堆边转悠，或者跟在拉煤车后面，等汽车一颠簸，或多或少漏下一些小炭块，跑过去捡了，装在爬犁上的炭筐，一天下来，收获不小。可有人总是吃着碗里的，看着锅里的，一有机会，就摸溜到炭堆上下黑手，一大块，一大块乌黑锃亮的大块煤，那可是人见人爱的头等煤，就这样被别人不劳而获，自然矿上不能放过。一次矿上突然袭击，拾炭的偷炭的一起抓，没收了爬犁不说，还把我们就像赶羊一样，一个不剩关进了一个大房子。天冷肚子饿，我们缩着脖子，跺着脚，声音像擂鼓一样回荡。最后村上出面，好说歹说，矿上才放我们一马，一个个灰溜溜拉着空爬犁，头也不回跑回家。

因为队上有泉，到了冬天，泉水流一截，冻一截。时间一长，形成几百米长的冰滩，白净、透明，就像一面面镜子，阳光一照，熠熠生辉。于是就成了孩子们的乐园，溜冰的，打陀螺的（俗称打"牛儿"），玩羊拐骨（髀石）的，扔沙包儿的，谁有空，谁就在冰滩上玩得不亦乐乎。而我们除了玩，还有一项任务要完成，那就是挖冰。一开始我家住在二队最下面，夏天还凑合，洋灰渠不来水，对面四队的土渠里说不定就有水，挑着担子去了，十几分钟就回来了。可是到了冬天，就以挖冰化水为主。最好的冰就在冰滩上，找一块干净的地方，一斧头挖下去，冰块就像翡翠一样，晶莹、翠绿，棱角分明，光可鉴人。一块一块装进麻袋，扣子一提，再一摇，冰块哗啦啦响，一麻袋变成半麻袋，从而显得瓷实。反复几回之后，麻袋总算可以扎口了，随之一前一后两个人，一人抓一头，使劲往爬犁上一扔，平稳妥帖，一个满下坡，毫不费事就回去了。

那时候乡下贫穷，然而贫穷并不影响人们追逐时尚的要求。先是期盼着头上有一顶草绿色军帽，后来想象着胸前戴一枚像章，又是什么派头。有一段时间，时兴头戴鸭舌帽，身穿黑杠裤（窄裤腿），脚蹬回力鞋，而且黑杠裤裤脚必须露出下边红秋裤。如此一配套，用今天的话说，才算酷毙了，帅呆了，最最范儿。那时乡上一个女干部老家在上海，有次回家带了十几双回力鞋，装备了一小队整个一个篮球队。齐刷刷脚下都是回力鞋，白鞋绿底子，不但好看，穿着也很舒服，篮球场上一运动，就像脚底下安了弹簧，跑得快，跳得高，潇洒飘逸，虎虎生威，撑足了面子。

到了弟弟追逐时髦的时节，最明显的标志是：长头发，麦克镜，喇叭裤，外加一部收录机。走到哪儿，港台歌曲唱到哪儿，尤其是邓丽君的歌曲，缠绵、伤感，还有那么一种特殊的甜蜜。父母非常看不惯弟弟留长发，到了山里爷爷和大伯家，一见面先说他的头发，虽说弟弟按风俗戴了帽子，然而因为头发长，两耳被遮住不说，脑后也像鼓起一个山包，帽子根本不起任何作用。"头发长得狮子一样，裤子长得扫把一样！"老人们总爱这样奚落弟弟。

那时候把港台歌曲泛称靡靡之音，而把弟弟那样的穿戴，说成是奇装异服，总之都是贬义，不太讨人喜欢。然而年轻人就是不吃这一套，该留的头发照样留，该弹的吉他照样弹，一如今天那些铁杆粉丝，不但迷醉，而且充满感情。而我们则对电影充满幻想，中国的，外国的，只要真实感人，跑再远的路也不后悔。当时就听同学说，有一部朝鲜电影叫《卖花姑娘》，宽银幕，彩色片，不管谁看了都要从头哭到尾，悲惨得不得了。一天正好山后的一分厂白天放映此片，于是几乎全班倾巢出动，爬过山梁先睹为快。确是如此，一个个哭得一把鼻涕一把泪。看完片子，听说晚上三分厂还要再演一场，就又顾不得吃饭，翻过一座山，再爬过一道梁，一群苕子（傻瓜）一样，苦苦等着又看了第二遍《卖花姑娘》。等气喘吁吁、身心疲惫回到家，公鸡已经开始打鸣了。

乡村岁月

　　村上小涝坝旁有一棵大榆树,据最年长的伊斯玛子哥讲,他很小的时候,就听他爷爷说,这棵榆树超过了百岁。那么到现在树龄到底有多长,我们几个孩子掰着指头算了一个上午,也没有得出正确的结果。因而一个个不由仰头朝树上看,树上除了一棵棵又粗又长的枝杈四处延伸,就是伞一样遮天蔽日黑压压的树叶。遇到风吹大树,头顶上窸窸窣窣,仿佛筛着麦糠似的,一阵声响之后,稀稀拉拉几片树叶,鸡毛一样随风而落。

　　大榆树根深叶茂,浓荫覆盖,平常大人在树底下乘凉、聊天。孩子们猴子般爬到树上,春天揪榆钱,夏天捋树叶,榆钱自己吃,树叶喂料羊。到了树上鸟抱窝的时候,偶尔也会掏雏鸟。雏鸟刚开始眼睛都睁不开,嘴尖一点黑,两边一溜黄,红彤彤、毛茸茸,好像一个个指头蛋子,小得不能再小。即便如此,我们依旧手捧着带回家,背着大人,将雏鸟放进小纸盒子。小纸盒子还要垫上棉花团,或者羊毛,看上去真的像个鸟窝。雏鸟不好养,关键是喂食相当麻烦。先要去外面土坷垃下面捉蚂蚱,尤其是那种黑亮的油蚂蚱,囫囵个雏鸟吞不下,只得掐头去尾小心喂,喂多了会撑死,喂少了长得慢。然而三分钟热度一过,我们就失去耐心,索性重新爬上大树,将雏鸟放回窝中。而且还要仔细观察,看雏鸟父母亲是否弃巢而去,如果那样的话,还得另想办法,不然小鸟饿死了,罪名担不起。

大树底下是一排老式平房，靠东是两家住户，一户懒汉吾守尔，孩子多，不干活，鞋子露出了脚趾头，脏兮兮像个癞蛤蟆，气得老婆三天两头和他闹离婚，他依旧鼾声如雷，死狗一样睡不醒，简直拿他没有办法。另一户夫妻都是强劳力，人又精明，小日子过得有滋有味。可惜一个炕上滚上七八年，就是生不下一男半女，着急得像热锅上的蚂蚁。于是吾守尔家的孩子，不少在邻居家蹭饭，看上去就跟亲戚一样。

朝西是村上醋酱房，师傅是奇台那边请来的。实际就是两口子，男的干粗活、累活，女的最后把关。醋酱房除了他们夫妻，别人不得入内，说是把细菌带进去，醋酱就吃不成了。那时节还没到大树底下，远远就闻得到醋酱的味道，醋的酸劲大，提精神；酱油则香醇，入肺腑。第一次出醋酱，全村齐出动，大人小孩一大片，大树底下围着圆圈排队。汽水瓶子，罐头瓶子，甚至输液的葡萄糖瓶子，洗吧洗吧都拿来了。肚子本来就没有油水，拌个凉菜，做个汤，如果再没有一点调味品，庄户人日子还咋过呀。我就想还是队长有远见，那么远把匠人请来，搞一点小副业，挣点小钱不说，关键是让乡下人的生活，从此有了味道。

说到队长，我就想起一件往事。那一年村上来了知青，其中两个小伙子板凳还没坐热，就为谁睡里铺，谁睡外铺起了纠纷。先是动嘴不动手，两个人伸着脖子，公鸡一样头对头嚷嚷，唾沫星子乱飞。继而嘴里没好话，手也开始推推搡搡，最后那个叫"黄毛"的大个子知青，趁对方不留神，抄起一根扁担打了过去。说时迟那时快，队长像是从天而降，伸出胳膊挡住了扁担。知青的脑袋瓜子算是保住了，队长的胳膊却被打折了。不过后来队长并没有追究大个子"黄毛"，让人扶上驴去邻村找了接骨匠"尕老汉"，打鸡蛋、上石膏、缠纱布，胳膊胸前吊了个把月，总算没有落下后遗症。

从此知青都害怕队长，不是因为他骂人就像老子训儿子一样，而是他的从容大度和不计前嫌。譬如那个大个子"黄毛"，按理说队长总有秋后算账的一天，可是直到他最终招工，告别农村，队长也从未"扁担事件"而找过一次他的茬。相反，队长还经常往他的宿舍钻，先是看知青下棋，后来则教他们下"方"。地上一蹲就是半天，忘了吃饭不说，脸也糊得五麻六道，每次还要自己搭配一口袋莫合烟，虽说得不偿失，他却乐此不疲。

我也喜欢去知青宿舍，一是因为有书看，二是出于画画的缘故。那时候我爱美术，先素描，后水粉画，只是因为家境贫困，不是缺颜料，就是找不到好纸张。恰巧有个知青钟情于绘画，绘画笔、颜料和纸张齐备不说，还有一个军绿色画夹，整天背在身上，一有闲工夫，打开画夹，取出纸和笔，要么对景写生，要么看人素描，那个架势，真像一个大画家，令人艳羡。

因为有了纸和颜料，我的绘画兴致极高，先铅笔打底，后上色渲染。包括山水风景，人物建筑，临摹的多，创作的少。不过水平不算低，索要者为数不少。特别是长条松鹤图，松树浓墨重彩，丹顶鹤细致勾勒，加之岩石突兀，云彩变幻，整个画面搭配合理，疏密有致，画一张被人拿走一张，一时洛阳纸贵，小有名气。

除了绘画，我还是一个篮球迷。个子不高，却总想在篮球场上一显身手，只是机会太少，不要说上场参战，连摸一把篮球的机会都不多。常常是大人们打球，而我们充当看客，村队之间比赛时，只能替大人抱衣服，看东西，当个板凳队员的资格也没有。

出了村上大院子，就是一个篮球场，虽说土场子，却很平整。篮球架子是村上木匠按标准做的，白底黑边，篮板中间方形图案，黄篮筐，白篮网。遇到正式比赛，篮球场不但要用石灰划边线，还要将中线和罚篮区标注清楚。白克力和塔伊尔是球队主力，一上场一个总喜欢说"阿勒得芒"（不着急），一个立刻回应"麻库勒"（知道了），不但配合默契，球技也出色，打一场赢一场，别人甘拜下风。

我们总是在大人们休息的时候，过一把篮球瘾。运球，跑三大步，投篮，打不了全场，就分开打半场，简直就像过节一样，高兴得羊吃了人家的麦苗都不知道。然而就是好景不长，不是大人们继续操练，我们被清了场，就是"怕卡"（矮个子）力提普回家，把球带走。我们低三下四央求他，一再保证说，打完篮球后就立马送到他家。可力提普根本不听这一套，一手将上衣搭在肩膀上，一手托举着篮球，屁股一扭一扭，头也不回地走了。最为可气的是，他一边走，还一边抬起一条腿"咚咚"放响屁，就跟炸弹似的，震动很大，我们就背后骂他"皮剋"。"难怪找不到老婆，原来如此把人不当人，等我长大了，一次买10个篮球在他眼前晃，看把'怕卡'力提普不气个半死！"不知谁这么自我一安慰，我们都笑着觉得心里边平衡多了。

经过篮球场往上一拐，就是村上马号。说是马号，其实还有牛棚和羊圈。马号长长一溜昏暗的黄泥土房子，前边是门，后边墙上有几个洞口。一是排潮气，二是清马粪。积攒了一冬天的马粪，铲成一堆一堆，然后由壮劳力从那些洞口清出去，运到田里去，是上好的肥料。牛棚四周是干打垒土墙，横竖放几根长木头和椽子，就把诸如玉米秆、苜蓿和从米泉三道坝拉来的稻草堆积如山，不担当了风霜雨雪，也为冬季牲畜的草料做好了准备。

而羊圈就和牛棚紧挨着，放羊的是一个戴眼镜的下放干部。因为羊倌是南方人，加之又是城里坐惯办公室的，哪里和羊群打过交道。刚开始不是顾头顾不了尾，让羊群像一盘散沙，聚拢不到一起；就是闻不惯羊圈总也挥之不去的膻腥味，即便烈日当头三伏天，也要戴着口罩，有时候捂得气都上不来。

然而时间一长，戴眼镜的羊倌，就和羊群打成一片了。不但知道哪里水草肥美，还能辨别出什么是三瓣野苜蓿，从而确保没有一只羊被胀死。为了叫起来方便，羊倌给每一只羊编了号，起了名字，只要他一叫，羊就

非常听话地走到他身边，闻闻这儿，嗅嗅那儿。而他也从不让羊失望，要么一块糖，要么一粒盐，要么吃剩的半块饼干，羊儿吃进嘴里，他就喜在心上。所以羊倌不敢轻易走进羊圈，否则就像投降似的，两手举得高高才行，因为羊儿都嘴馋，一股脑围上来，羊倌有些招架不住。

在城市种"田"

掐指一算，从农村到城市业已二十年有余，或许身上深深打上农民烙印，即便生活在城市，心还留在乡下。其中一个重要标志，就是喜欢隔三岔五来到农村，地边走一走，渠旁转一转，不管春种，还是秋收，总能感受一种来自田野的气息，似乎觉得这才真正接了地气，心里舒坦多了。

以前乡下人把到城里称作到"街（gai）上"，同样城里人去乡下，说是到"地上"。这个"地上"很大程度上就是和田地有关，所以才说土地是农民的命根子，虽说大抵靠天吃饭，但因有了土地，户家人就能种田糊口，不管五谷杂粮，还是萝卜白菜，家中有粮，心中不慌，安安分分过日子。

所以心思都在这个"田"字上，开春了，先是起圈，然后套上毛驴车，把一车一车优质肥料，均匀摊撒在长满苞米茬子的田地，等着犁铧翻过，大田里种粮食，房前屋后种蔬菜。大田里还要打埂子，修沟渠，如果是玉米，少不了除草、间苗；而换成土豆，就要壅土，一沟一沟很长，很费力，也很耗时。特别是到了夏天割麦子，头上太阳毒辣辣的，浑身上下都被汗水浸透，一天下来，腰酸腿疼，滋味一点都不好受。就是门前那些小块地，活也多得不行，翻地、栽苗、薅草、搭架、浇水、打岔，一样照顾不到，就甭想有好收获。

以前小的时候，人不多，田地却不少，除去水浇地，还有大片大片旱地梁，夏天忙不完，冬天也派上用场，红旗招展、锣鼓喧天，改造农田，

兴师动众，却收效甚微，到头来种地的人反而要吃"回销粮"，成了笑话。

所以早先的大水漫灌和广种薄收，都是出工不出力，只有科学种田，才能取得最大的效益。其中最主要的就是田间管理，具体讲，根据作物生长发育规律，为作物创造正常生长发育条件，如培土、压蔓、灌溉、追肥、防病等，虽烦琐，却很管用。

如今再看农民种田，规规整整、精耕细作，仿佛绣花一样，横看一盘棋，纵看苗木齐，而且紧跟市场行情，套种、嫁接、反季，想着法子把田地种好，反过来，田地也给庄户人最好的回报。几千年的皇粮不交了，种地国家还给补助，包括购买大型农具都有适当补贴，老百姓说：日子过到今天，才算真正赶上好光景了。

实际上城市是农村的现代化表现，只不过地里的庄稼，变成了耸立的楼房，而纵横交错的道路和桥梁，就仿佛田里的埂子和沟渠，上面除了走人，还走载人载货的各式各样车辆。刚开始城市还小，人少，车也少，"埂子"窄一些，短一些，"沟渠"少一些，糙一些，并不影响我们出行。即便后来城市膨胀，车流真的像水流一样奔涌，然而随着道路拓展，延伸，逐渐形成了四通八达，畅通无阻的网络，特别是到了晚上下班高峰时再看，宽阔的马路上，车轮滚滚，喇叭声声，简直就是红彤彤一片汽车尾灯的海洋。

有一天在小区购物，听到一老一少奶奶和孙女的对话："小宝贝，快点走，带你去坐长长的大公交车。"奶奶说。"奶奶，奶奶，那不叫'长长的大公交车'，那是'BRT'！"小小年纪的孙女纠正道。这是2011年乌鲁木齐市民听得最多的一个名词，BRT是一种介于快速轨道交通和常规公交之间的新型公共客运系统，也就是一种大运量交通方式，通常被人称作"地面上的地铁系统"。BRT不但容量大，关键是开辟了专用通道，一路畅行无阻，让人好像坐在一列火车上，快捷、舒适，第一次彻底感受到了城市公交带给老百姓的最大实惠。

　　然而首府的发展日新月异，有点让人赶不上趟子，一个难题刚解决，新的矛盾又摆在面前。路再多，赶不上新增车辆多，于是"田"字路建设应运而生。主要包括克南路（克拉玛依路—南湖东西路）高架和东外环扩容改造，以及增加匝道建设，纵横连接，四周辐射，形成大大一个"田"字形，简直就像一个农民，把田地效益发挥到了极致。

　　关键是不但在地面，还发展到空中，尤其是5层立交桥，最高处距离地面34.6米，仿佛车辆行驶在楼顶上，那种感觉太爽了。这是一个奇迹，工程胜利完工，构建了首府主城区"田"字形的快速路网骨架，形成了与河滩路正交的东西交通主动脉，实现了外环线内南北贯通、东西畅达的目标。同时也为改善城市交通拥堵，构建现代交通枢纽，改善民生，促进发展，提升城市形象产生深远影响。

　　仔细一想，我们都是种"田"者，田种得好坏，取决于我们对田的认识程度，理解透了，田就回报于我们"五谷丰登"，反之，减产，或者颗粒无收。

"两个舌头"

现实生活中，我们经常遇到这样一种人，除了讲母语，还掌握一两种其他民族语言，水平高者，语音纯正、交流自如，仿佛如鱼得水，将语言天赋发挥到极致。因为不可或缺的桥梁和纽带作用，这种人通常都很受人尊敬，民间还有一个雅号："两个舌头"。

第一个给我留下深刻印象的，就是父亲。父亲没上过一天学，是连自己名字都不会写的"睁眼瞎子"，但这丝毫不影响他超强的语言交际能力。维吾尔族街坊闹纠纷，父亲责无旁贷，将双方当事人请到家，茶饭供着，动之以情，晓之以理，好话说上一箩筐，直到冰释前嫌，握手言好。

家乡地处半农半牧丘陵地带，沟谷种田，山上放牧，到了羊群转场，山里的牧民就像走亲戚，到我家坐一坐、聊一聊。父亲忙前忙后，一边嘱咐母亲准备好吃的，一边让客人既来之，则安之，仿佛多年不见的亲弟兄拉家常。一个哈萨克族，一个维吾尔族，炕上盘腿一坐就是几小时，没有一点语言障碍，全凭父亲精通哈萨克语。

家乡汉族和回族人口居多，维吾尔族处于少数，然而父亲先是生产大队长，后来支部书记，一干就是十几年，除去正直的人品和一腔热情，最关键是他极强的汉语水平。我曾听父亲打过这样的比方：鸟有了翅膀才飞得高，车有了轮子才跑得远，人要是多一个舌头，就等于多了一份财富。如今父亲已经过世多年，但每每遇到老街坊，总有人竖起大拇指对我说："热合曼书记，可真是一个好人啊！"

后来走上工作岗位，就发现周边不少人有"两个舌头"，有的擅长维（维吾尔语）译汉（汉语），有的拿手汉（汉语）译哈（哈萨克语），更有甚者兼而有之，一人会说三种语言，真正的语言天才。有个教育界朋友，多才多艺、随机应变，因经常出色主持文娱活动，人称"模范主持"。

"模范主持"最大本事，最终还是体现在对不同语言的准确把握。记得一次野外联欢，各族师生黑压压一片，朋友再次被推上主持位置。只见他随手将本杂志卷成话筒状，即兴来了段开场白："我兄妹一样亲爱的老师们，我鲜花一样漂亮的同学们，你们看：蓝蓝的天上白云飘啊飘，就像我的心跳啊跳，不是我肚子没有真金子，就害怕大家看够了还说NO、NO……"朋友先是右手抚胸，继而摇摇手，一脸委屈的样子，惹得四周笑声一片。

"模范主持"是哈萨克族，开场白则是讲汉语，明显带有夸张色彩，尤其那个英语单词，一开始就营造了宽松气氛。就像现在一些明星主持，动辄要反串角色一样，朋友也一专多能，唱歌跳舞，毫不逊色。

就以唱歌为例，朋友除了熟知《天鹅之歌》和《燕子》等哈萨克族经典歌曲，对其他语种优秀曲目也情有独钟，到什么山唱什么歌，张口就来。一个偶然机会，我见他一边摇头晃脑，一边手打拍子哼唱着，走过去一瞧，发现他对着日记本在练歌。日记本已显陈旧，除了工作日记，就是抄录的一大堆歌词，各民族都有，有些歌词还做了注音和眉批，密密麻麻、杂乱无章，只有他自己看得懂。

他用维吾尔语演绎《达坂城的姑娘》，发音纯正、地道不说，感情也真挚、炽热，仿佛自己就是如痴如醉的情郎，哪怕千年等一回也在所不惜；而蒙古族《祝酒歌》，也是"模范主持"保留节目，多亏他有一副金嗓子，圆融、高亢，让"金杯银杯斟满酒，双手举过头"的深情厚谊，连同婉转、悠扬的曲调，长久在人的心头萦绕、回荡。最典型的是他演唱京剧《红灯记》，尽显李玉和大义凛然、宁死不屈的英勇气概，尤其是那句经典台词"谢谢妈!",从"模范主持"嘴里说出,别有韵味,记忆犹新。

二十世纪九十年代初,我刚到县上工作,经常下乡,一天来到一个牧业乡,适逢乡上研究牧业生产,乡机关和村队干部都在场,几乎都是民族干部,清一色哈萨克语,争先恐后,气氛热烈。

等到一个汉族干部发言,我还以为要用翻译,不曾想,他一张口我就目瞪口呆了,不折不扣的哈萨克语,自然流畅、水到渠成,丝毫不亚于先前的发言者。如果"只闻其声,不观其貌",你很可能把他当成哈萨克族,"铁杵磨成针,功到自然成",在他身上得到充分印证。

后来这位朋友从一名普通科员,提任到领导岗位,就隔三岔五跑城里,不是争取资金,就是报告乡上近期工作,尽最大可能解决实际问题。虽说职务发生变化,但衣着打扮依旧如故,风尘仆仆、不修边幅,所不同的,就是腋下多了个黑色公文包,遇上开会和研究工作,就掏出本子快速记录,仔细留意一下,多为由右至左的哈萨克文。

一方水土养一方人,朋友打小生活在牧区,与哈萨克族朝夕相处几十年,耳濡目染中,不仅练就一口标准纯正的民族语言,就连生活习惯也入乡随俗,水乳交融。就拿最常见,也最典型的"刀削肉"而言,足见其"冰冻三尺,非一日之寒"功力。

一盘手抓肉,刚从锅中捞出,香气四溢,也灼烫难挨,手难得靠近。就见朋友挽袖、洗手,随后习惯性跪坐在盘子前,挑上一块肉,熟练麻利地削了起来。肉烫刀子又快,不是所有人都能胜任的,不是手烫得扔了,就是"东一棒子,西一榔头",削不下完整一块肉。而朋友则不停翻转着手中肉块,刀子不紧不慢依次削着肉,大小匀称、肥瘦搭配,吃在嘴里,美在心头。

吃肉的过程,也是倾心交流的过程,就听"科斯塔克"(村子)、"赛木雅"(家庭)、"焦耳斯帕"(计划)和"都如斯"(在理)之类日常生活用语,就那么自然随意从朋友口中一一道出,让餐桌充满温馨。

接触的人多了，遇到的奇闻趣事就不少，譬如最近一天，我正在办公室翻阅材料，随着一声敲门，径直走进来一个陌生人。陌生人六十出头，戴一顶黑礼帽，人还未到跟前，两只手先伸了过来，这显然是维吾尔族见面礼，我就急忙起身和来者握手、寒暄、让座，并很快断定他是个回族。

然而他一开口，则完全像是一个维吾尔族，自始至终没有一点忘词的意思，滔滔不绝、谈笑风生，而且带有明显的喀什噶尔口音。原来他是父亲生前一个朋友的亲戚，因为工龄计算问题，打听到我前来进行政策咨询。

"水流走了石头在，奥斯曼褪了眉毛在"，说起早年的一段工作经历，长者精准用了一句维吾尔族谚语，我就有些惊诧。"阿卡是乌鲁木齐人，说话咋是喀什口音？"我问他。"父母是莎车人，而我在喀什生活了半辈子，如今黄土都快埋身子了，口音当然变不过来了。"长者证实了我的判断。

维吾尔语分为三个方言区：中心方言、和田方言和罗布方言。其中中心方言分布最广，东起哈密，西至伊犁，南抵喀什。方言的差别主要是语音和词汇，譬如吐（吐鲁番）、鄯（鄯善）、托（托克逊）一带发音有些直和硬，而和田地区发音则带拐弯，仿佛唱歌一样，非常动听。

今年8月我们去了一趟和田，其间结识一个刘姓汉族同行，不但维吾尔语说得好，一口和田腔，即便是说汉语，也带着那么一点拐弯调，用老刘的话说"同饮一河水，习惯成自然"，耐人寻味。

艾得莱斯和地毯是和田一大特色，前者色彩鲜艳、对比强烈，是维吾尔族妇女十分喜爱的丝绸料，穿在身上尽显柔软、轻盈和飘逸之风采，是一道亮丽的风景线；后者历史悠久、图案别致，每一个维吾尔族家庭不可或缺，或挂在墙上，或铺在地上，就如当地谚语所说"天上有多少云彩，和田有多少地毯"，不但美观，也很实用，如果不亲临现场切身体验，就算白来一趟和田，遗憾得很。

我们就在老刘的引领下，先后实地参观了艾得莱斯绸制造工艺和地毯生产过程。老刘是这里的常客，不断和熟人打着招呼，一副笑容可掬的神态，给人亲近感。更多的时候都是老刘在介绍，一边介绍，一边时不时停下来，征询一下劳作者的意见。"套格日么，哈塔？"他说，意思是对还是错，依旧拐着长长的弯。劳作者就笑嘻嘻连声回答说："套格日，套格日。"

艾德莱斯绸编制染织工艺极其复杂，所有工序全部由匠人手工操作完成。一口大铁锅先将蚕茧煮沸缫丝，然后抽出缕缕青丝，并丝卷线、上架分干，再经过扎染、图案设计、捆扎，最后分线上机织绸，形成产品。我们一边听，一边看，不仅为古老艾得莱斯绸织染技艺得到传承而欣慰，也为老刘如数家珍的一腔热情而感染。

地毯生产车间具有一定规模，一座座织毯架下，坐着一排排能工巧匠，除了几个男性长者，清一色如花似玉的姑娘。地毯的尺寸和图案都是规定好的，薪酬按所完成面积大小计算。事先就听老刘说，地毯的制造过程尤其复杂，从捡毛、开毛、纺纱、加捻，到染色、上经、编织、修正，大约100多道工序，特别熬人，一般人受不了。

或许工序多，难度大，要求精益求精、一丝不苟，从而造就一代又一代织毯高手，发扬光大、推陈出新，让和田地毯的名声走出新疆，享誉世界。我们就看到一条条色彩艳丽、制作考究的毯子悬挂在陈列室，有的反映自然山水，有的呈现历史建筑，有的重塑传统图案，无论哪一种，都是劳动智慧结晶，凝聚着辛勤汗水和心血。

最令人感动的是，老刘一刻也不停顿地忙碌着，一会儿拉开一条毯子，兴高采烈介绍一番；一会儿再拉开一条毯子，滔滔不绝讲一段故事。因为毯子大而沉重，老刘身体又不好，一阵工夫，他就头上开始冒汗，让人实在不忍心。

那天恰好经过玉龙喀什河大桥，就看见河水中人头攒动，呈现一片繁忙景象，我误以为拦坝抗洪，老刘一听就笑了："我说阿达西，难道没听说过和田盛产美玉吗？那是人们忙着捡玉呢，而不是你所说的拦坝抗洪！"

于是我们又从老刘的口中，得到不少和田玉的知识，什么青玉、黄玉、墨玉和羊脂玉，其中羊脂玉最为稀少，方显珍贵，是玉中极品。而根据和田玉产出的环境和方式不同，又细分为子玉、山流水和山玉，老刘神采奕奕，两眼放光，言语中尽显一种自豪感。

随后我们就来到和田玉石交易一条街，一边辨识和欣赏着，一边听老刘和摊主讨价还价。"布塔西康其普鲁，让斯么雅嘎么？"（这块玉多少钱，真的还是假的），老刘问，一副笑脸，语调拐弯。"让斯塔西，芒其普鲁。"摊主先说是真的，接着伸出五个手指。"白西玉孜？"（500吗？）老刘说。"雅克雅克，白西蒙！"（不是不是，5000元！）摊主回答。"拜客克依买提，不卖依都！"（不行，太贵了！）老刘说。先是摊主摇头，这回则轮到老刘摇头了。

后来意犹未尽，老刘还带我们来到玉龙喀什河下游，扔掉鞋子，走进水中，俨然一群淘玉客，像模像样体验了一把捡玉的乐趣。只是五光十色石头捧了一大把，却没有一块通过老刘验收合格的。"刚从水中捡上来，看着个个都像玉，等风吹日晒再一瞧，一块块原形毕露，一毛不值！"老刘断言。

虽说最终没有得到一块和田玉，但老刘拖着长腔的漂亮的维吾尔语和田口音，他对当地风土人情的痴迷和钟爱，以及让我们感到宾至如归的那种亲和力，却一直影响和感染着我们，其价值远远超过和田玉，永远铭记在我们心里。

辽阔大地，流淌三条绿色琴弦

新疆地域辽阔，风光绮丽，抬头仰望，崇山峻岭，绵延千里，环顾四野，绿洲戈壁，一望无垠。"三山夹两盆"，既是地形地貌的突出特征，也是"风景这边独好"的真实缩影。

所谓山河壮美，不仅有高山之巍峨、大地之葳蕤，更离不开河流之澎湃。事实上新疆这片神奇土地，有着许多纵横奔腾的河流，其中最著名的当属额尔齐斯河、伊犁河与塔里木河，一条流经阿勒泰山谷，一条贯穿伊犁草原，一条环绕塔里木沙漠，仿佛辽阔大地三条绿色琴弦，古往今来弹奏着生生不息的生命交响曲。

第一次与额尔齐斯河不期而遇是在1996年深秋，当时我们走东线，经卡拉麦里来到阿勒泰富蕴县。或许被来时城边静静流淌的一条河流所吸引，顾不得车马劳顿，到宾馆我们放了行李就匆匆赶往河边。正是夕阳西下时，西天边晚霞灿烂，头顶上树叶婆娑，再看脚下，一条蜿蜒北上的河流，水域宽阔，流速舒缓，仿佛一个贤惠村姑，一路走，一路和牛儿羊儿打着招呼，诗情画意中，让我们的心不禁为之感动。

当时只感觉河水清澈透亮，镜子一样照得见鹅卵石清晰的纹理，又像一条金丝带飘向远方，和袅袅炊烟融为一体，却不知她叫喀依尔特河，和另一条库尔伊特河汇合之后，这才形成大名鼎鼎的额尔齐斯河，流经北屯，穿越布尔津，一路融入克兰河、布尔津河、哈巴河等众多支流，激流滚滚500多公里，流域面积5.7万平方公里，年径流量最大119亿立方米，仅次于伊犁河，号称新疆第二大河。

额尔齐斯河发源于阿尔泰山脉，那里富含宝藏，尤以黄金著称，因而阿尔泰又名"金山"，与之呼应的"银水"，就是额尔齐斯河。河谷宽广，水势浩荡，一泻千里，银波翻腾，滋润了土地，涵养了生灵，因而才有茂盛的次生林，绵延成一片绿色海洋，白杨、胡杨、青杨和黑杨，组成额尔齐斯河流域四大杨树派系，被冠以"杨树基因库"的美称，成为画家笔下的风景、地理杂志的封面，让人趋之若鹜。

这种情景我是在途径北屯时感受到的，碧水茫茫，阡陌相连，远看群山绵延起伏，目不能及，山下绿树环抱着村落，而村落连着农田，农田通向草原。一条路像黑色的针线越来越细，直至消失在白云生处的一个山坳；一条河像白色哈达越飘越远，河有多长，绿色林木就有多长。

不时有牧人骑一匹高头大马，像风一样穿梭于牲畜之间，绸缎一样闪光的枣骝马，黑宝石般的一素黑，白里透青的雪青马，都是草原上数一数二的好走马。扬鞭策马的骑手，赶着畜群，就像赶着五彩祥云，生活的希望、幸福的憧憬，都寄托在羊群身上，哪里水草肥美，哪里就是心中的家园。

阿勒泰大尾羊，一个让新疆畜牧业骄傲的名字，强健的体形、美丽的犄角，尤其硕大的尾巴，像磨盘一样赘在身后，曾经，那是寻常百姓家垂涎欲滴的稀罕物，切成块状锅里炼了，肚子才有油水呢。如今生活好了，人们与时俱进，"挑肥""拣瘦"，不再像过去一样奢望大尾巴，而是尽最大可能把瘦肉买回家，于是才有了品种改良一说，让阿勒泰羊甩掉大尾巴，轻装上阵，成为真正意义上的绿色食品。

实际上额尔齐斯河还有一项中国之最，即唯一一条流入北冰洋的河流，也就是说，到哈巴河县以西之后，就注入哈萨克斯坦斋桑泊，后出湖再进俄罗斯汇入鄂毕河，最终一路向北流入北冰洋。

"伊犁河哎伊犁河，天山脚下牧场宽阔，草儿青青牛羊肥壮，马群盛

旺遍地牧歌……"这是二十世纪六十年代颇为流行的一首歌曲，于今再一次轻轻哼唱，依旧让人从内心感到一种激动和亲切。人们提及伊犁，抑或亲自来到伊犁，无一例外首先会想到伊犁河，伊犁的富庶、伊犁的多彩、伊犁的梦一样让人流连忘返的诗情画意，都和伊犁河的名字连在一起，她是伊犁的符号和象征，更是伊犁的期望和未来。

我们经常看到这样一个场面，一群身着盛装的维吾尔族男女青年簇拥着一对即将走进婚姻殿堂的新人，拉着欢快手风琴，唱着动听的喜庆歌，兴高采烈走上伊犁河大桥，让太阳金色的光辉照亮笑脸，让伊犁河柔美的清波留下幸福的身影。自然，当我们随意来到伊犁河谷一个最普通村落，看到挂满枝头红彤彤的苹果，或者从一个长长葡萄架下走出一个慈祥老人，笑呵呵让你品尝一串生活的甜美，你的心或许一下就醉了。

那一年从伊犁驱车到那拉提，一路结伴伊犁河而行，从城市到乡村再到牧场，或蜿蜒迂回，在一片绿色中写下白亮白亮的"S"或"之"字；或只听"哗啦啦"水声像拨动的琴弦，却不知水从何处来，流向哪里去。伊犁河掩映在一片树荫里，却不断送来一身清爽。越是靠近天山，水流越是湍急，色彩越是变幻莫测，或绿似泼墨，或蓝如太空，有时甚至像滚滚乳汁，映衬在葱绿滴翠背景之中，洁净无瑕，温润如玉，怎一个"美"字了得。

正好赶上转场季节，更多的时候车让牲畜先过，只要远远看到扬尘升起，一定是有牲畜过来了，一群一群的羊群，拥挤着行进在前往秋窝子的路上，此起彼伏的"咩咩"叫声，在山谷或林间回响，间或一两声牧羊犬吠叫，与牧羊人清脆短促的口哨交织在一起，生动极了。

从未见过这么壮观神奇的场面，不但羊群一群接一群，还有牛群、马群，甚至骆驼群，300多公里的路程，几乎走走停停，停停走走，让我们饱览伊犁奇秀旖旎山水的同时，也为沿途转场的这种"特殊大军"叹为观止。我曾在一首题为《转场》的诗中这样写道："天底下难得一见的浩荡队伍，滚滚尘埃中不见牲畜的首尾，从春草场到冬窝子，需要整整一个夏季的期待……"

因为有了伊犁河，伊犁河谷才这样宽阔，土地才这样肥沃，种粮五谷丰登，养畜膘肥体壮，除了最著名的伊犁苹果，还有更出色的伊犁"天马"，那可是汉武帝亲笔赐名，眼大眸明、四肢强健，力速兼备，挽乘皆宜，不可多得的优良品种，自古以来受到特殊青睐，引以为荣。凭借得天独厚的自然条件，伊犁早已成为"塞外江南"和"鱼米之乡"，因而人们才说"不到新疆不知祖国之大，不到伊犁不知新疆之美"，可见伊犁的不同凡响。

这不能不说得益于一条伊犁河的存在，而伊犁河不仅流域面积居新疆众河之首，同样还是一条国际河流，全长1500公里，源自天山，终止于哈萨克斯坦巴尔喀什湖，又是一条典型的亚洲内陆河流。

"从昆仑千沟万壑，流下一条和田河；从帕米尔雪域高原，流下一条叶尔羌河；从南天山崇山峻岭，流下一条阿克苏河……"这是来自不同方向的三条支流，却在一个叫阿瓦提的地方，交汇成一条塔里木河，然后沿塔卡拉玛干北缘向东再向南，最终流入台特马湖。

一条中国最大的内陆河，浩浩荡荡2000多公里，几乎涵盖了我国最大内陆盆地——塔里木盆地的绝大部分，这在远离海洋，气候干旱，水流极易蒸发和渗透的地方，塔里木河无疑就像一条生命线，为塔里木盆地绿洲经济、自然生态和人民生活，提供了坚实可靠的保障。

从飞机舷窗俯瞰南疆大地，塔里木河如同一条打开的珍珠项链，曲曲弯弯，熠熠生辉，一侧黄沙滚滚，瀚海茫茫，一侧绿树成荫，满目添秀。两种色彩，两种天壤之别的视觉冲突，一个仿佛愁眉苦脸忠告："这里进去出不来，真正的'死亡之海'！"一个则伸出森林般的手臂欢迎："昔日荒漠变桑田，塔河两岸春满园！"

后来我终于走上塔里木河大桥，第一次和塔里木河亲密接触，这才感到脚底下仿佛一群骏马飞驰而过，那种由远及近的波涛汹涌，那种一泻千里的浩荡气势，刹那间让我激情澎湃，诗兴大发："让两岸葳蕤，使生命延续，卫兵一样延绵耸立的胡杨林，日复一日，年复一年，为塔里木河遮阳蔽日，送上一片浓荫，既是一道壮观风景，更是一种坚忍不拔精神……"

那天太阳高悬头顶，不一会工夫大汗淋漓，头像蒸笼一样冒着热气，可谁也不愿离开大桥，在就像馕坑一样烘烤的土地上，看到这么一条绝无仅有的滔滔河流，在两岸绿色长廊一样胡杨林夹道护送下，一路奔涌，一路犹如拨动着琴弦，为苍茫大地献上一曲郁郁葱葱的生命之歌。

"塔里木河"一名见于《清史稿》，在维吾尔语中包含"无缰之马"和"田地、种田"双重含义。塔里木河就是一条"母亲河"，她用绿色甘甜的乳汁，让土地生长希望，给生灵带来福音，把美好送到人间。哪里流水潺潺，哪里就有瓜果飘香的绿洲，哪里绿树环抱，哪里就有欢歌笑语的村落。

这就让我想起塔里木河畔的刀郎木卡姆，一个个头戴巴旦木花帽的银须鹤发长者，或像怀抱着一轮太阳，让手鼓铿锵而有节奏；或让卡龙琴、艾捷克、弹布尔，塔里木河一样弹奏古老而又婉转的旋律。一个嘶哑的声音像号角，起承转合中引领震撼人心的大美和声，不知疲倦，物我两忘，仿佛滔滔河水，一浪高过一浪。而那些踏着节奏起舞的男男女女、老老少少，则好像农耕在田野，狩猎在密林，打鱼在河边，奔走在路上，载歌载舞，尽显岁月的悠久沧桑，普天同乐，感戴自然的慷慨馈赠。

一个突出感受，水是大地的命脉，树是人类的庇荫，就像眼前这条塔里木河，从她诞生的那一刻起，就注定造福南疆，惠及万众，即便毗邻一座望而生畏的浩瀚沙漠，也要百折不挠、一往直前，给大地送上一片绿色的慰藉，为人类创造生命的奇迹。

乌鲁木齐：三座景观山，一条河滩路

用开门见山来形容乌鲁木齐的地理特点，最贴切不过。往远处看，一座天山似巨龙，横亘在眼前，雄阔壮观、气象万千。而皑皑白雪的博格达峰，以其海拔5445米的高度，无论从哪个角度仰望，都有一种震撼人心的力量。从天山北坡向下延伸，还有不少各具特色的山岭，走向不同，大小有别。其中红山、雅山和水塔山位居闹市，与乌鲁木齐互为烘托，融为一体。

红山，地处乌鲁木齐市中心，通体由二叠纪紫红色砂砾岩构成，故名红山。红山呈东西走向，山体长1.5公里，宽约1公里，最高处海拔910米。因为姑妈家住在红山，打小我们就喜欢往红山跑。一条狭长的院子，东头连着和平渠，西边连着马路。到了夏天，和平渠河水滚滚，姑妈最怕我们掉进河里，经常搬个凳子守在那里，我们很无奈，只能走西门，再绕道西大桥爬红山。那个时候红山树不算多，最显眼的是红山嘴子一座塔。现如今，经过几代人艰辛努力，整个红山几乎被绿荫覆盖，走在石砌的台阶上，仿佛置身林木的海洋，神清气爽，身心放松。

实际上红山早已成为人们修身养性的好地方，除去遮天蔽日的树木、五彩缤纷的花朵、满目生辉的绿草，还新增了观光大景台。站在观景台一眼望过去，简直就是楼房的森林，密密麻麻，鳞次栉比。不但过去一座荒山秃岭，变成了一片绿色世界，就是整个一座城市，也同样发生了翻天覆地的变化。最典型的是脚下那座西大桥，早已焕然一新，车水马龙，连接着天山区和沙依巴克区两大商贸圈，给城市的发展新添了活力。

一次陪内地客人上红山，看到一眼望不到边的高楼大厦、车流如注的通衢大道、花团锦簇的街区游园，客人们不禁暗自惊叹，带队的朋友伸出大拇指对我说："早先总以为乌鲁木齐地处偏远，经济落后。想不到实地一看，完全颠覆了我们的想象。不但城市发达、气派，而且越来越吸引人们的眼球，建成现代化国际大都，为时不远啊！"那是几年前的事情，要是他们现在再来乌鲁木齐，看到BRT，看到"田"字路，看到会展中心，看到煤改气之后乌鲁木齐冬天的彤彤红日，又该会做如何感想呢。

与红山遥遥相对的，是雅玛里克山。雅山地处沙依巴克区，南北走向。往南一片开阔地，连接乌鲁木齐南郊，山后则是西山一带，向北是九家湾和骑马山地区。雅玛里克山在乌鲁木齐市最醒目的一座山，全长16公里，平均海拔800米，最高点青年峰1391米。雅山最早叫妖魔山，传说当年唐僧西天取经，那个武艺高强、神通广大的牛魔王，就住在这里。小的时候因为听说这个故事，经常爬红山，却不敢去妖魔山，好不容易去了一次，巧遇刮黄风，下阵雨，年岁大一些的伙伴就说，这是牛魔王在施魔法，吓得我们浑身哆嗦，赶紧屁颠屁颠往回跑。

雅玛里克山早先也是一片荒芜，因而蒙古语有"山羊之家"的意思。从九十年代中期开始，雅山的绿化工程正式拉开序幕，包括我们在内，都曾参加过多次植树造林活动。树苗统一分配，自己肩扛到山上，一棵一棵栽到挖好的树坑里，定好位，扶直，用脚踩踩土，拔拔树苗，再踩一遍土，最后用铁锨修整好，便于存水，整个植树工序才算完成。随后验收过后，由专人负责统一浇水。春天一次，秋天一次，年复一年，齐心协力，硬是将黄土山变成了花果园。

一次去南宁开会，其间一个南方朋友主动找到我，问及雅山绿化情况。我很惊讶，一问才知道，他好多年前在乌鲁木齐当兵，而且经常参加雅山植树造林，言语中对乌鲁木齐和雅山充满感情。我就告诉他，不但乌鲁木齐变得一天一个样，充满希望，就是雅山绿化也取得辉煌成效。一是荒山绿化超万亩，树木品种多达60多种，从山脚下开始，一直绿化至半山腰；二是为了确保树木成活率，还在山上修建了蓄水池；三是为了游客旅游观光，新铺了硬化公路。人们可以结伴徒步走，一边健身，一边观赏沿途风景；如果时间不容许，那就驱车直达。除去看雅山塔，还有久久世纪厅和伟人毛泽东雕像，旅游旺季的晚上，文化广场还有民族歌舞演出，热情、优美。凉风习习，音乐独特，舞姿翩然，如果有兴致，你也可以融入欢乐的麦西莱普歌舞，体验真正的民族风情。

单位搞活动，经常选择去雅山，从前门入口半山湾畔进去，顺着公路一直向前走，等到了雅山塔，驻足放眼向东看，半个乌鲁木齐尽收眼底。远处是天山和博格达峰，对面是红山和摩肩接踵的楼宇，仿佛一个U字形，乌鲁木齐被东、南和西边的山岭环抱其中，从乌拉泊开始，顺着和平渠一直向北，到木材厂一带，再呈扇面状向东、西、北三个方向辐射。就像一条大河到了一座三角洲，延伸、拓展、汇集，最终流向大海，形成一片波澜壮阔的世界。

红山和雅山是乌鲁木齐的标志，以前是因为古老的传说和自身的荒凉；现在则是由于披上一身绿装，以及由此焕发的青春活力，和一个个后发赶超的动人故事。实际上乌鲁木齐还有一座山，那就是水塔山。水塔山在水磨沟区风景区内，一座山因水而得名，足见水的珍贵和稀缺。其实乌鲁木齐地处干旱地区，降水少，蒸发快，特别是养活一棵树苗，委实不易。而让一座山上都长满林木，除去有坚强的决心，还要有长久的耐心。包括水塔山在内，整个水磨沟景区都被绿色笼罩了，这不是一朝一夕的事，也不是一年两年的事。就像接力赛跑一样，从你的手上，传到我的手上，不是几个人，而是一群人，还要形成梯队，播撒绿色，收获幸福。山上有树，山下有水，水里有鱼，到了水磨沟公园，看到这样的景象，我为之动容。

乌鲁木齐河滩路，顾名思义，就是建在河滩上的道路。早就听我在东山的伯父讲，乌鲁木齐早年经常发洪水，河滩就是一条泄洪道，让洪水顺着河滩往下流，有时骑马都不敢过水。伯父说那时红山一带都是榆树，黑压压一片，有时候路过树林，还能遇上野猪，哼哼唧唧叫着，让人心里发毛。后来有了和平渠，河滩从此变成干河滩，然而与此相关的一些地名，至今留在人们的脑海：西河坝、二道桥、中桥等。其中中桥印象最深，那些年我们乡下交通不便，只有班车通行，起点站就设在中桥，东山、南山都在这里乘车。一天一趟，人满为患，去晚了，根本买不到车票，也就意味着回不了家了。

河滩路上至乌拉泊燕儿窝，下至卡子湾新工地，南北很长一段路，除了跑大车，就是走马车。坑坑洼洼，无遮无挡，夏天灰头土脸，冬天耳朵冻得通红，不仅如此，车还颠簸得厉害，特别是乡下28型拖拉机，蚂蚱一样，除了颠簸，拖斗还一扭一拐，让人失去重心，站不稳脚跟，来一趟乌鲁木齐，几乎把人的心肺都快颠出来了。

1995年4月，乌鲁木齐开始修建河滩公路，投资数亿元，对河滩路进行现代化改造，道路宽敞不说，还全部硬化，上下快速道，全长23公里。原先低矮的平房和沙石场都不见了，取而代之的是两边绿色的树木花草，说是一条河滩路，实际就是一条绿色长廊。每次经过河滩路，我都不住地两边来回瞧，生怕漏掉哪一处美好的风景。树有阔叶，也有针叶，高的齐刷刷亭亭玉立，矮的一丛丛密不透风。燕儿窝一带，古老的榆树柳树根深叶茂，树冠若伞，和河滩路新添的绿地和人文景观，形成鲜明的对照。故有不少新人身披婚纱到此留影，把幸福定格在风景里，让风景见证乌鲁木齐日新月异的快速发展。

随着季节的转换，河滩路两边不断盛开多姿多彩的花朵。有盆栽的，也有地里生长的，有本土草生化，也有引进新品种。红的、黄的、紫的、白的，一茬开败了，新的一茬又接续了。一会儿红艳艳一片似晚霞，一会儿白花花一溜如云彩；上面的灌木造型别致，修剪得整整齐齐，下面的绿草坪，仿佛铺在地上的一条毯子，舒适、优雅。

除了植被吸引人，还有富有创意的各种造型，包括荷兰风车、沙漠仙人球，点缀于赏心悦目的色彩之中，给人以丰富的联想。因为是一个铁杆足球迷，我最欣赏黑白相间的那个足球，圆圆的、大大的，静静地停放在翠绿的草坪上，反差很大，启发也不小。我们的经济腾飞，而人们为之关注的足球，也要走向世界。

清雪：一个城市创造着奇迹

　　乌鲁木齐的雪由远及近，先是榆树沟、葛家沟一带的天山由高向低，渐次被白雪覆盖，继而雅玛里克山和红山银装素裹，到了第一场雪让大地变成白茫茫一片，标志着漫长而又寒冷的冬天已经到来。

　　小时候家在农村，一场大雪过后，最费体力的活就算扫雪了。当时都是土坯房，扫雪包括房顶和院落两部分，先房顶后院落。上房之前先把扫帚和推板子扔上去，随后借助梯子小心翼翼爬到房顶。房子面积小，省工也省力，不到个把小时，雪就清扫干净了。如果家口大，房屋也多，就得花费一个上午。房上的雪一半推到房前，一半扫至屋后，不然增加工作量，让人吃不消。头一天下雪，第二天就特别冷，尤其耳朵和手冻得通红生痛，所以扫一阵雪，就凑到烟囱前烤一阵。上房扫雪是一个危险活，眼要尖，心要灵，最主要的是不能靠近屋檐，不然一脚踩空，头比身子重，自找麻烦。

　　都说瑞雪兆丰年。虽然人们喘着粗气，费心巴力一车一车（人力车）清除院落的积雪，但内心还是欣慰的。雪下得多，地里的冬麦就像盖了一床大棉被，不怕被冻死。再则，雪越厚，来年春上地里墒情就好，一年之计在于春，老百姓的希望都在这"一亩三分地"上，所以就有"雪、雪，大大地下，蒸哈（下）地馍馍车辘辘大"的民谚俗语，可见雪的珍贵。

　　后来到了城里才发现，仅靠"各家自扫门前雪"那是远远不行的，城里不像农村，人多路多车也多，人们不但有各自的小家，还有一个"大家"，那就是工作的单位、学习的校园、服役的部队、经营的场所等，说到底就是我们生活的乌鲁木齐这座美丽的城市。要靠大家齐心协力，才能及时将雪清除干净，运出城外。"下雪就是通知，停雪就是命令"，这是过去一到冬季我们听得最多的宣传口号，也正是这样简单通俗的一个口号，曾经一段时间让雪后的乌鲁木齐，在规定的那个时间段实行交通管制，凡属主干道沿线，所有单位和个人都要限时清除冰雪，否则轻则通报批评，重则进行处罚，到后来索性挂黑旗，取消评奖资格，从而确保首府的干净和整洁。

当时是二十世纪八十年代末，我还在近郊一个乡政府任职。因为办公楼就在迎宾路上，是通往地窝堡国际机场的必经之路，每到冬天下雪，清雪就成了十分紧迫的一项工作任务，只能按要求全力做好，不敢有丝毫懈怠。那时不像现在，没有专业队伍和机械，全靠自己铁锨铲，锤子砸，冰铲剁，扫把扫，一米一米艰难行进，一段一段缩短距离，等冰雪清除干净了，手上也起泡了，腰酸腿痛，直不起腰了。一次正好赶上星期天清雪，加之雪又厚，经过一晚上车辆碾压，第二天雪都瓷实了，有些地方几乎就成了冰溜子，给清扫带来很大的麻烦。因为听说当天下午有个检查团要经过迎宾路，而当时除了固定电话，没有其他通信手段，只能一大早挨家挨户打电话，等人到了差不多了，太阳已升到树梢子高了，于是赶紧脱了外衣，拿出工具甩开膀子干了起来。清雪队伍中有男有女，也有年长的，岁数小的，男同志多干砸、铲和推的活，女同志负责扫和拢的事。雪薄的地方用铁锨，我喜欢那种方头长把子铁锨，一只脚踩上去，等吃上劲再倾斜着向前走。一只脚踩着铁锨，一只脚蹬着地，同时都用劲，而且是一前一后，保持平衡就显得很重要。只有掌握好平衡，才能用上劲，铲到雪，并保证前行，一趟下来，长长一道黑印记，马路现了原色，自然提高了工作效率。反之，一脚踩下去，却来了一个"抹光头"（滑脱），雪不但没铲上，说不定还会扭了腿或者闪了腰呢。

　　遇上冰溜子，薄一点的用冰铲，长木头把子，铁铲子，不是用来铲，而是拿着来剁，就像握着标枪一样，由上往下使劲剁，很快，路面仿佛一面破碎的镜子，一块一块被清除；要是冰厚了，冰铲就派不上用场了，只能换成榔头或者锤子，榔头型号大，把子也长，猛猛一榔头砸下去，"哗啦"一声响，冰块四分五裂，清雪速度明显加快。锤子头小，把子也短，蹲在马路上敲敲打打，用起来同样顺手，见效。不过榔头可是十足的体力活，必须轮换着来，一个人干根本吃不消，锤子却是一个细活，虽说不用猛劲，如果没有耐力也坚持不下来。我就想起当年村上石板梁人们干活的情景，一块大青石板用撬棍撬下来，还要用18磅榔头再砸小，不然人抱不动，装不上车。都是一顿吃两盘子拌面的青壮劳力，有的时候真是光着膀子，先是伸出手掌啐上唾沫，两手一搓，抡起榔头"嘿"的一声，青石板要么一个白坨坨，要么应声碎裂，用猛力，也要用巧力。

　　道路积雪如果没有被碾压，推板子的作用最大，一人一把推板子，排成一排一个方向齐力往前推，一会儿就是一大片，事半功倍；最害怕头一天晚上下雪，第二天白天清扫，一晚上车辆来回不停碾压，推板子就只能放在最后来使用了。这个时候雪很沉，容量也大，从这边推到马路另一边，十分吃力。迎宾路道路宽阔，分配给乡政府的路段也长，中午吃饭随便凑合了一下接着干，不知道别人怎么样，我是累得浑身一点力气都没有了，懒得再说一句话，而踩铁锨的那只右脚，等回到家再一瞧，不但脚掌肿了，还起了很多血泡，老婆针一挑痛得我龇牙咧嘴。

　　有一年一个内地同学来乌鲁木齐出差，看到有不少地方马路牙子上，用红漆标注着一个个单位的名称不说，还有分界线和长短米数，我就告诉他：这是冬季各单位负责清雪的路段标识。乌鲁木齐4个主城区，沿街路面不计其数，点多面广路线长。那些年冬季清雪全靠人海战术，走在雪后的人行道上，满眼都是清雪的人群，叮叮当当，喊里咔嚓，人声鼎沸，水泄不通。特别是像北京路、光明路、人民路、胜利路、解放路、新华南北路这些主干道，沿街单位和门面，能出来的人几乎都出来了，有的甚至"倾巢而出"，形成万人空巷齐上阵，全力以赴清冰雪的宏大场面。如果沿着大小西门转一圈，马路上看不到车辆行驶，清一色清雪剁冰的队伍。有的头上戴着帽子，有的脖子围着围巾，有的手上配有手套；有的则大冷的天脱去外衣，头上冒着汗，嘴里哈着气，或用铣，或用铲，或用锤，总之凡是可以用作清除冰雪的工具都用上了。千军万马，步调一致，统一指挥，定时清除，真真切切大工程，实实在在见效应。所以那些年每个单位都一个专门存放清雪工具的小库房，包括扫把，竹子的，芨芨草的；铁锨，方头的，圆头的，特别是铁锨把子，一定还要多预备几根；推板子，木头的，硬塑料的，小型号的，大尺寸的，要充足；而冰铲和锤子，都是不可或缺的，没有更不行。可以说几乎没有和清雪无关的单位和个人，而参与清雪的人们，几乎也都有一段不平凡的故事和经历。

记得10年前的一个夜晚，突然接到一个通知，说是近郊一个巷子有一段路，因为属于三不管地带，成了清雪死角，积雪没人清除，路上结了冰。关键是第二天早上有宾客要入住地处这段路旁的一家酒店，冰雪如不连夜清除干净，有损形象。我当时还在乌鲁木齐县工作，分管卫生，于是连忙穿上衣服，叫上司机，一边往那个路段赶，一边电话紧急通知相关负责同志，立马组织清雪人员去现场。想不到等我到了一看，清雪人员已经马不停蹄地干开了。都是冰溜子，不小心车都打滑，天冷路黑，没有路灯，就有人打着手电筒照亮，我就不忍心拿起冰铲一起干。等当快要清雪完毕之时，一个小伙子一不小心脚一滑，一个跟头摔倒在马路上，不但摔破了鼻子，鲜血直流，脚也一拐一拐的，我们说啥都要让他上医院，可他就是不肯，说这一点小伤，自己处理处理就没事了，他始终没有去医院，而我至今也忘不了他。

然而这都是乌鲁木齐冬季清雪必须靠"人海战术"来完成的过去时，再看现在，虽说人口急剧膨胀，猛然增加到500万，建成区扩了再扩，过去的郊区和荒山也已被成片的一个个新区所取代;"田"字路一、二期建设让城市道路四通八达,方便快捷,东外环、西外环,就像伸出的两条长长的臂膀,拥抱着由一座座鳞次栉比、风格迥异的高楼大厦组成的边城;从来都是车在地上行,哪见过现在车在空中过,高架桥三四层,东西南北绕圈来分流,不要说外埠车辆辨不清改咋走,即便有些乌鲁木齐的司机,一开始也是犯糊涂呢。新修的道路多了,肯定是车先多了,就像我们的小区,晚上没地方停车,早晨再一看,路两边都停满了车,越野车、小卧车,中间就那么窄窄一条道,技术不过关,简直开不出去。

车的数量不知是以前的多少倍,道路也不知是既往的多少倍,反正是发生了如此翻天覆地变化的这么大一座城市,冬天下雪再靠"人民战争"来解决,恐怕已很难适应社会发展的需要。靠什么,靠领导集体的非凡胆识和大量的资金投入。别人做不到的,乌鲁木齐做到了,如今即便下再大的雪,不再像过去一样实行交通管制,全城戒严,组织千军万马上马路,除冰雪,而是从三个大的方面实现"即下即清,雪停路净"这个理想目标。一是组建了专业的保洁队伍,二是购置各种清雪机械,三是体现人文关怀。特别是这些清雪机械,多功能、类型全、效率高,"十八般武艺"尽显神通,头一天晚上下大雪,第二天上马路一瞧,黑黝黝的柏油路,白色交通标志线一清二楚,你就怀疑这天昨日是否下过一场雪。

实际上每每下雪之前,清雪机械已经整装待发。我们经常可以看到那些橘黄色的铲车和卡车,靠马路边停了长长一大溜,等雪从天而降,立马发动开始作业。通常情况下,遇到中雪天气时,先用除雪铲车,然后用滚刷车、扬雪机等将积雪攒堆、装车。遇到大雪、暴雪天气,路面出现结冰,先用无障碍除雪车破冰,除雪铲车推刮、滚刷车清扫后,再装车运走。就看铲雪车,就像我们乡下的推土机似的,铲子面积大,铲雪容量就大,一推就是一个小山包,效率特别高。而前推中扫清雪车,其特长也是适合城市主干道、高等级公路等宽阔道路,同属清雪的重头部队,边推边扫，一个顶俩。还有一个大家伙，就像碾场的铁棍子一样，密密麻麻都是钢筋刷子，轰隆隆从马路上开过去，雪也好，冰也好，连滚带扫都清除掉了，一打听才知道这叫滚雪清雪车，与前推中扫清雪车分工合作，能量不可小视。高架路桥两边都有隔挡墙，清雪车作业之后，路两边还留下一部分积雪，这就靠保洁员一铁锹一铁锹铲好，等清运车来了，装上车拉走。

还有滑移装载机，山猫扬雪机，也都是清雪现场的"精兵强将"，而且大马路上大型机械，次干道用中小型机械。因为是"集团军"作战，往往都是速战速决，清一段，净一段，减少重复劳作，提高运行成效。不过数九寒天，哈气成霜，一个一个铁疙瘩，冰冷冰冷的，特别是夜间连续操作，劳动力很强，人也很疲惫。就像今年12月9日那场大雪，连续下了十七八个小时，据说是33年来的第一次，因而清雪司机的付出可想而知，不间断的辛苦工作，机械有时候都会有个"头痛脑热"，暂时停歇下来，更何况是血肉身躯的人呢。要吃要喝，还要休息，这些我们都看不到，然而我们看到的却是第二天出行时，一条条马路都清扫干净了，积雪也不知什么时候已经运出城了。这就是他们的默默奉献，这就是他们自我价值的最好体现，"城市美容师"，这也是全体市民给予他们最真挚的褒奖。

白雪映衬下，还有那些身着保暖服的保洁员们，就像寒冬腊月盛开的一朵朵橘黄色花朵，分外娇艳、美丽。他们每个人都有自己负责的路段，春夏秋负责保洁保绿，冬季全身心清除冰雪，尤其一些背街小巷，需要更多的时间和精力，投入循环往复的重复劳作当中。他们早晨顶着星星，晚上别人都吃饭了，他们还行走在路上。有的时候家人病了，没时间陪伴，有的时候自己也不舒服了，可心还在最熟悉的工作区域，自己不在，路上还有积雪吗，行人过马路摔着了怎么办？总是在操心，一整天都在室外工作，浑身冷飕飕、冰冰凉，没有了火气。各级政府看在眼里，疼在心上，免费的热乎乎的早餐，厚厚的暖暖的衣服、鞋子，及时让他们吃上、穿上。试想一下，如果没有了这些给我们的城市梳妆打扮的保洁员们，乌鲁木齐能有现在这样整洁美观吗，能有现在这样充满生机和活力吗，能有现在这样像是一个大家庭，各民族和谐团结吗。反过来，也正因为如此，乌鲁木齐人才创造了冬雪"即下即清，雪停路净"的人间奇迹。

天池，如梦如幻的仙境

在我的心目中，天池就是一个如梦如幻的仙境。

早在孩童时代，我就对天池充满幻想。记得邻居家的姜奶奶，只要一有机会，就给我们讲述天池的神话故事。"其实在很久很久以前，天池的名字叫瑶池，那是王母娘娘开蟠桃会和洗澡的地方。"姜奶奶总是一边纳着厚厚的鞋底，一边非常神秘地对我们说。

或许是年龄幼小，小伙伴们都感到非常纳闷，为什么这些神仙不在家里待着，偏要到跑到天池来相会呢？

后来我就想，天池一定是一个绝无仅有的好地方，不然，怎么会连传说中的穆天子，也要都到此一游。也就是从这个时候开始，我就梦想着去一趟天池，看看姜奶奶所说的神仙住的地方，和别的地方究竟有何不同。

直到上初三的时候，我才知道天池原本就是旅游胜地，一池碧水深藏在天山深处，倒映着皑皑雪峰和绿色森林，如诗如画，绰约多姿。而且终于有一天登上了一辆大卡车，和村上的年轻人一道，向着朝思暮想的天池一路奔驰而去。

不过，毕竟是二十世纪七十年代初期的事情，道路破损，游人稀少。因为是几十个人挤在大卡车上，无遮无拦，一路尘土飞扬，一个个灰头土脸的。加之长时间颠簸摇晃，有几个女青年出现了晕车反应，还没等车停稳，就已开始"嗷嗷"呕吐了。

然而不巧的是，前方道路已被洪水冲坏，而且有一辆解放牌汽车陷于其中，几近被洪水淹没。看着滔滔的洪水，我们已经绝望。早先打算到了天池再做的一锅抓饭，只好就地垒灶支锅，宰羊淘米了。或许是一路劳顿，饥肠辘辘，我们当时只顾埋头享用抓饭，而无兴致浏览周围的景色了。

到了高中毕业那一天，我们再一次来到天池。果然百闻不如一见，一见奇秀俊美。抬头远望，三峰并起，突兀插云，本身就像一个巨大的"山"字，统领一座雄伟壮阔的莽莽天山，气势恢宏、浩荡。俯首静观，一湖半月形碧水，晶莹如玉，清澈见底。一阵微风轻轻吹过湖面，又顿觉波光潋滟，色彩斑斓。就好像撒了一湖珍珠玛瑙，满眼都是璀璨的光芒。

我们这些足不出户的乡下学生，第一次被这如梦如幻的天池景色所迷醉。一会儿撩拨着清凉的湖水，一会儿相互追逐着钻进树林，甚至有人诗兴大发，模仿着古人摇头晃脑作起诗来："举头望天山，低头赏湖水，仙境何处有，梦中总相随。"

正如欧阳修"醉翁之意不在酒，在乎山水之间也"一样，即将走向社会生活的帅哥靓妹，多么渴望在这产生美妙神话和奇迹的福地收获一段甜蜜的爱情。感谢幸运之光降临到我的头上。当我们回到车厢，准备启程返回之时，我无意间回头一望，正好看到一个妩媚动人的女生，手持一束红艳艳的野草莓，正在含情脉脉地看着我呢。我一下心跳加速，随之呼吸变得急促起来，我断定：爱神丘比特的神剑已经射中我了……

后来走上工作岗位，游历的好山好水已不算少，诸如五岳之首泰山、赛若西子的西湖，甚至中亚的撒马尔罕和澳洲的堪培拉。可我总觉得还是天山更崇高、更大气，就像一位饱经风霜的白发长者，几千年来俯瞰苍茫辽阔大地，见证朝代更替变换，自身巍然屹立，岿然不动。而天池则如一杯琼浆玉液，被长者就这样年年岁岁托举在手中，因而滋养其鹤发童心，长生不朽。这大概就是所谓的故乡情结，一如著名维吾尔族歌唱家巴哈尔古丽所唱的那样："我走过多少地方，最美的还是我们新疆……"

近些年来，随着旅游热的一再升温，一些新的旅游景点雨后春笋一样应运而生。为了扩大影响，一些地方组团包乘旅游专列，或者开动旅游大篷车，风风光光赴内地制造声势。这期间，因为工作关系，我也不止一次陪客商和同学重游天池。先后一相比，整个天池旅游景区，实实在在发生了天翻地覆的变化。

首先是道路今非昔比。不仅吐 — 乌 — 大高等级公路，一下缩短了天池和首府的距离，而且乌鲁木齐至甘河子铁路和216国道直通天池脚下。其次是旅游服务和设施周到齐备。以前没有网上商洽和星级服务一说，如今从沟口到山顶，所到之处都是热情洋溢的笑脸。旅游包车都是带空调的，住宿都是带套间的，最具有革命化意义的，就是一座座造型美观的水冲式厕所。以往走到哪里都是旱厕，又低矮，又肮脏。尤其是外籍游客，刚一踏进一只脚，马上捏着鼻子就跑出来了。现在这早已成为历史，取而代之的是干净整洁又无味的卫生间，仅听名称就发生了巨大变化。最后也是最主要的，就是景区的建设改造突出了地域特色和现代智慧。

如今，天池不但是国务院首批确定的国家重点名胜之一，而且已经跻身5A级景区，真正成了的新疆名片，让世人刮目相看。

如果从天池脚下到达天池，已有三种路线可供选择。一是乘坐区间电瓶车，沿着盘山柏油路，轻轻松松，说说笑笑，上高山、穿林海，不知不觉间置身于一片青山秀水之中。二是登上电缆车，在一根钢绳的牵引下，缓缓升高。仿佛坐在一个会飞的空中小屋，一伸手就可以撕下一片云彩，体验的是一种"一览众山小"的浪漫情怀。最具特色也是最具挑战性的路线，就是徒步沿着石阶步步登高。这条路线在天池北侧，一泓天池之水从此飞泻而下，不见其流，先闻其声。曲径通幽之中，猛然看到白花花的流水从头上飘落，飞腾激越的声音在崖谷中回荡，好像天池之水天上来，激流直下惊飞鸟，犹如身临写意山水，一时间物我都忘了。

古人说：山重水复疑无路，柳暗花明又一村。到达天池的第一瞬间，

无论是谁都会有这样的感慨。的确是太富有魅力了，群山环绕之中，天赐神助般突显一池冰清玉洁的湖水，如梦如幻似的，让人如痴如醉。

真是变幻莫测，仿佛一位画家一不留神把绿色颜料泼在了水中，这个时候湖水又变成了一池绿色。是一种宁静的绿，深沉的绿，与山上的绿树连成一片，与流动的空气融为一体。

我的来自齐鲁大地的同学，就是在这个时候来到天池的。他是专事风光摄影的，这些年足迹遍布大江南北，最远的地方到过欧美。然而就是这个见过不少名山大川的"驴友"先行者，刚一来到天池边上，就情不自禁地交口称赞起来。继而打开旅行包，取出摄影机，调好光距，"咔嚓，咔嚓"拍个没完。而且一边拍照，一边不住回过头来对我说："就好像来到了阿尔卑斯山，来到了日内瓦湖畔，名不虚传，名不虚传！"

天池就是这样一座著名的高山湖泊。湖面海拔1900多米，南北长3000米，东西最宽处1500米，最深处105米，旺水期水面可达4.9平方公里。天池形成的历史非常久远，据史书记载，自宋至清，天池曾有冰池、龙潭和神池等名称，但史籍中却很少有关于天池真实面貌记述。那些诸如"蟠桃盛会"和"王母娘娘的洗脚盆"之类的民间传说，都是一种美好的联想和真情的祝愿。

然而就是这些动人的传说和神话故事，让天池平添了无限的神秘色彩。以至于后人趋之若鹜，纷至沓来。第一个亲临天池，并第一次为天池命名的，是清乾隆年间的乌鲁木齐都统大臣明亮。他在记述当时引水下山，灌溉农田的《灵山天池疏凿水渠碑记》中，借"见神池浩渺，如天镜浮空"一句的"天池"二字命名此湖，从而揭开了文人墨客登峰造极的历史篇章。我记得七十年代有一部纪录影片，记录郭沫若陪同西哈努克亲王畅游天池的情景，其中印象最深的就是先生即兴创作的诗作："一池浓墨盛砚底，万木长毫挺笔端。"多么生动的比喻，多么夸张的描写，一下让天池呼之欲出，深深印刻在每一个人的心里。

所以说天池景区，从古至今都是以天池为中心，融森林、草原、雪山和奇石为一体，形成别具一格的风光特色。并以此为基础，突出家喻户晓的人文景观，打造"魅力天山，神话天池"的旅游品牌。像重点推出的天池八景，譬如龙潭碧月，传说就是西王母当年的洗脚盆。每当夜幕降临，皓月当空，山峰树景倒影其中，倍觉富有诗意。譬如定海神针，就是因为天池水怪嫉恨西王母而兴风作浪，招致其拔下宝簪投入水中，从而化作一棵大榆树，从此锁镇了水怪。

我想，天池景区之所以日臻完美，美名传扬，除了自然景观和历史传说，更重要的一点，是得益于充满浓郁民族风情的地域特色。不管是电视镜头，还是杂志封面，无一例外地把人们的目光引到天池的世居民族——哈萨克族身上。

就像新疆其他少数民族一样，哈萨克族也是一个热情好客的民族。有谚语说："父母留下的财产，有一半是客人的。"如果到了天池不进哈萨克族的毡房，就如同到了新疆没有去喀什一样，算是白来一趟。不说哈萨克族的服饰有多漂亮，也不说哈萨克族的歌声有多悠扬，只要亲口尝一尝奶茶和手抓羊肉，就觉得天下竟会有如此美味佳肴。

奶茶的做法是先将砖茶捣碎，放入水壶中熬煮，等茶烧开，再把鲜奶和奶皮子放进碗里，随后倒入茶水，因为事先就在壶里掺入了盐巴，喝的时候感觉非常爽口。这个时候，餐桌上一定还会摆放一些诸如酥油和包尔萨克之类的特色小吃，人就顿觉胃口大开，喝了一碗又一碗，直到喝至头冒大汗为止。

而吃手抓羊肉，必须是用大大的托盘盛着才算地道。热气腾腾的手抓肉上覆盖着一层洋葱，再浇上一圈滚烫的肉汤，看着就是一种极大的享受。哈萨克族宰羊有着严格的规定程式，宰羊前先要将羊牵到客人面前，等客人做了"巴塔"，也就是祝福主人家牛羊成群，吉祥如意之后，才能动刀。上肉的时候，同样也是按规矩进行。每个部位都有专门的名称，譬如羊头叫作"巴斯"，盆骨叫作"江巴斯"。"巴斯"是要敬给长者的，表示有头有脸。而羊耳朵一定会给小孩子，意思是要好好听话。羊肉就是用天池的水清炖的，除过咸盐，不放任何调料。然而由于羊肉和杂碎一锅混煮，味道鲜美香醇，回味无穷。不要说吃肉了，就是喝一口肉汤，那也是荡气回肠，终生难忘。我想除了原汤煮原料的必然因素，那些切成圈丝状的一根根洋葱，则是起了至关紧要的作用。其实吃肉的过程就是了解和体验风俗的过程，一些美好的传统，就是通过这样的代代相传，一直延续至今的。

从三十年前的半途而废，到现如今的一天几个来回，可以说天池已经和人们的生活紧密相连了。就像一块魅力四射的巨大磁铁，天池不但深深吸引着全国的目光，而且正在吸引着世界的目光。君不见，每到夏季旅游高峰，操着不同口音的游客蜂拥而至。其中就有不少是来自海外的，高鼻梁、黄头发、蓝眼睛，伸着大拇指，一口一个"very good"，令人印象深刻。

然而我想说的是，其实天池的冬季也是独具特色的。晴空万里之下，一片银色的世界。正如毛泽东主席诗词《沁园春·雪》中描绘的那样：山舞银蛇，原驰蜡象……须晴日，看红装素裹，分外妖娆。可喜的是，天池管委会已经意识到了这一点，而且正在为之付诸实践，像举行天池速度滑冰比赛，像发起天池冰雕展览，都是很好的创意，并且取得了不错的效果。更让我感动的是，今年早些时候，乌鲁木齐和昌吉联合举行了声势浩大的徒步到天池的活动。看到皑皑白雪中五颜六色的矫健身影，我就想，如梦如幻的天池仙境，必将掀开她新的更美的一页……

达坂城：自古以来好地方

早先，提及达坂城这个名字，印象中就是达坂城镇那一方天地。后来到县上工作，才知道达坂城实际是乌鲁木齐县一个区（另一个为安宁渠区），除去达坂城镇，还有四乡一场，即东沟乡、西沟乡、柴窝堡乡、阿克苏乡和高崖子牧场。仿佛一个扇面，由西向北往东依次排开，群山连绵、沟壑纵横、土地肥沃、牛羊成群，就像歌中所唱：自古以来人人都说，达坂城是个好地方……

达坂城镇：大豆香，杏花艳，湿地牛羊壮

当时达坂城区公所驻地，距乌鲁木齐建国路县政府所在地85公里，区境西邻大湾和托里乡，东、南与吐鲁番市、托克逊县交界，北接芦草沟乡和阜康、吉木萨尔县。

达坂城镇为古丝绸之路新北道和南北疆之间交通要冲，很小就听爷爷讲，最早达坂城镇就是一个驿站，南来北往的人到了这里，都要停下来休整，住一个晚上。后来即便交通发达，出行都乘汽车，达坂城镇依旧是必停无疑的一站，吃一顿正宗回族家常饭，买一些土特产油炸大豆，顺便检查一下车辆，路两边一溜都是车，自由市场进出都是人，一派繁荣热闹景象。

说到达坂城的大豆，第一次品尝还是孩提时代，当时邻居家一个亲戚

带来一包生大豆，说要掺和着沙子炒才好吃，邻居家照着炒了，确实又脆又香。后来因为工作关系，经常去达坂城，吃大豆的机会自然多了，除去干炒的，还有油炸的，发展到后来，花样不断翻新，从口味上讲，有麻辣的、孜然的、五香的；从外形看，有去皮和不去皮的，还有一种只留中间一圈皮，美其名曰"金腰带"，直吊人胃口。

达坂城镇树多，水也多，一片一片树林子，黑压压把达坂城镇包个严实。榆树和白杨最多，还有就是杏树，到了春暖花开时节，就像一团一团粉红色太阳伞，点缀于林木丛中、房前屋后，煞是好看。

兰新线以东，312国道以西，是一片望不到边的湿地，水草肥美，牛羊成群。一团一团水洼，碧蓝碧蓝，倒映着蓝天白云和连绵起伏山脉。不时看到有骑手跨上骏马，扬着鞭子，驰骋纵横于畜群之间，白的羊群，像哈达一样散开成一条长带，红的牛群，缎子一般四处来回飘荡，风景画卷似的，让人流连忘返。还有就是那些水鸟，自由繁衍生息于此，尤其是黄鸭，嘎嘎叫着从头顶飞过，在人的心海荡起涟漪。

如今再到达坂城，已是今非昔比，不仅吐—乌—大高速公路从身边经过，一座高架桥让古镇见证高铁的风驰电掣。原先低矮破落的建筑，早已被一座座现代化楼房所代替，街道整洁、宽阔，林木繁茂、葱郁，尤其山坡上那座醒目的仿古烽火台，昭示着达坂城新型旅游业的蓬勃发展。

东沟乡：杨志新社、油菜花和虹鳟鱼

东沟乡位居天山博格达峰南坡下，离达坂城镇18公里。东沟乡这个名字，是以地处西沟乡以东而得名，下辖7个行政村，最近的是苇子村，最远的高崖子村。

高崖子村离东沟乡政府还有10多公里路程，那一年我还在县委统战部工作的时候，和部长一起去了高崖子村。部长借了乡上的三轮摩托，我骑在后面，乡统战干事坐在偏斗里，路虽说颠簸，一路的风景却不错，四周都是山，地里长满庄稼，沿路都是榆树，渠水就从榆树底下流淌着，有好几处甚至就顺着流淌在路上，摩托车压过去，溅起一片泥水。快到村上时，摩托车陷进水沟里，怎么也开不出来，最后来了一群干活的人，挽了裤腿，脱了鞋子，齐声喊着"1、2、3"，一下子就把摩托车搬了上来。

乡政府两边当时只是一些土木结构房子，打开办公室后窗，就是河坝。一河轰隆作响的流水，泛着白色浪花，从满是鹅卵石的河床上，急速向下游流去，最后流进后沟，顺势奔向托克逊县境内。如果到了春天，从乡政府走向田间地头，满眼都是黄灿灿的油菜花，蜜蜂"嗡嗡"颤动翅膀，尽情采着花蜜，蝴蝶五颜六色上下翻飞、追逐，一片鸟语花香，令人陶醉。

因为山多，沟多，水多，东沟宜农也宜牧，农业主产小麦，特产蚕豆，也种植胡萝卜，有一个优良品种，叫"新黑田五寸参"，是从日本引进的，是神内胡萝卜汁原料，农民种了增加经济效益。现在还种植温室蔬菜大棚，算是农业一大进步。

说到东沟乡农业生产，不得不提一个重要人物杨志新。乌鲁木齐县历史上两个著名初级农业生产合作社，一个是1954年3月18日，在芦草沟成立的章自立合作社，另一个就是1954年4月2日，在东沟乡东湖村成立的杨志新合作社。

从东沟乡往北走不远处，向左一拐，就是东沟有名的虹鳟鱼场，进得院子，几个长长的水泥池子，赫然映入眼帘，池中是自然流动的活水，水中游动着密密麻麻虹鳟鱼，顺手抓一把鱼饲料撒向水里，就听得"噼噼啪啪"一阵响动，虹鳟鱼争着抢着跃出水面，尾巴激起水花，一下子把人的衣服都打湿了。

虹鳟鱼原产北美洲太平洋沿岸，喜栖于清澈无污染冷水中，以食鱼虾为主，为高寒冷水鱼类，生存条件要求高，属娇贵鱼种。鱼身非常优美匀称，因身体一侧有清晰彩虹样痕迹，故名"虹鳟鱼"。虹鳟鱼当时乌鲁木齐只有东沟才有，因为味道鲜美，物以稀为贵，尽管价格不菲，依然供不应求。

穿越博格达由西沟出发，一日经历四季风景

西沟乡地处达坂城镇以北山沟，因沟呈南北走向，且与东面一条大山沟相对而得名。由达坂城镇出发向东不远处，就是一个道路岔口，向东去东沟、阿克苏和高崖子，往北则是西沟乡。

西沟乡位于天山博格达峰南坡，境内地势起伏，据当地老人讲，这里是古代翻越博格达峰主要通道，有南天池自然风景区。九十年代中期，区上曾组织过一次穿越博格达活动，带着行囊、帐篷和干粮，一干人骑马跟着向导，浩浩荡荡向南天池进发。听朋友回来讲，虽说一路艰辛，却饱览大自然神奇风光，从山下到山上，一日经过四个季节，不虚此行。

到了西沟乡，站在任何一个地方，都能感受到天山的巍峨和变幻莫测，尤其是高耸入云的博格达峰，一会儿白雪皑皑，耀眼夺目，一会儿又云雾缭绕，若隐若现，仿佛"犹抱琵琶半遮面"的美少女，雾里看花终隔一层，神秘得很。

水资源是西沟乡一大财富，滋养着万亩良田、草场和林木，以农业为主，同样以小麦和蚕豆居多，但也有着相当规模的养殖业，无论是在泉泉湖，还是到了沙梁子和雷家沟，几乎家家都有圈舍和草垛，少则三五只，多的一大群，羊儿牛儿甚至马儿，成了农家人不可或缺的生产和生活资料。

那些年到了冬天，西沟乡还有一景，就是野兔子多得满山跑，吸引城里人趋之若鹜，不但亲近自然，呼吸到最清新空气，还能猎捕野兔子，放松身心。我们几个朋友也赶时髦潇洒了一回，不过腰来腿不来，腿来气不

来，大冬天浑身冒汗，却连一只兔子都没有逮着，倒是歪打正着，活捉了一只猫头鹰，灰白色的前胸，铁钩一样弯弯的喙，褐色后背上，间或有规则淡黑色羽毛，两只亮亮的眼睛，金光灿灿，忽闪忽闪的。人一靠近，双翅一扇上下翻飞，呼啦啦作响，嘴也一张一张的，不时发出"咕咕"叫声。猫头鹰爪子上套着细铁丝，看来中了猎人圈套，我们几个一商量，一致同意放生，看着猫头鹰飞向远方，一个脸上露出舒心的笑容。

西沟乡还有一件事让我难忘，1995年6月，广州市热心人士支援民族教育筹备委员会主任、佛教高僧释新成一行7人，风尘仆仆、不远万里来到西沟乡，向西沟二小捐赠50万元，用于改造校舍。当时由我们陪着来到西沟二小，当听说不少学生家境困难，释新成高僧又慷慨解囊，一次性为20名学生捐赠学费2400元，并鼓励他们好好学习，早日成才。如今看到乡上集中办学，校舍焕然一新，深感改革开放结硕成果，西沟旧貌换新颜。

阿克苏：夏天骆驼奶，冬日熏马肉

阿克苏乡距达坂城镇30多公里，北和吉木萨尔交界，东南大河沿村同吐鲁番市接壤，主要以牧业为主，人口绝大多数是哈萨克族。"阿克苏"意即白水，预示水量丰沛，背靠天山博格达，面朝无垠绿草地，全凭源远流长阿克苏河。在阿克苏乡哈姆斯特沟1850—2000米海拔处，就曾发现多幅岩画，有野生动物图，有牧人放牧图，也有狩人弯弓搭箭狩猎图，由此印证早在远古时期就有人在此繁衍生息，见证时代更迭，目睹生活变迁。

阿克苏有两样东西独一无二，一是夏天骆驼奶，二是冬天熏马肉。骆驼奶相对于马奶子，一是稀少，二是营养价值更高，据说对糖尿病人有着很好的疗效。所以有这样一个说法，有马奶子和牛奶的地方，以喝马奶子为主；有马奶子和骆驼奶的地方，以喝骆驼奶为主。喝着骆驼奶，吃着包尔萨克，余香满口，回味无穷。

数九寒天坐在炕头上，看着一大盘子熏马肉和马肠子端上来，主人拿着刀子一边削肉，一边搅拌着盘子下面纳仁和皮芽子，于是间满屋子弥漫着一种浓浓香味，让人食欲大增、胃口大开。伸手将纳仁、马肉和皮芽子抓在一起，五指一聚拢送进口中，真叫一个解馋和过瘾。

如今牧民生活水平又上一个新台阶，与时俱进建起独具特色的鹰舞庄园。一座座独具特色富民安居房，统一设计，统一建造，主色调为绿色，间或白色和灰色，独门独院，宽敞明亮，配之以富有变幻的哈萨克族图案，整齐划一，独特别致。最能体现传统文化的是气派的鹰舞广场，高耸的图腾柱直插晴天，精美大气的群雕与之呼应，或叼羊，或赛骆驼，或体现民族团结共荣，给人以强烈的视觉冲击和心灵震撼。遇到大型活动日，看精彩表演，听美妙音乐，尝特色小吃，阿克苏，一个不得不去的地方。

高崖子：当地人从来都读"ai"这个音

阿克苏乡向东就是高崖子，最早1957年是胜利公私合营牧场，1979年改为高崖子地方国营牧场。就像地窝堡的"堡"字，一直读作"pu"这个音一样，高崖子的"崖"字，我们历来就念"ai"，而不是"ya"，这或许又是一个地方特色。

高崖子也是以哈萨克族为主，牧业是主导产业，种植少量农作物，算是当时乌鲁木齐县最远的乡（镇）场之一，来回一趟要240公里。

高崖子境内山地、丘陵占地面积大，加之一座巨大天山的不尽馈赠，春夏冰雪消融之际，昆盖苏河、高崖子渠构成了完整的灌溉体系，并为下游的东沟、西沟、达坂城乃至更远的后沟和托克逊，提供了充沛的水资源。

我是先知道胜利牧场这个名字，而后才知道高崖子的，主要是因为大爷的关系。大爷早先在芦草沟煤矿下巷，后来据说和领导吵架，一气之下远走他乡，从博格达峰北坡绕了一大圈，来到博格达峰南坡的胜利牧场落户。由此一来，回一次芦草沟就要费尽周折，倒好几趟车，赶到爷爷家时，或许已是第二天，人已疲惫不堪。现在多好，从乌鲁木齐到达坂城，出门就是高速公路，很快就到，即使再往高崖子，也是平整通达的柏油路，路一好，距离似乎一下就缩短了。

柴窝堡："巨大的风扇，把风吹到乌鲁木齐去了"

而达坂城区柴窝堡乡，顾名思义就在柴窝堡，向西是柴窝堡湖，往东是白杨沟村，中间一条312国道，是达坂城距乌鲁木齐最近的一个乡。柴窝堡周围以前除了柴窝堡乡，还有柴窝堡渔场和林场。湖里有鱼，吃鱼宴是一大特色。路边还有著名柴窝堡大盘鸡一条街，到了周末和节假日，人们纷至沓来，络绎不绝，吃得嘴里刮风，头上冒汗，心里却特别惬意。再就是一眼望不到边的风能发电机组，像巨大风扇在半空旋转，就有吐鲁番人开玩笑说："难怪夏天吐鲁番热得就像馕坑，原来这么多大风扇，把风都吹到乌鲁木齐去了！"

早先柴窝堡乡就一个村，名叫白杨沟，坐落于高速公路以东的山沟里。顺着柏油路一直向东，呈现在眼前的是一望无垠的半荒漠草场。一群群绒山羊，犹如一片片白色的云彩散落其中，悠闲自得，飘忽不定。而那高大的骆驼，忽而昂首挺胸，驻足四望；忽而一溜烟纵情奔跑，驼峰不停摇晃着，憨态逗人。越是纵深，越能体验山的巍峨和气派，一座座高耸入云的皑皑雪峰，好像饱经沧桑的白发老人，古往今来岿然屹立于苍茫大地，高山仰止，波澜壮阔，让芸芸众生肃然起敬。

白杨沟盛产各种矿藏，其中尤以石灰石最为著名。走进白杨沟，远远

看见半山腰一片片白色痕迹，那就是最好的见证。有了自己的企业，手中就有了白花花的钞票，加之擅长放养绒山羊，到了刮绒季节，各路收购商纷至沓来，生活水平就有所提高。就以住房为例，当时就有不少人家盖起了砖木结构的房子，而且其他牧区学校都为没有浴室发愁的时候，白杨构学校率先建造了浴室，赢得一片赞许。还有一个很小却也是很现实的例子，那就是一到冬天，吃菜成了问题，就有人家学会了腌制咸菜和酸菜，吃着余香满口的熏马肉，就着脆生生的咸菜和酸菜，别人不羡慕才怪呢。

如今再到柴窝堡白杨沟，更是一派生机勃勃的景象，道路上一辆接一辆的大卡车来回穿梭，一排排的新式民居错落有致，除了小餐馆、修理铺和杂货店，还有人在水草丰盈的大山深处开起了旅游度假村。每逢双休日，就有城里人携家带口到此一游，平添新的亮丽风景。

绵羊山羊赞美诗

　　中国的汉字，学问深奥，仅以"鲜"为例，从鱼从羊，典型的会意字，"鱼"表属类，"羊"表味美，合而为之，鲜爽、可口，回味无穷。鱼是水产，羊是陆生，生活在离海洋最远的地方，谈鱼类太不靠谱，招致笑话，数叨起羊来则是行家里手，娓娓道来。一则我是放羊娃出身，打小谙熟羊的习性，具有深厚感情基础；二则我们新疆是全国五大牧区之一，其中羊只存栏数位居新疆牲畜榜首，加之我们的女人离开羊肉似乎就不会做饭，自然至今依旧和羊打交道，因而对羊绝对有发言权。

　　新疆地域辽阔，"三山夹两盆"是对南北疆地形地貌的形象化概括。无论高山还是谷地，只要有人的地方，就有羊的身影，无论游牧民族，还是农耕民族，习惯上都把养羊作为一种历史传统继承下来，多则规模成群，少则三五只圈养，庭院里没有羊，仿佛生活缺少了阳光。

　　山峦起伏，沟壑相连，哪里有水草，哪里就是羊的最佳栖息地。山花盛开的夏牧场，羊群像五彩的活动画面，云游四方。到了大雪覆盖山岭，羊群则转往冬窝子，草棚上高高堆起的饲草，就成了牧人一冬的最爱，在羊只夜复一夜的反刍声中，静心期盼春天羊羔平安降生。

　　绿洲村落，阡陌纵横，凡属河流经过的地方，大抵有一片湿地。譬如提及达坂城，有一首歌就这样唱道："达坂城的风光好，牛羊肥又壮……"就得益于达坂城镇以西，兰新线以东，有一片绿幽幽的湿地，羊群散放其中，放羊娃完全可以头枕双手，美美睡上一觉。农区的羊活动范围相对要小，村落周边，地头或者渠旁，都有些羊爱吃的嫩草，像最常见的野笋子就有两种，一种折断后，分泌白色汁液，味苦，我们都叫"奶子草"；一种没有分泌物，味甜，撕掉叶子，剥了皮，张开嘴自上而下嚼，味道真的和笋子一样，甜丝丝，脆生生。羊是连叶子带茎，苦的甜的都吃，我们只吃甜的，而且还要趁早，稍一长老，皮剥不下来，牙也咬不动。

新疆属于典型的温带大陆性气候，日照时间长，早晚温差大。由于降水量偏少，空气干燥，自然形成不少大漠戈壁。因而我们所说的草场概念，既包括"风吹草低现牛羊"的长草草场，像巩乃斯、那拉提和巴音布鲁克，都有天底下最好的草场，不但草长得好，花也开得漂亮，天蓝，山高，水清，花红，草绿，成了人们趋之若鹜的旅游胜地；也涵盖年景好时草就像胡子一样长势旺盛，雨水少时草则如眉毛一样，懒得生长的荒漠和半荒漠短草草场，远的如准噶尔盆地周边，塔里木河沿岸，近的如乌鲁木齐甘河子一带。

正是由于草场具有多样性，不管南疆还是北疆，无论牧区还是农区，新疆的羊群就这样繁衍生息，日益壮大，关键是肉质鲜美，壮而不腻，精而有味，肥瘦搭配，红白相间，怎么做都能行，怎么吃都不厌。和新疆大美的山川不无关系，受惠于新疆独特的气候条件，如果你走进一个哈萨克毡房，抑或是一座蒙古包，主人一定告会诉你：我们的羊走的黄金道，吃的中草药，喝的矿泉水，味道不好才怪呢。

实际上新疆有许多极富营养价值的奇花异果，有的就被羊吞进肚里，转化至肉体中，进而在我们的胃里消化，确保各种有机元素，在我们的体内长期储存。仅以菌类而言，新疆就有许多独有品种，像北疆的阿魏菇、南北疆都有的巴尔喀什黑伞、南疆独存的粗柄马鞍菌，或生长在戈壁滩，或伴生于湖泊，或隐没于胡杨林，都是菌类上品。阿魏菇号称西天白灵芝，具有消积、杀虫和治疗久疟、痔劳等药效。巴尔喀什黑伞，俗名焉耆黑蘑菇，它埋在沙土之中，产量高、品质好，很受人们喜爱。而粗柄马鞍菌，又叫木耳蘑菇或胡杨蘑菇，因为日渐稀少，弥足珍贵，成了洽谈会上的抢手货。甚至还有羊肚菌，干脆就以羊的内脏命名，足见这些具有胶质或肉质，不但食用，还有药用的野生菌类，对于羊而言，早已是口中餐、腹中食，肉质能不出众，味道能不绝好吗。

尤其在一些荒漠地带，土地碱化程度高，因而草中富含碱性，虽说草不是那么旺盛，低低矮矮的贴着地皮生长，但是这种草羊吃多了，肉质就大不一样了，最主要的一点：看着色泽鲜亮，闻着没有膻味，吃着沁人心脾，想着回味无穷。而且羊还按时补充一些饲料，油渣和玉米是最常见的，油渣是榨油剩余残留物，一块一块的，掰碎扔进羊槽，羊吃着膘情看好，玉米煮熟了再喂，而且拌有食盐，羊吃着四肢添力，肉味道自然也没得说。

于是联想到平常观赏央视《动物世界》，猴子偷木炭治疗消化不良，大象钻进黑洞舔食岩壁，鹦鹉贴在土墙上衔泥块，道理很简单，皆为补充体内所需。就像儿时邻家小孩，隔三岔五抠墙土吃，父母揍了好几回，依然我行我素，积习难改，后来才听人说，这是人体缺少相应的矿物质所致，羊吃盐也如此，所以有人总结说：马不吃夜草不肥，羊不加盐料味差。

记得以前食品公司在村上喂料羊，除了一车一车拉草，同时也一车一车拉料。草是青草和玉米秆，然后用铡刀铡了，羊就糟蹋得少了。料以油渣和麸皮为主，辅之以苞谷，白天麸皮拌草，夜晚增添苞谷，黄灿灿的苞谷，掺和着食盐，远远就闻着味香，我们捉迷藏的时候，顺手偷着吃，算是宵夜。

新疆的羊，遍布漫山遍野不说，品种也很多。土生的、引进的、杂交的，应有尽有。先说绵羊，首当其冲的要数阿勒泰羊，东到青河，西至吉木乃，分布于阿勒泰地区全境。个头大、体形美，肉脂兼备，品种优良。

公羊除了多有一对螺旋形犄角，最大的特点，就是尾部呈椭圆形，硕大、厚实，堆满了脂肪，故又称阿勒泰大尾巴羊。我们家以前养了一只阿勒泰羊，褐红色，犄角大，身胚子也大，在父亲的精心饲养下，半年工夫尾巴长得磨盘一样，每次起身必须我们搀扶才行，走路晃晃悠悠的，尾巴忽闪忽闪的，后来宰了炖肉，仅尾巴就炼了一桶油，吃了整整一个冬天。

新疆细毛羊，原产于伊犁地区巩乃斯种羊场，结构良好，体质结实，公羊鼻梁隆起，后驱丰满，并长有大角。这个品种耐粗饲，适应性强，增重快，毛色白，质量高，仿佛身上穿了银质棉袍，密不透风，毛茸茸的，尤其是一只大犄羊，毛多得几乎遮住眼睛。新疆细毛羊是用高加索细毛公羊与哈萨克母羊杂交培育而成，老一辈人因此都叫苏联羊。

在南疆叶尔羌河流域，还有一种羊叫多浪羊，包括喀什地区的麦盖提、巴楚、岳普湖和莎车等县，都有这个品种，只因麦盖提县比较集中，又叫麦盖提羊。麦盖提羊头长耳大且下垂，肩比较宽，腰背平直，公羊或有角，但短而小，也有无角公羊，母羊都没有。此品种发育快，体格大，繁殖性能好，出肉率高不说，肉质也深受人们的赞誉。这几年麦盖提县为了提高知名度，已经搞了三届赛羊会，对"特级种公羊""特级种母羊"和"多胎种母羊"给予重奖，产生了品牌效应。

生长在新疆海拔最高地方的羊，是塔什库尔干羊和柯尔克孜羊，一个与崇拜鹰的塔吉克民族相伴，一个是"活着的荷马"，《玛纳斯》演唱大师居素普玛玛依的故乡，高海拔毕竟繁育高品质的羊，和那些盘羊、岩羊一样，绝无仅有。

而那些山羊，体格大的公羊像一只小牛犊，气宇轩昂，威风凛凛，在山羊群里妻妾成群，子孙满堂。和公绵羊有所不同的是，公山羊犄角一般向上长，到了顶部再自然朝后弯曲，底部粗壮，角顶尖细，上面富有规律布有棱道，一圈一圈向上延伸，让犄角坚硬、有力。经常看到羊犄仗，特别是公羊到了发情期，几乎不吃不喝，为争夺交配权，让彼此犄角激烈碰撞。一般情况下，两只公羊颇具大将风范，一只挑战，一只应战，相互迎面靠近，大约三五米，先稍事停顿，随之偏着头，一跃而起，让两只前腿腾空弯曲，继而使劲全力，迎头相撞。就听一阵阵山响，要么一两个回合就分出胜负，失败者落荒而逃；要么实力相当，一次次跳跃对撞，却长时间不能制服对手，气喘吁吁，力不从心，到头来只得有一只公羊先休战，再养精蓄锐，伺机强势反扑。

有一次去阿勒泰开会，途经富蕴喀拉通克，不时看到羊群横穿马路，其中就发现好几只羊肚子下面吊着帘子，或帆布，或毛毡，看着有点碍事。我就问司机小刘，为啥其他的羊不挂帘子，偏偏那几只羊有？小刘是城里长大的小青年，一开始也好生奇怪，见我催得急迫，就胡乱猜测说，那几只羊可能受凉了，挂帘子是为了挡风呢，我一听就笑了，说他挺有想象力。我告诉小刘，其他羊不挂帘子，是因为那些羊不是母羊就是羯羊，起码不是性成熟的小公羊。而那几只之所以挂了帘子，原因在于那几只都是处于发情期的大公羊，由于体力消耗太大，身心疲惫不堪，羊主人为了让公羊传播健康和优质基因，索性人为给公羊挂了帘子，又称"骚胡"帘子。

羊有绵羊山羊之分，公羊有犄羊"骚胡"之称，犄羊指绵羊，"骚胡"是山羊，从小阉割过的小公羊，则取名羯羊。一般情况下，吃羊肉的选择顺序是，先羯羊，后山羊，再母羊，最后才是犄羊或者"骚胡"。公羊挂帘子，母羊还戴"奶罩"呢。其实一点也不奇怪。那些年乡下穷得叮当响，尤其家里有个坐月子的，哪里有什么营养和补品，全指望那些羊奶当给养，而母羊也有小羊羔羔，大人孩子还有羊羔都要保证有奶吃，唯一的办法就是给母羊戴"奶罩"，不然，都让羊羔吃了，大人孩子咋办。所以到了时辰，先让小羊羔吃一阵，然后人再挤一些，拿去炉子上慢火焐，上面一层奶皮子，下面是稠乎乎的奶子，都是纯天然绿色食品。

我的爷爷家住在牧区，也就是现在的涝坝沟，从水磨沟乘车过去，不到半个小时就到了。那里家家都有多少不等的母山羊，到了暑假，我和哥哥就往爷爷家跑，其中最吸引我们的就是喝奶子。就记得到了羊群归圈时，先将母羊一只只拴在一根长长的绳子上，奶奶怀抱着奶桶，按照先后顺序依次挤羊奶，等几只羊都挤过了，这才朝着羊圈方向喊一声，爷爷这才打开圈门，如饥似渴的羊羔们，"咩咩"叫着鱼贯而出，一股脑奔向各自的母亲，跪倒在地，甜蜜而又疯狂吸吮着羊奶。

山羊一般产一羔，生双胞胎的也有，然而岳母家的一群山羊，却从来不产单羔，至少两只，多的还有三四只。原来最早天山牧场的亲戚，送了只母山羊过来，后来拿去和黑甲山县畜牧局的瑞士公山羊配了种，就从一只羊发展到了一群羊。这种山羊最大的特点是头上不长角，脖子下面却吊着一对肉铃铛，一素白，奶子大，吃饱喝足以后，膨胀得像个肉皮色大南瓜，所以岳母家一直不断奶喝，八个孩子，四男四女，如果不是这一群山羊，日子真的很不好过。

绵羊温顺，山羊好动，因而以前把学习好又听话的学生称为"五分加绵羊"。山羊的好动体现在两个方面，一是速度快，善攀爬，二是嘴刁钻，挑食吃。一个羊群全是山羊，趁早多备几双鞋子，不然就跟不上趟，尤其到了山上，人上不去的地方，山羊不费事就爬了上去，所谓羊肠小道，其实很多就是山羊踩出来的。如果绵羊和山羊混放，头羊肯定就是山羊，好像不是为了吃草，而是为了领跑，挺着角，昂着头，一路小步快跑，有的人就使"木绊子"，吊在脖子下，虽说影响速度，但不影响捣乱，要么钻进了庄稼地，要么一不留神上了人家的房。

以前乡下都住着低矮的土屋，有些屋顺山而建，房顶几乎和山坡在一个水平线上，中间即使隔一道沟坎，却也挡不住山羊纵身一跳，轻轻松松就到了房上。有时候主人正好在屋顶晾晒了一些舍不得吃的东西，三下五除二就被山羊踩得乌七八糟。或者房顶本来就漏雨，羊一上去，一踩一个黑窟窿，你说烦人不烦人。

山羊不但会上房，也能上树，我以前的羊群，就有几只山羊，嘴尖得很，最爱吃榆树叶子，一逮空就往树茵下跑，看到一些树枝可以够着，立马两只前蹄子竖起来，脖子伸得长长的吃树叶，要是够不着，就想办法上树，一个一带头，其余的都效仿，别担心羊会摔下来，精着呢。有一天打开电视，看到非洲草原上孤零零一棵树，羊都在树上，而放牧者则站在地下，朝树上望着，仔细一瞧，都是山羊，我就想起当年放羊的情景，感同身受。还没有提到重要议事日程，拉里拉杂老半天，咱们还是书归正传说说怎么吃羊肉。

早些年，旅游每到盛夏季节，人们就到附近某一个山沟，支上一口大铁锅，做抓饭，或是清炖羊肉，凡事自己动手，等忙得差不多了，肚子也饿了，就着简单几样凉拌菜，先吃肉，再喝酒，景色没有看上几眼，醉醺醺，晕乎乎就回来了。到了家女人孩子就奚落，说那么好吃的羊肉，本想多吃几口，一闻都是酒味，还让人怎么吃啊。

后来有了经验，让女人孩子单独坐，事先还带了烤肉炉子，自己穿自己烤。有的孩子就学着卖烤肉的巴郎子，一根棍子上扎一块硬纸壳，一边烤，一边快速转动，硬纸壳就像风扇一样，煽得炉火旺盛，于是烤肉槽子飘起一股蓝色烟雾，随之诱人的香味，直往人的鼻孔钻。就听孩子高声喊："烤肉熟了，香喷喷，美滋滋，一串一块钱，快来买呀！"

这边是吃一串，想着下一串的外焦里嫩的烤肉，那边是呼呼翻着白色热气泡的大锅羊肉，还没到锅跟前，味道已经灌进肚子。无论清脆扎实的胸茬子，还是肉吃着鲜嫩、骨髓吸着香醇的后腿把子，看着让人垂涎欲滴，享用之后荡气回肠。

现如今农家乐和牧家乐，雨后春笋一样应运而生，白色毡房像蘑菇，盛开在每一个沟谷。蓝白相间，或者红顶黄墙的一排排房子，纷纷打出"最正宗"和"原生态"的旗号，提供包括"游、吃、住"的一条龙服务。只要事先告诉几个人，订餐标准和哪一种吃法，你就放心去徒步看风景，到了约定时间返回，一切准备完备。或是清炖羊肉，或是肉和杂碎一锅煮，或是以家常菜为主，间或一盘烧羊排，总感觉比城里的还要地道，究其原因，一是山里的水质好，喝了开胃，二是行进在如诗如画的天地，仿佛一个天然大氧吧，心情豁然开朗，就想着多吃几口，第三方面最关键，羊肉是现场看着宰好的，要颜色有颜色，肥瘦刚好、大小适中，清炖，原汁原味，哪里找这样的美味佳肴。

　　清水炖羊肉，先将宰好的羊依顺序剔了，头蹄和杂碎分出来，需要一锅炖，就拿去洗了涮了，和羊肉一起煮。要是单独做，羊肉一种做法，杂碎另一种做法，各有各的味道。

　　所谓原汁原味，就是锅里除了一把盐，几乎不放其他任何佐料。有些人老是抱怨煮不好羊肉，一是火候掌握不好，二是缺乏技巧。我的经验是，首先剔肉要有水平，就像庖丁解牛一样，彼节者有间，而刀刃者无厚，以无厚入有间，官知止而神欲行。否则尽是骨头渣子，影响肉汤的质量不说，吃肉或许还扎嘴呢。说火候，就是不能大火，锅刚一上灶，水就沸腾，时间不长肉就老了。必须先小火，再调大，循序渐进，然后就是及时清理掉血沫子，最好用专门的灶滤，一次清不完，反复循环，直到肉汤里不见残留物，肉汤清亮又好看，才算是煮肉成功，要不然，肉汤看着黑乌乌，肉也失去了光泽，味道就逊色不少。

　　有的人喜欢吃肉，有的人更喜欢喝肉汤，尤其是鲜亮白净的肉汤，上面漂一层细小的油花，简直就是挡不住的诱感，如果上面再撒一点葱花，或者点缀少许香菜，谁都忍不住要喝一碗，特别是冬天，刚干完活回到家，吃完羊肉再喝汤，而且还是就着热气腾腾的农家烤馕，真叫一个过瘾。

　　以前在县上工作，经常到南山哈萨克族朋友家做客，盘腿坐在炕上，一干人先围着达斯特汗喝奶茶，吃包尔萨克。如果是夏天，就有上好的马奶子，一端一大盆，女主人用勺子一边舀着澄清，一边不时把碗递到客人跟前。马奶子要慢慢品味，不能一饮而尽，略带咸酸、微喷清香的马奶子凉爽适口，沁人心脾，不仅有助于消化肉食，还能治疗疾患。

毕竟经过发酵，喝得多了、猛了，也能让人醉晕。有一次几家人去山里休闲，来到一户牧民家，主人热情款待，刚炸的包尔萨克，一碗又一碗耐人寻味的马奶子。这一下对了女儿的胃口，一口包尔萨克，一口马奶子，津津有味，颇显老到。亲戚家的女孩子就坐不住了，拉开架势同女儿拼喝马奶子，一碗接一碗，不曾间断。然而很快又吃不住了，先是满脸通红，呼吸加快，继而跑出去"哇哇"又吐又哭，显然是醉了。

等坐麻了腿出去转上一圈，肉也基本上熟透了，一盘肉端上来，摆在尊贵的客人面前，上面还有一个羊头。客人恭敬不如从命，接过刀子，拿起羊头开始削肉，羊脸上的肉送给长者，算是有头有脸，羊耳朵送给小字辈，意寓着好好听话，随后再把羊头还给主人，表示有福同享。

如果是现宰一只羊，主人事先会把那只羊拉进毡房，然后举行一个简单仪式，哈萨克语叫"巴塔"，意为"祷告"和"祈福"，皆由长辈或客人完成，祝福语中充满哲理和文学色彩，实则就是一首感人的赞美诗。

同样，盛在盘子里的羊肉，也是很有讲究的，根据客人的不同年龄和辈分，也必须用不同部位的羊肉来招待。有一次酒喝得起兴，一位上了岁数的哈萨克朋友，一边与我碰杯，一边如数家珍一样给我讲："老艾你很清楚，羊头只有一个，但其他六个部位却都是双的！"我就说："'江巴斯'算一个，'开里吉里克'也算一个！""江巴斯"是臀部，意为生命之源，就像"江布拉克"和"苏巴什"，都有源流之意。"开里吉利克"则是前腿掀板骨，有的人吃掀板骨肉之后，还用刀子根据其纹理将其割开，一问才知道原来是为了占卜一下来年光景如何。

"算你厉害，一下说准两个，还有四个呢？"朋友说。"不知道了吧，我告诉你！"然后他就掰着指头又给我说了四个，其中包括前腿骨、后腿骨、臂骨和大腿。妇女或者儿媳妇第一次上门，一般要上"沃尔堂吉利

克",也就是羊的大腿,如果换成女婿的话,则一定是胸茬子肉了。

这些年几乎每年都有朋自远方来,我自然不亦乐乎,热情相待,体现在饮食上,当以地方特色为先,主打的就是羊肉。不管清炖、红烧,还是煎炸、烹炒,都把现宰的,也是最好的部位端到客人面前。一开始,有些朋友还心存疑虑,但为了不扫我的面子,拿起筷子,象征性尝一尝我已削好的肉片。然而不吃不知道,一吃才发觉天底下原来有如此美好的羊肉,一下加快了筷子的使用频率不说,有的甚至干脆放下筷子,抓上一大块羊肉,狼吞虎咽吃了起来,而且一边吃,一边赞不绝口:"怎么就这么好吃,一点膻味都没有!"

有一个同学后悔没有带家人来,又想额外多吃几块,就红着脸,不好意思说是替老婆和孩子吃的。总看到有人说某某人没有来,这几杯酒是我替他(她)喝的,却没有见过还有替别人吃肉的,足见我们新疆羊肉的传奇魅力。

过了两年之后,有一天早晨,突然接到这位同学的长途电话,告诉我第二天就到乌鲁木齐,不但带了老婆孩子,还有朋友两口子。我就想起同学先前替人吃肉的故事,依旧一盘子一盘子上肉,没想到同学的儿子吃肉更厉害,原本三五个人才能吃完的一盘子羊肉,到了他那里,一个人就风卷残云,一扫而光了。而他的老婆和朋友两口子,据说以前从不吃羊肉,到了新疆好像突然受到感染,对羊肉产生了极大的兴趣,吃着手上的,盯着盘子里的,吃了之后还有总结,说原来羊肉的不同部位,味道也不一样,不过都是一个字:"棒!"

还有一个南方朋友,情迷新疆烤肉,无论是烧烤肉,还是炒烤肉,要么一二十串,要么一盘子包圆,而且入了门道,变换着花样吃烤肉。先来精肉的,再来羊心和羊肝,尤其迷恋羊腰子,一次就是好几个,说是哪里找这样好的纯天然大补,机不可失,失不再来,能吃一口是一口。如果吃炒烤肉,一定要配搭上一盘黄面,上面再放些黄瓜和香菜,肉红、面黄、菜绿，自鸣得意的样子，完全就像一个天真烂漫的孩子。

更有意思的是，这位南方朋友过上一段时间，就要发一条短信过来，短信比较长，需要分段接收，内容全部和烤肉有关，不是说他去过的那一家烤肉店还在吗，味道还那么馋人吗，就是说盼着早一天再来新疆，要不然就好像害了"相思病"，整天无精打采。最绝的是，他竟然突发奇想，说我回复短信的时候，要是把烤肉的滋味也一起发过去，那真是太好了。

羊肉清炖好吃，烧烤也属上佳，先是满街的烧烤肉，一串五毛钱，现在两块钱一串，还算是小串的，撒上辣面子和孜然，一下来上好几串，再要一个热馕，一分为二合在一起，将烤肉串放进去，使劲一捋，烤肉留在馕里面，钎子则都抽出来了，卷在一起边走边吃，一点都不耽误事情。

要是想吃着攒劲（新疆土语，好或者美哉），就要几串烤排骨吧，肉多块大，焦黄焦黄的、油亮油亮的，上面薄薄一层羊脂，下面实实在在紫肉，牙齿凑上去一撕拽，一疙瘩肉就吞进嘴里，嚼着那个香美，咽着那个顺溜，不是亲身体验，怎知新疆羊肉好啊。

更好的还在后头，也就是真正的羊肉特色大餐 —— 烤全羊。

烤全羊顾名思义，就是将一只整羊囫囵烤了，当然是在专门的馕坑里烤。事先选好材料，诸如蛋黄、盐水、姜黄、胡椒和孜然粉，掺和着上等面粉搅拌至稠糊状，从上到下抹边羊的全身，然后头部朝下塞进馕坑，捂严盖实，一个小时左右，极具诱人的烤全羊就出炉了。烤全羊立放在一个硕大的不锈钢托盘里，用餐车推进盛大宴会厅，头上绑着红绸子，嘴里叼着一把青菜，然后就是剪彩仪式，由尊贵的嘉宾亲自削下第一块肉，放进嘴里尝尝，竖起大拇指表示味道鲜美，随之把刀子还回厨师，特色大餐就算正式开始。

现在交通方便，精明的商家开始将烤全羊这个品牌打向内地，看包装鲜艳夺目，维吾尔语、汉语两种文字，一看就是地道的新疆产品，品其味鲜而不腻，早上还在乌鲁木齐，下午就上了北京、上海和广州的餐桌。那

一年我们在清华研修，有个朋友托人带了一只烤全羊，不但我们吃到了家乡的美味，就连其他省市的同学尝了也是赞不绝口，一致表示，就是冲着烤全羊，也一定要来一次新疆，不然真是一个遗憾。

还有就是抓饭肉，先用油炒，随后和黄萝卜、大米一起焖，等出锅了，大米一粒一粒，晶莹剔透，黄萝卜油亮软绵，而一块一块羊肉，吸收了油米和黄萝卜的味道，焦嫩，滑润，亮堂，鲜美，吃一次，一辈子忘不了。阔尔达克也是新疆美食，有两种制作方法，一种先炒肉，再放黄萝卜和土豆，然后添水，放料；一种先煮肉，等差不多熟，再放土豆和黄萝卜，只是不用再添水。汤汤水水，有肉有菜，余汤好喝，土豆和黄萝卜，一个誉为国菜，餐桌上少不了，一个俗称"贫民人参"，富含胡萝卜素、维生素和微量元素，药理作用突出，而羊肉掺和其中，兼收并蓄，融会贯通，不但补身子，还能开胃口，奇了。

到了大地刚刚上冻，水面上结了一层冰碴子，有人就招呼着去吃"冰碴鞫律"，也就是当年的山羊娃子。一是味道鲜美，而是几乎都是精肉，难得一见油疙瘩，放到锅里一炖，不等多长时间就熟了。印象最深的一次，是儿子刚好两岁多时，因为赶上过节，山里的表哥家炖了"冰碴鞫律"，几个人上了一小盘子，那时我们肚子没有油水，嘴馋得不行，尤其儿子像见了宝贝，极想多吃一口，可脸一转的工夫，眼前就只剩下一个空盘子了。表哥家拜节的人多，而肉又极其有限，尽管儿子哭着闹着要肉，我们也无能为力，只得早早找个借口离开了。

现如今物产丰富，人们的生活水平，也随之发生了巨大变化，想吃肉不再是什么难事，家里吃着不满足，就去外边吃，这一种做法吃腻了，换一种做法再吃有的时候按图索骥，跑到很远的地方去吃。先是说羊杂碎吃多了影响健康，后又说羊肉汤喝多了也招致疾患。以前买肉挑壮的，尤其看到大尾巴羊，眼睛都盯着，肉切成丁炒了，掺上些盐，每天做饭放一些，可以吃很长时间，油则炼了化了，烙饼子时锅里抹一点，就算吃了上乘的饼子。而今吃肉专挑瘦的，见了一点壮肉都摇头，有些人索性不喝肉汤了，实在忍不住，就添些白开水稀释。然而羊肉味道的确太好了，营养价值又太高了，三天不吃，心里就像猫爪挠着一样，痒痒得很，于是还是想吃，只是吃的方式有所不同而已。

新疆处处瓜果香

"吐鲁番的葡萄，哈密的瓜，库尔勒的香梨人人夸"，这是曾经脍炙人口的一句歌谣。实际上新疆瓜果遍布天山南北，并以糖分高、口感好、富含营养价值名扬遐迩。只是那些年路途太遥远，而交通又极不方便，导致一些鲜美的新疆水果很难走出新疆，更不要说面向世界了。"藏在深闺人不识，自产自食无奈何"，是当时境况的一个真实写照。最好的办法就是晾晒成干果，最为常见的不外乎葡萄干、杏干、沙枣、核桃等，缝成包裹（我们维吾尔族称之为"哈勒特"，往往透过白洋布袋，就能闻到亲切的家乡味道），里面再添加一两个馕，邮寄给在内地学习和生活的亲戚朋友，就算是非常珍贵的礼物了。

新疆的水果远不止这些，如果以顺口溜的形式再加以概括，还可以编上一长串：皮山的石榴、库车的杏、阿图什的无花果香又醇；伊犁的苹果、和田的桃、托克逊的桑葚树上摇；喀什的樱桃、哈密的枣、博尔塔拉的枸杞满世界跑；叶城的核桃、塔城的莓、阿克苏的沙棘让人醉……仅以葡萄为例，就称得上品种繁多，栽培历史悠久，据史料记载，早在2000多年前的汉代就开始种植。除了最为常见的无核白和马奶子，还有百家干、木纳格、和田红、无核黑等，其中火州吐鲁番名气大，并以此为名，每一年举办一次盛大的葡萄节盛会，让来自天南地北的游客和嘉宾，沉醉于葡萄珍珠玛瑙般的晶莹剔透、琼浆玉液似的甜美回甘，从中切身感受新疆葡萄的无穷魅力。

新疆的葡萄无处不有。走进伊犁河谷、喀什古城、阿克苏乡村，家庭院落的葡萄架，就是夏日里最实惠，受益也最广的天然凉棚。盘腿坐在浓荫下铺着毯子的花木床上，一边喝着漂浮着玫瑰香的热茶，吃着刚出炉的心爱之馕，一边有滋有味拉着家常，品尝着从头顶上采摘下来的水灵灵的葡萄，生活的艰辛和劳顿，就这样伴着一把都他尔深情的弹奏，不知不觉中小鸟一样远走高飞了。

即便在乌鲁木齐周边，随处都可以看到葡萄这个诱人的精灵。二十世纪九十年代初，我到近郊地窝堡乡工作，看到家家户户都有种葡萄的习惯，来了客人，先端上一盘自己种的葡萄，让人有一种宾至如归的亲切感。我搬进去的乡家属院那个院子，门前就有两株葡萄，藤很粗壮，叶很繁茂，但我因不懂修剪枝条，管理不到位，到了夏天隔墙人家硕果累累，一串串鲜绿的葡萄，密密匝匝吊在藤架下，而我家的葡萄稀稀拉拉，东一串，西一串，要死不活的，成了笑话。然而当我学会葡萄修剪技术，打算让院子那两株葡萄焕发青春，多结葡萄，一纸调令让我离开了地窝堡乡。

然而岳父家的葡萄，确是很长面子。每当我回到芦草沟岳父家，就感慨幽静的院落一大一小两座葡萄藤架，一到夏天就会挂满一嘟噜、一嘟噜让人垂涎欲滴的葡萄，垂吊在头顶上，一簇簇、一串串，绿的透明，红的艳丽，仰着脸，脖子都看酸了。不要说人看着眼馋，就连一只只小小的蜜蜂，都显得急不可耐的样子，不知从何处飞来，"嗡嗡"叫着落在鲜亮的葡萄上，采食这甜美的结晶。所以每到此时，岳父家就会打电话通知兄弟姊妹，带上孙儿孙女，饱尝这一年一度的丰收果实。

然而这一切，都来自辛勤的劳动和汗水，还有就是干一行爱一行的执着追求，说得再直接一些，就是对生活的一种高度负责态度。岳父家院落一开始都是不毛之地，要耕种必须先开垦，那就是用脚一铁锨一铁锨翻地，选好种子，挑来羊粪等有机肥，把地力增强势了，将地墒保持住了，这才有希望春种秋收。不管是种菜，还是栽树，离开水就等于一年的辛苦

白费，所以挖好引水渠，或者打好自流井，就显得最为重要。这一点，岳父家以前在麦场边，如今在自留地旁，都靠一双劳动的手，打理得妥妥帖帖，井然有序。

芦草沟原先不种葡萄，可岳父不但把葡萄栽培成功了，让儿孙足不出户就能享受这美滋滋的味道，同时也开了小山村种植葡萄的先河。仔细一想，岳父是个农业天才，地种得好，林果业也是行家里手，除了种瓜、种葡萄，种桃子也是名扬四方。记得八十年代末，岳父家还在麦场边住的时候，一株水蜜桃，不知迷醉了多少人的心。那一株桃树，下雪前小心翼翼压倒，铺上麦草用土埋好，等到春日开墩之际再挖开土扶起来，孩子一样精心养护。到了挂果时再看，一颗颗成人拳头般的桃子，绿中微微带点红，用手捏有些软，咬一口一包水，满嘴都是绵润生津的果肉，那种甘甜，那种回味无穷的美好记忆，就像电影镜头，至今在我眼前回放。

新疆的葡萄如此，鲜桃也一样，有早熟、中熟和晚熟等品种，主要产自喀什、阿克苏与和田，其中喀什最多。桃子是水果中鲜食的佳品，最早还是吃桃皮子的时候，就觉得味道在干果中别有风味，真正吃了鲜桃之后，才觉得一"鲜"一"干"，区别很大。新疆的桃子柔软多汁，含糖量高，尤其那种熟透的水蜜桃，吃了糖汁甚至还粘连手指。最近去了喀什泽普和叶城，就听朋友讲，当地还有很多名贵的不溶质的黄桃和白桃，这些都是难得的罐桃品种。新疆还有一种叫作蟠桃的桃子，多扁圆，色泽呈绿白或浅红，肉质脆甜，多汁且带有香味。关于蟠桃，有个古老的传说：说是农历三月初三是王母娘娘的圣诞，这一天，王母娘娘要在瑶池举行盛大的蟠桃会，宴请各路神仙，为她祝寿。瑶池即阜康天池，蟠桃会顾名思义以蟠桃为主，西王母文化延续至今，蟠桃除了有祝寿这层意思，还包含和谐与吉祥，因而到了每年秋天蟠桃成熟季节，一盒盒包装精美的蟠桃，就成了送礼的最佳选择，成了人们茶余饭后不可或缺的一道鲜果、美味。

新疆之所以赢得瓜果之乡这个美誉，一是种植面积大、产量高，二是品种多、分布广，关键是第三点，味道纯正，实在是太甜美。而这则是由新疆独特的气候条件决定的。不是有这样一句话："早穿皮袄午穿纱，围着火炉吃西瓜"，说的就是新疆早晚温差大。这一点，我的一个内地喜欢摄影的同学最有体验，他说新疆的夏天，早晨起床拍日出，穿了一件军大衣，还觉得身上有点凉。中午山坡上吃烤肉，换成T恤衫，胳膊晒得脱了一层皮。到了晚上休息时，床上被子不厚，就无法睡一个安稳觉。因而这样的气候，有利于瓜果生长，除此而外，新疆的日照时间长，多采用冰雪融水浇灌，更是瓜果糖分高必不可少的一个先决条件。

就说新疆人为之荣耀的西瓜和甜瓜吧，想当年单位分瓜，不论个，不分斤，而是以麻袋来计算的。而吃瓜也是非常豪气，一个大西瓜，"咔嚓"一刀一分为二，一人拿个勺挖着吃，就着馒头，或者一块热馕，那是什么概念，很酷的。远的哈密、鄯善不说，达坂城、东山和近郊几个乡村，都种过瓜，一句"达坂城的石头硬呀，西瓜大又甜"，唱的是西瓜，回味的是一种割舍不断的情感。种瓜最好是沙石地，有些地方还用苦豆子种出了最甜的瓜。

小时候我们这些嘴馋的孩子，有两个时间点，最让我们关注。一个是瓜地开园，一个是瓜落秧。开园意味着可以厚着脸皮，向看瓜老汉讨要瓜吃。大人喜欢麻皮子甜瓜，瓜纹像白细的线绳，弯弯曲曲爬满在瓜上。看瓜老汉磨磨蹭蹭走进瓜地，这里瞅瞅，那里瞧瞧，最后挑一个麻皮子甜瓜，消了瓜蒂，将刀子来回擦一擦，瓜捧在手里，一牙一牙切开，随后将瓜子收集在一个筐子里，眼睛眯成一条缝，时刻观察着瓜地的动静。

而瓜地落秧，在大人看来只剩下一些"歪瓜裂枣"，因而再不用看瓜老汉管了。我们却一股脑来到瓜地，采取拉网式行动，将瓜地从头至尾搜寻一遍，总有那么几个被遗忘的瓜蛋子，被我们捡漏，有时情况好了，甚至能捡一面袋子，几天都吃不完。我们最爱吃纳西嘎，就是瓜上有一道一道黄色纹路的甜瓜，还有就是黄蛋子，远远就能闻到一股香味，得到一个舍不得吃，晚上睡觉抱在怀里，做梦都香甜。甜瓜里面要数伽师瓜存放的时间最长，从当年秋天一直保存到第二年春上，大大的椭圆形黑皮子，一个接一个用草绳连在一起，吊在地窖里，等冬天拿出来，瓤子红亮，牙子宽长，价钱一下子就上去了。这几年有一种老汉瓜遍布大街小巷，圆圆的，绵绵的，味道甜得出奇，特别适宜于上了岁数的老人吃，一上口就融化了，嚼都不用嚼，或许这个原因，就用老汉瓜称之。

西瓜也是到处都有，而且个大、皮薄、味道甜，真正的"大西瓜、红沙瓤、甜掉牙"。无论是来自昌吉榆树沟的、博乐精河的，还是兵团下野地的西瓜，大街上、马路边、树底下，一车一车拉来卖，生的包换，不甜不要钱，太过于方便，而且价格都能接受。只是水果太多了，样子太繁杂了，即使冰箱储藏室再大，也盛不下这么多瓜果，就现吃现买吧，瓜太大了一次吃不完，就买半个，卖主用保鲜膜一包，吃起来依旧新鲜、可口，新时代带来的新生活啊。

还有就是苹果，早先最出名的当属伊犁。过了博州三台海子（赛里木湖）下山，就有一个叫作果子沟的地方，顾名思义就是苹果生长的地方，而且还是满山遍野的野生果林。伊犁享有"塞外江南"的美誉，水源丰沛，土地肥沃，气候适宜，尤其河谷地带极利于苹果生长，形成不少地方品种，最具特色的是阿波尔特，又名哈大果子，色泽美丽，果形大，吃起来爽口润心。那一年去伊犁，朋友带我去苹果园，我才第一次领略到伊犁苹果的独特魅力。那就是苹果园既是充满诗情画意的展现累累红色硕果的丰收园，也是随着悠扬的手风琴声轻歌曼舞的年轻人的欢乐谷。苹果熟了红艳艳、金灿灿，那是靠伊犁河水来浇灌；年轻人相爱了，情切切、意绵绵，那是人世间最美好的夙愿。

现如今，阿克苏的冰糖心苹果，以红富士的另一个名称在此落地生根，并以其蜂蜜般香润、冰糖样甜脆的优质品格，获得越来越多的认可，已经成为阿克苏苹果的一个标志性代表。只要你沿着阿克苏走上一圈，就有一个明显的感受，一是核桃多，农家房前屋后都种有核桃树，甚至一些道路从头走到尾，都能看到人们在收获核桃的场景。二是苹果园多，尤其那些红彤彤的果子挂在枝头，就像一个个红灯笼，在绿叶的陪衬下，越发显得光灿夺目，勾人魂魄。

一开春，最先打动人心的是桑葚，红的白的紫的黑的，简直就是一口糖水，一问来自何处，不是吐鲁番，就是托克逊。随后就是杏子，小白杏、大黄杏、包仁杏，甜的赛蜜糖。再往后就是瓜，先出自温室，后来自大田，不管西瓜，甜瓜都是一个字"甜"。接着葡萄就上市了，先是少而酸，随之多又甜。还有树上的"糖包子"——无花果，盛在盘子里，一层翠绿的叶，一层金黄的果，拿到手上拍一拍，再入口，顺着喉咙就融化了，一直甜到心里头。还有香梨和苹果，还有桃子和红枣，哈密的枣个大，若羌的精美，和田的珍贵。一样一样登场了，从春一直吃到冬，间或还有干果搭配，巴旦木、开心果、阿月浑子，听着名字就有特色，享用则独具风味，这就是新疆，名副其实的瓜果之乡。

"亚克西"

  "亚克西"为维吾尔语，是"好"的意思。平常维吾尔人见面，男性握手，女子贴面，第一句问候语即为"亚克西木赛孜"，翻译成汉语就是"您好"。然而一个人的名字，最终被"亚克西"这样一个美好的词汇所替代，除了我，恐怕再无二者。

  给我起这个名字的，却是一个远隔千山万水的江西"老表"，姓刘，因年长于我，后来我就叫他刘大哥。实际上刘大哥的祖籍在山东，是南下干部的后代，虽没有了山东人的口音，却依然继承了山东人那种豪爽和狭义的秉性。我和他第一次见面是在青海塔尔寺，当时我和随行的同事正在寺院一个高台上观赏景致，突然就听身后一个声音在喊"老乡，转身"，一回头，就见一个身着土黄色马甲的男子，正偏着头，弓着腰，一边做着手势，一边举着一部照相机给我们拍照。

  "老乡，看看好不好么！"穿马甲的男子操着南方口音，却夹杂着维吾尔语声调。我就觉得这个素不相识的男子很有意思，于是赶紧凑过去，看他相机里的照片回放。位置很好，抓拍也很到位，从高处俯瞰塔尔寺的全景，人物却没有喧宾夺主，一瞧就知道这是一个摄影高手。因为我是第一次参加这样的全国性年会，所有人都是生面孔，就通过随行同事介绍，认识了这个热情的江西同行，于是握手、寒暄、问好，交流彼此的情况，一回生，二回就熟了。

  自此以后，我多次参加这个行业年会，主要研究探讨和交流行业内存在的疑难问题和解决途径。因为事关老百姓，尤其是那些在工作时间、在工作岗位因为工作原因受到事故伤害参保职工的切身利益，所有参会城市事前都认真准备材料和典型案例，以供年会期间相互学习和借鉴，因而会议效果都很好。特别是一些发达城市的先进理念和思维方式，为我们提供了很多宝贵的经验。

后来和刘大哥熟悉了，见了面他就要我给他教维吾尔语。我年龄比你大，我就是老哥，"老哥"这句话维吾尔语怎么说？他笑着问我。我就告诉他是"阿卡"。他就一连几个"阿卡，阿卡"地重复着。而且先指指他自己，再指指我，现学现卖："我是老艾的'阿卡'，对不？"他眼睛眯成一条缝，笑着对我说，我就点点头称"是"。他一下来了兴趣，又问我弟弟咋说，我又告诉他是"乌卡"。他接着学说了几次之后，重复了上面的动作，只是顺序有了变化，先指我，再指他自己，喜笑颜开地说"老艾是我的'乌卡'"。不要说我和刘大哥会心地笑了，来自天南地北不少围观的与会者，也都不由自主地发出了朗朗的笑声。

而刘大哥意犹未尽，一定要我再教他一句最主要的见面问候语，于是就引出了"亚克西"这个维吾尔语问好的词汇。"亚克西木赛孜"，我一遍又一遍重复着，刘大哥一次一次学说着，一字一句说可以，连在一起讲，嘴皮子就明显不利落了。他就苦笑着摇头，还是江西话夹着维吾尔语腔："不行么，舌头不听话么！"然而他"眉头一皱"计上心来，又像先前一样，伸出手指头，指指我："'乌卡'，你亚克西，行吗？"我连忙笑着说可以。他就沾沾自喜，洋洋得意，机智而幽默地抿嘴笑了。

就这样，一次次"亚克西"说多了，刘大哥索性简而化之，一句"亚克西"将问候语和我的名字合二为一，既简单易记，同时又表达了多重意思，成了他和我见面的专用语。以后不但他这样亲切地称呼我，一些与会者也受到他潜移默化感染，也开始私下叫我"亚克西"了。毕竟是前辈，又是行业名人和年会组织者，不但有丰富的实践经验，还有着扎实的理论功底，一方面体现在他对疑难问题的独到见解和应对措施上，一方面体现在他对多媒体的熟练应用上（学者一样使用PPT，课件方式讲座，实际刘大哥就是一个业内学者）。即便为什么直接叫我"亚克西"更好一些，他也有一套"刘氏理论"。他说：好，是汉字多音字，读hǎo时作形容词，泛指一切美好的事物，读hào时作动词，表示喜欢的意思。不管是形容词还是动词，所表达的都是"好"这个意思，譬如"好人、美好、好友、好运、好梦、喜好"，哪个不喜庆，哪个不嘉懿啊，所以叫老艾为"亚克西"最为贴切，也最美好。

　　让我感受最深的，是刘大哥对我的特殊照顾。那一年我们乘飞机在上海中转，到达南昌已是深夜，为了我的晚餐，他一直守候在一家餐馆。我们进门一看，刘大哥靠在椅子上睡着了。一个上了岁数，头发花白，日夜为大会操劳的老前辈，操心的事千头万绪，还要为我们新疆参会者的吃饭问题亲力亲为，周到安排，让我深受感动。那一晚刘大哥几乎没动筷子，而是忙前忙后劝我们尽可能多吃一点，还不停地问我饭菜是否可口，有没有西北特色，而且一边劝我们动筷子，一边给我们每一个人夹肉夹菜，就像见到多年不见的老朋友一样，热情、亲切，尽显东道主无微不至的关怀，让人有一种宾至如归、非常舒心的感觉。

　　以后不管是在南宁还是济南，只要听说我到了宾馆，不一会儿就能从走廊里听到刘大哥叫我的声音"亚克西，亚克西！"，而且一进门就是一个热烈的拥抱，让一路的车马劳顿烟消云散。随后就是一句"餐馆已经定好了，就在不远处，会务安排专人陪你去进餐"。远道而来的新疆朋友，必须把吃饭的问题解决好，因为肚子吃好了，就不会再想家了，尤其是"亚克西"这样的维吾尔族老乡，我们一定要各方面都照顾好才行。这是刘大哥经常给我说的一句话，就像有时外出考察，就餐不方便，他都要安排会务提前准备好鸡蛋、饼子、西红柿和黄瓜，从而确保我们集中精力开好会，不为一些细节小事所牵累。就像在庐山那一次，别人都去进餐，我一个人留在大巴车上，打算用事先带来的简单食物将就一下。忽然一个会务人员急匆匆跑回来朝我喊：快下车，有一家回民餐馆，我陪你去吃饭。原来刘大哥他们去餐厅的路上，依旧不忘留意是否有回民饭馆存在，而且果真就奇迹般发现庐山顶上就有一家，于是我原本打算的唯一一次将就凑合，突然又峰回路转，变成了一次实实在在的美食享受。

再后来年会我就参加的少了，继而不再参加，却不断收到来自不同地方的长途电话或者短信。接上一听，打开一看，要么第一句就是浓浓的江西口音"亚克西，亚克西"叫我的名字，更多的是问候的意思。要么开头就是"亚克西"三个字，看似普普通通，却凝结着一份情谊和思念，让我回想起许许多多和刘大哥在一起的美好往事。还有一次，我收到一封来自黑龙江的贺年卡，里面是一幅摄影作品，冰天雪地，雾凇冰雕，典型的东北极寒天气写照，旁边还是三个字："亚克西"。东北西北此时都是冬季，而且是在中华民族传统佳节春节即将到来的时刻，我久久凝望着那幅美丽别致的摄影作品，一股暖流顿时涌满全身。

四个人，八所大学

我所说的这四个人，就是我们一家四口人，除了一男一女两个大人，还有一男一女两个孩子。四个人一生和八所大学结下不解之缘，其中一所在新疆，七所则在内地。不管是全日制国民教育，还是阶段性脱产进修，都是我们人生一个重要转折点，感慨万千，难以忘怀。

对我们这些过来人而言，1977年是一个特殊年份，就在这一年国家恢复高考制度，让我和成千上万的青年，梦幻般跨入大学门槛，一下子从一个乡村放羊娃，一夜间成为轰动一时的“新科状元”。

我曾在《高考纪事》一文中，描述过听到恢复高考喜讯的激动心情。当时我正在一个乡煤矿教学点代课，每日往返于山梁和沟谷之间，对自己的前途一片迷茫。有一天放学爬上山梁，隐约听到高音喇叭反复播报一个“重要通知”，屏声敛气侧耳倾听，才知道那就是招生简章，而且最为关键的是不分户籍不说，民族考生还享有特殊政策照顾，我的迷茫之心重又豁然开朗，把所有希望都寄托在高考那一天。

为了考试不迟到，我们一律提前一天到城里，熟悉路线，确认考场。到了第二天考试，才发现人山人海，戒备森严，甚至连救护车都出动了。考试之后度日如年，焦急等待，当欢欣鼓舞接到入学通知书，心里却是忐忑不安和犹豫。说真的，我是应届毕业生，十八岁之前从未出过远门，更不要说离开家乡远赴山东，举目无亲，孤苦伶仃，那将是何等难以想象的一个陌生世界。

然而我最终还是将被褥装进麻袋，扛在肩上，手提一个红色破木箱，登上54次列车，迎着一轮红日奔向东方。从兰新线再到陇海线，其间还要在徐州中转，然后北上走京沪线，到山东兖州下车，最后换乘班车到达曲阜城郊，这才到我的母校——曲阜师范学院。

曲阜是古代伟大哲学家、思想家和教育家孔子故里，是儒家思想和中国私学教育发祥地，在这样沾满圣贤灵气的风水宝地，秉承先师古训，寒窗四年，"学而时习之，不亦乐乎"，切身感受到是人生最大一笔精神财富。

当时学院大门离马路不远，四周都是村落、良田。大门口校名是舒同先生题字，古朴、拙雅，尽显深厚国学功底。进了大门，赫然耸立一幢办公大楼，那是学校最高建筑，有几棵苍翠松树挺立在楼前，给学院增添一种庄严感。我们中文系教室是一排平房，和政教系小楼连在一起。隔着窗户，可以看见化学系和外语系教学楼，中间一条马路，马路两旁绿树成荫。

给我留下深刻印象的，除了学院浓厚学习氛围，就是绿化。最突出的是宿舍前那两排梧桐，高大、茂盛，树冠若伞，让一条大道完全处于浓荫遮蔽之中。夏天有时学校开大会，干脆就安排在林荫道上，身上凉爽了，没有人打瞌睡。还有就是苹果树和梨树，春暖花开时节，满校园都是花香，尤其是教室后面的梨树，隔着窗户看得一清二楚，浓艳艳一片，像下了一层霜雪似的。有个同学触景生情，写了一篇散文《梨花情思》，刊发在大名鼎鼎的《当代》杂志上，赢得一片喝彩。

学校图书馆门前，有一小片竹林，混杂在其他林木当中，清秀挺拔，超凡脱俗，常常吸引一些年轻"骚人墨客"，徘徊于此。或吟诗作画，或探讨交流，俨然古时"竹林七贤"，好生让人羡慕嫉妒恨呢。再就是我们宿舍后面的石榴，像沙棘一样，一丛丛生长在窗台下，开花的时候，一朵朵红花，怒放在绿叶之中，仿佛一个个红灯笼，耀眼得很。

　　还有争奇斗艳的樱花、冰清玉洁的玉兰、黄灿灿的迎春花，以及许多叫不上名字的花卉，陪伴着我们度过了人生最美好的学生时代。不但学到了不可或缺的学问和知识，而且结交了一批才华出众的同学，无论是他（她）们来新疆，还是我去山东造访，说起难忘的大学生活，无不青春焕发，心存感激。

　　这不，前两天就有同学发来邮件，打开一看，原来是一则征文启事，包括纪念文字和老照片，最终结集出版。于是我就回想起当年油印诗刊的情景，一本小小的民刊（少数民族文字的刊物），却凝结着一帮中文系才子才女一腔热血，从组稿、买纸张、设计封面到刻钢板，无不亲自动手，感受快乐。特别是当我们提着小马扎，坐在操场上，空气中时隐时现曲阜酒厂酒糟的清香，你一言、我一语，畅想着有朝一日一举成名，那将是最大的骄傲和幸福。

　　1993年年初，我到县政府工作，到了九月份，就奉命到天津大学管理工程学院，进行经济管理专业培训。实际上这是一个新疆少数民族干部培训班，学员来自新疆各地州，包括维吾尔族、哈萨克族、蒙古族、回族和柯尔克孜族。我是第一个到校的，和当年第一次到大学报到完全不同的是，早上从乌鲁木齐出发，下午就到了天津大学，朝发夕至，方便快捷。

　　倒是到了天津大学校园内，却一时找不到学员宿舍，也就是一个叫作"七宝斋"的公寓楼。因为是在假期，校园内走动的人又少，四处打听都说不知道。随身带着大包小包，加之秋老虎发作，天气炎热，一时让我有些适应不了，就干脆先找了个看大门师傅，帮我看着东西，自己再继续寻找。天将黑时，终于找到七宝斋，原来是一个二层小楼，因为提前到达，门还锁着，好在楼后就有一个招待所，于是原路返回拿了东西，开票住宿，一个痛快淋漓的热水澡，让我在天津大学度过了第一个闷热的晚上。

　　天津大学和南开大学一墙之隔，很多时候我们从天津大学校门出去，很有可能就从南开大学校门回来。授课的都是学校名流，视野开阔，纵横捭阖，我们这些来自偏远省份的学员，大受裨益。除去紧张学习，还有很多参观和考察活动，像天津拖拉机制造厂和夏利汽车厂，在我们眼里就规模很大了，特别是夏利汽车厂，几乎全部机械化流水作业，而且员工少、噪音小，充分显示现代工业发达和文明。同样到了河北白沟，置身于一片箱包世界，才发觉专业化带动城镇化，人流带动物流，在这里已真正得以实现和证明。我们大都买了箱包，虽说档次不算太高，但比较便宜，关键是可以讨价还价，掏有限的钞票，买实惠的物品，最起码心里舒服。

同学当中头脑精明，善于经商的大有人在。一个来自南疆的同学，家中开有商铺，课余就常去大胡同转悠，那里有不少价廉物美商品，他货比三家，择其实惠，一买就是一大摞，然后打包从邮局发走。到了家乡这些衣帽鞋袜，或许就成了时髦货，为他赚得一笔收入。

全班几乎就他一人买了一辆旧自行车，穿行于天津洪流一样的自行车大军中，远远就能辨别出他的身影，一是独一无二的黄色泰国礼帽，二是鲜艳的民族式花衬衫。一次同学非要驮着我上街，名曰考察市场，实则来到一家帕米尔餐厅，一边喝酒一边聊天，喝得头大舌头都硬了，还硬撑着带我回校，然而没骑多远，他和我连人带车"哐啷"一声，栽倒马路上。我倒没什么，他的脸上却划了一道口子，他摇摇晃晃来到一家门诊部，买了创可贴贴在脸上，说了声"朋友，恰塔克要克！（不要紧）"非要驮着我再走，我说什么都没有再答应。

在天津大学学习期间，我们还有两次自由活动，一是去北戴河游览，二是去大连考察。去北戴河利用一个周末，几个人合租一辆小面包，北戴河、山海关转了两天，一个是曹操、毛泽东等历史伟人写下不朽诗篇的名胜之地，一个则是万里长城最东端，钩沉历史文化，饱览祖国山河，这也是学习的一个重要组成部分。

去大连则是适逢国庆节，我们先来到新疆驻北京办事处，真是无巧不成书，想不到县政府县长一行，也正好在此下榻。而且县长还说，正打算

去天津给我送东西，却在北京和我不期而遇。原来听说县长带队赴内地考察，妻子就炒了羊肉，买了馕，烦请县长带给我。这一下可好了，我们一路有了吃的东西，或许吃食堂吃得有点腻烦，一上火车同学就催我快点打开炒肉瓶盖，然后吃一块馕，舀一勺子肉，一个个吃得津津有味，赞不绝口，说妻子真是雪中送炭，让大家一下子找到了家的感觉。

结业典礼那一天，是我代表全班上台发言，言辞中充满感怀思想和真诚邀请，尤其是对我们辅导员"邵大姐"给予特别鸣谢，让这位四个半月以来，和我们同甘共苦的老师激动不已，热泪盈眶。后来这个发言稿，被阿克苏同学硬性要走留作纪念，而且每每同学再见面，闲聊中不约而同提及结业典礼，都说我给大家长足了面子。

就在1993年这一年，妻子也在乌鲁木齐走进了大学课堂，也就是当时新疆财经大学，整整两年时间，会计专业，而且一边照顾两个上学孩子，一边早出晚归完成学业，所承受的压力和困难，不是亲身经历难以体会个中滋味。一方面家住乌鲁木齐东后街，地处天山区，到达学校所在地新市区，从中还要穿越其他两个行政区，一趟车根本无法直接到达，加之冬天天寒路滑，一个来回折腾好长时间不说，随时还有摔倒的危险，搞得人担惊受怕、身心；另一方面，妻子扔掉书本多年，一门心思工作和相夫教子，突然间和一帮少男少女坐在一间教室，看上去有点不伦不类，用同学的话说：一个典型的"妈妈学生"。

妻子告诉我说，一天一个年轻老师，走进教室正好看见妻子坐在最前排，误以为她也是老师，而自己则走错了教室，连忙说："原来是你的课，对不起，对不起！"说着就要转身离去，弄得全班哄堂大笑。然而妻子毕竟上了岁数，加之又动过两次手术，学习起来非常吃力，本来财会专业就比较难缠，数字逻辑关系绕来绕去，非常复杂和麻烦，而且还有那么多计算公式要死记硬背，就总觉得脑子不够用，思维也跟不上趟，导致分析问题和判断问题往往出现偏差，一度成绩落在全班最后。

不过妻子历来争强好胜，心里就是不服输，因为不管怎么说，理科在高中阶段毕竟是她的强项，只是长时间没有接触，有好多东西才生熟了，甚至于忘记了，只要狠下一条心从头再来，就没有翻不过去的火焰山，走不出去的戈壁滩。一般情况下，没有哪个学生不喜欢课间操，踢踢腿，伸伸腰，换换脑子，或者借机去"WC"一下，方便方便。妻子可倒好，不是追着老师讨教一个又一个疑难问题，就是坐在那里纹丝不动，又是补笔记，又是做练习，忙得简直不亦乐乎。

或许因为压力太大，那一段时间妻子明显消瘦，颧骨高高的，眼睛也深深陷了下去，看上去人好像老了许多。然而功夫不负有心人，妻子最终还是凭借顽强毅力，锲而不舍精神，以一个中年妇女少有的韧性，重新找回了当年的感觉。后来她不止一次对我说，人一旦进入状态，就好像如鱼得水，变得轻松自如，游刃有余，课上课下都成了活跃分子，从刚开始似懂非懂、模棱两可，一下转变到各门成绩直线上升，成了许多老师进行正面教育的典型范例，从而在成教院引起了一场不大不小的轰动。

事实上妻子以三十四岁高龄重归课堂，具有很强的前瞻性和针对性。想想看，一双儿女眼看着就要升入中学，而中学课程远不是我们当年的概念，学问深不说，作业量也很大，只要手提一下书包，就知道孩子的负担有多重。关键是学校各门课程都齐全，仅靠课堂四十分钟，难以接受和消化，所以很多家长都聘了家教，除去书本知识，外加诸多特长教学，一天忙得团团转。

我们当时一是经济条件有限，二是也没有时间，两个孩子间隔一岁，凡事都要同时进行，再说我远在千里之外，事实上即便就在身边，也根本无暇照顾孩子的学习，所以几乎全部的课业辅导，都让妻子一人承担了。那些日子妻子白天忙自己，晚上回家忙孩子，一会儿是不耻下问好学生，一会儿又是诲人不倦的好老师、关怀备至的好妈妈，身兼数职，各司其职，不但出色完成了自己学业，也让一对孩子身心健康成长。如果说后来孩子顺利升入高中，继而考上全国名牌大学，先是大学生，后来则是研究生，都和妻子不无直接关系。学生的养成教育，不但要靠学校和社会，更要靠家庭，而这个家庭教育，最主要的两条：一是潜移默化影响，二是言传身教培养。

到了2002年9月，我再一次迎来学习机会，竟然是在首都北京，举世闻名的清华大学。我们这个班级全称"清华大学公共管理高级研修班"，也就是通常所说的"MPA"，为期三个月，学员来自新疆乌鲁木齐、四川成都、湖南长沙和江西九江等地。

以前总是在电视上看到清华大学，尤其是二校门，"清华园"三个大字早已深入人心。到了校园才发现，整个清华园占地六千余亩，以南北主干道为线，分为东、西两个校区，西区历史悠久，多为砖石结构，大礼堂为中心景观，重要大型活动和外国首脑演讲，大都在这里进行。分布于期间的还有图书馆、工字厅和水木清华等著名建筑，尤其是朱自清笔下的荷塘，不知让多少文学青年心驰神往。而东校区则以现代风格为主，各院系系馆以及游泳馆、紫荆公寓都建于此，宏伟大气，舒适安静，天地间做学问的绝好去处。

只要看看清华大学的名人录，你就不得不为她的丰功伟绩所震撼。人文学社会科学方面：赵元任、闻一多、梁实秋、吴晗、季羡林、乔冠华、于光远等，都是一串串星光灿烂的名字；再看自然科学方面：竺可桢、周培源、钱三强、邓稼先、华罗庚、杨振宁、李振道等，皆是名扬遐迩的大师级人物。

在清华大学期间，一个最突出的印象，就是校园面积太大，从我们住宿的服务楼，到学校清真食堂，再到课堂，要绕一个大圈，刚开始还觉得没什么，然而坚持不到半个月，就一人买了一辆自行车，那么大的校园，光靠脚走显然吃不消。所以满校园到处都是卖自行车的铺子，上学和放学的时候，四处一片铃声，好似一曲交响乐，在校园回荡。

授课老师不都是清华一家的，也有从北大和中科院聘请的。清华大学教授中，我最佩服的是胡鞍钢教授，一个儒雅高端的国情专家和经济学家，说话抑扬顿挫，授课逻辑严密，尤其一些新观点和理论成果，我们都是第一次听说，因而引起极大兴趣。北大有个教授，两鬓斑白，精神矍铄，讲课从来不用多媒体，板书龙飞凤舞，洒脱不羁，一堂课下来，身上手上都是粉笔灰，拿书拍打拍打，用嘴吹一吹，咧嘴一笑继续上课。还有一个外聘老师，浓厚的南方口音，说话最喜欢自问自答，而且声情并茂，波浪起伏，似乎一下子站在珠穆朗玛峰上，一下子又跌入吐鲁番盆地，最关键是还要大家一起互动，一问一答，一声高一声低，教学方法别出心裁，让我们开了眼。

因为只有两个月学习时间，课程安排就很紧，除了星期日，其余时间全有课。刚开始还觉得没什么，但经过几周之后，就开始有人叫累了。毕竟不再青春年少，连续高强度学习，真的有点吃不消。文武之道一张一弛，最好的办法就是劳逸结合，加之来自五湖四海，为了相互了解、联络感情，我们便在课余时间自发举行联谊活动。

既然是联谊活动，就少不了唱歌跳舞，如此一来，我变成了重点对象。虽说内地同学当时大都没到过新疆，但对新疆歌舞向往已久，如今见我来自新疆，又是高鼻子、深眼睛的维吾尔族，自然都不想放过，非要我露一手才行。虽说我们维吾尔族男子会走路就会跳舞，但由于多年不活动，胳膊和腿都有些僵硬，加之身体发福，生怕影响了新疆歌舞的名声。然而不跳又实在说不过去，因为大家已经按捺不住，齐声唱起了《达坂城的姑娘》。说也怪，歌声一起，我仿佛一下子又找到了感觉，不但舞姿舒展大方，而且不乏风趣幽默，尽管我气喘吁吁累得不轻，却是越跳越有劲，越跳越精彩，最后甚至感染众人纷纷效仿，简直就像一场麦西来普，将联谊活动推至高潮。

有趣的是，有了这次成功亮相之后，许多叫不上名字的学员见了我都

竖大拇指，有几个南方女学员要拜我为师，学跳新疆舞，可见魅力所在。接下来每逢联谊活动，我都成了香饽饽，应邀参加，我不仅不负众望，倾力助兴，还对节目稍加改进，即由早先的单是跳舞，进而发展到载歌载舞，多是即兴发挥，烘托气氛，所选曲调以《新疆亚克西》为主，着实为联谊活动增色不少，从而成为保留节目。

因为我们是在暑假赶到清华大学的，学习期间不断看到来清华游览的游客，一波一波的，络绎不绝。不同于其他风景区的是，跟在打着旗子导游后面的，不是清一色的成人，而是大人小孩对半分，到这里也不完全是看风景，更重要的是感受最高学府的氛围和环境，说穿了就是把清华大学当作高考最终目标，有朝一日也像眼前来来往往的大学生一样，成为一名光宗耀祖的清华学子。看到如此盛况，我也生了攀附心理，寄希望于一对儿女也能如我所愿，即便不能考上清华，起码也是首都北京的一所大学，"我就算是先行者，到北京给你俩探路来了，剩下的就全靠自己了！"我不止一次通过电话对孩子说。

还真像我想象的一样，2003年儿子参加高考，不但金榜题名，跨进了大学校门，而且还是坐落于北京中关村的中央民族大学。这可是中国少数民族教育最高学府，也是全国唯一一所拥有五十六个民族师生员工的重点民族院校。说实话，早在三十年前高考时，我填报志愿就是中央民族大学。记得当时最吸引我的，就是"干训班"这个名称，心想只要考上这个"干训班"，将来一定前程似锦，一片光明，不曾想最后与之失之交臂，如今看到儿子圆我梦，真比自己到北京还高兴。

以前总以为儿子天生聪慧，学习上不会有问题，实际上从小学到初三，儿子在班级成绩排名一直靠前，就是进入高中阶段，也顺利考进了尖子班。但儿子有一个致命弱点，那就是太痴迷于足球，而且爱屋及乌，大凡和足球有关内容都不放过。即便离高考没有几天，还约同学踢足球，妻子批评他不懂得惜时如金，他却说这是最后告别比赛，比金子还贵重，差一点把人的鼻子气歪。

所以学习成绩就像他的脾气一样，时好时坏，飘忽不定，虽说分数一直都徘徊在五百分左右，但我们还是很担心，因为要想考一个好学校，就必须有一个好的分数做保证。所以说，考大学、考大学，其实真正就是在考家长。就拿报志愿来说，就很让人左右为难，报高了有可能撞车，报低了，确实有点不甘心。虽说是还有第二、第三和好几个平行志愿可以报，但因为都不是第一志愿，回旋的余地就小了。如果是理科，由于学校招生数量相对较多，专业也多，只要成绩理想，一批次考不上，考个二批次的内地普通大学，应该是不会有什么问题的。

然而文科就不一样，尤其是像儿子这样民考汉学生，几乎没什么选择可能，一批次重点大学寥寥无几不说，名额还少得可怜，如果硬报，一旦被撞车，第二、第三志愿也都可能会落空，所以风险太大。为了儿子的未来，我们一遍遍查资料，来回对照拟报学校前三年录取分数线，反复研究会产生什么结果。那些日子，不知道妻子比我焦急多少倍，饭吃不好，觉也睡不踏实，突然间人就上了火，嘴两边起了一层泡，说话都有些影响。而越是着急越是没有任何音信，眼看着报纸上接二连三公布别人录取考号，个中滋味局外人确实很难体会。你不停地拨打查询电话，不是答非所问，就是没个准信，甚至有一天竟然说"本批次已经录取完毕，请下一批次录取时再查询"，不但让我和妻子大吃一惊，更要命的是把儿子也吓了个半死。好在这只是虚惊一场，原来按录取顺序规定，应该是先理科后文科，先汉语再民语，最后才轮到儿子他们民考汉文科，当我们在招生办看到儿子最终被第一志愿录取，妻子就实在控制不住自己，喜极而泣起来，搞得我也鼻子发酸，只好假借抽烟躲在一边去了。

儿子入了大学的门，心还是在足球上，有时候和妻子QQ上聊天，不知不觉间话题就转到足球上了，津津乐道，神气得很。一问才知道，儿子已经加入了学校足球队，打比赛已经成家常便饭。后来我就看到儿子网上

发回的照片，全是他在绿茵场上的英姿，有带球过人的，有跃起争头球的，有临门一脚射球的，好像一个专业足球队员，满面春光，威风凛凛。好在后来要过英语四六级，为考研打基础，就一门心思放在学习上了，而且功夫不负有心人，四六级都是一次性通过，接着报考民族大学研究生，也是一举成功，成了著名学者和教授杨圣敏先生的得意门生。

按理说有过一次赶考经历，一定会积累不少成功经验，到了第二年，也就是2004年考大学，应该轻松自如一些。上哪一所大学、读什么专业早已锁定目标，心中有数。其实事情就根本不是这么简单，不是常说瞎子算得再好，到后来还是要碰到木桩子上吗，这考大学也是一样，人算不如天算。说实话，头一年儿子考大学，我们最早看准另一所大学，但后来忍痛割爱，就是因为名额太少。想想看那是北京的中国人民大学，和北大、清华并称中国大学三驾马车，牌子多硬啊。就是这样一所名牌大学，民考汉文科，竟然只在新疆招三名学生，再怎么说都没有把握，所以除了放弃别无选择。虽说儿子后来所报学校同样是重点一批次，而且也是百里挑一才录取，但心里总觉得有点遗憾，因为不管怎么说，中国人民大学在全国大学排行榜上，处于领跑地位。

和儿子相比，女儿绝对各方面都要强，尽管也是文科，但学习成绩一直很稳定，三模成绩下来都在五百五六以上，这么一来，我和妻子就有了要弥补遗憾的想法。一个充足理由就是：人大名额今年肯定会有所增加，最保守估计也会保持不变。不曾想录取计划一公布，我们一下子就傻了眼，名额不但没有增加，反而减少了一个，就是说这一年中国人民大学在新疆只招收两名学生，而不是事先估计的至少三名。妻子开始坐不住了，一趟一趟往学校跑，看看女儿的老师们有什么高见，回到家便开始一套又一套填报志愿模拟方案。一会儿用红笔画一画，一会儿又用蓝笔描一描，一坐就是几个小时，那么热的天，一天下来饥肠辘辘、汗流浃背，人就像散了骨头架子，动都不想动弹一下。

女儿最终考了六百五十八分，应当说已经非常不错了，可是让人举棋不定的是，这一年恰巧普遍考得都比较好，显而易见分数线要提高。能否跨进中国人民大学门槛，最终仍然取决于填报志愿成功与否，的确让人不好决断。偌大的新疆才两个名额，怎么就能保证偏偏是女儿考上，而别人就会落选呢，这种概率看来实在是太小了。

我和单位同事谈起女儿要考人大的想法，十有八九都摇头，说风险太大，最好不要轻举妄动，以免留下天大遗憾，到头来后悔莫及。回来告诉妻子，妻子一脸严肃，但看不出来有改变想法的意思，我就不再言语。心想也许她有道理，说不定女儿还就能考上，这样的事生活中也经常可以碰到。后来我就看到妻子问女儿，说如果万一考试撞了车，后悔不后悔，难受不难受，到了一般大学，能不能适应？女儿却回答说："没什么，虽说是一般大学，但我的成绩却不是一般的，与其在一流大学当个三流学生，还不如在一般大学做个一流学生。"不知道女儿是真想得通，还是随便说说，妻子的表情有些复杂，好像酸甜苦辣都在其中。然而过了才几天，妻子似乎好像真正下定了决心，说女儿一定要考人大，不然就太亏了。"我已经认真分析过了，女儿有把握考上。第一，女儿心理素质好，越是大考发挥就越出色；第二，女儿所在班级是全市重点班级，几次模拟考试，都取得很好成绩；第三，女儿在包括汉考汉的文科考生中，排名都比较靠前，而在民考汉的考生里，就应当更处在一个非常好的位置；第四，高考考得就是心理，一般人都有从众心理，名气太大的学校不一定敢报，明知山有虎，偏向虎山行，一是靠胆量，二是靠本事。这些条件我们都已经具备了，不试一试还不让人后悔死？"

经妻子这么一分析，我仿佛茅塞顿开，觉得确实应该是这么回事，再加上女儿有过那么一个态度，觉得让她考中国人民大学是水到渠成。你还别说，这步棋果然又走对了，前面不是说人大在新疆只招两名学生吗，你说巧不巧，女儿就恰好考了个第二。接到通知书那一天，不仅妻子高兴得合不拢嘴，全家人甚至包括亲朋好友都纷纷祝贺，说我们神机妙算，一年送走一个大学生，而且想上哪个大学，就上哪个大学，简直有点夸大其词。以至于随后不少人家孩子再考大学，便要来我家登门拜访，以期求得到一星半点高考秘方。

两个孩子都在首都北京上大学，而且还在中关村一条街上，不但有了相互照应，还能在学习上相互促进。同样也是四六级一次过关，同样也是顺利考上研究生，儿子是本校中央民族大学，女儿志向则更高，是全国首屈一指的北京大学。

说真的，女儿考北大研究生，一开始我们坚决反对，一是北大名气太大，分数太高，一般人不要说考，想都不敢想；二是名额也太少，还要面向全国，没有百分之百把握，根本不要指望。当年考人大就让我们虚惊一场，今日考北大硕士，还不知道要承受多大压力呢。然而女儿还是毅然决然报考了北大，而且最终如愿以偿，获取了录取资格。

需要说明的是，女儿考的是国家少数民族高层次骨干人才计划，因为有一年预科，所以先收到"北京大学保留研究生录取资格证明"，随后去邮电大学昌平宏福校区报到。这时已经到了2009年，女儿突然由中关村去昌平，我们心里多少有些担忧，但是女儿适应能力很强，很快和来自祖国四面八方的同学打成一片，军训、学习、课外活动样样不落，全面完成所有基础培训课程，获取结业证书，为真正跨入北大校门打下了坚实的基础。

原先女儿离哥哥咫尺之遥，中央民族大学和中国人民大学中间，只隔一所北京理工大学，走动十分方便。到了昌平以后，见面的机会就相对少了，多以QQ聊天方式和发短信联系，我们隔三岔五打电话打听女儿的情况，无外乎住宿环境如何，伙食好不好，课程紧不紧张，附近有没有超市等，女儿就不厌其烦逐一解惑，让我们最终把心放进肚子里。其实一年预科时间弹指一挥间，很快就过去了，巩固和提高了原有英语能力、计算机水平不说，还参加了许多大型活动，其中还亲自上台主持过几次专题节目，让女儿的思辨能力和口才大有长进，受益不浅。

真正收到北京大学研究生录取通知书，到了2010年的8月。一张女儿的彩照，和未名湖畔博雅塔、毛泽东主席题写的"北京大学"龙飞凤舞四个大字，以及专业名称与一枚校方大红印章，就这样突然间一起扑入眼帘，让我和妻子欢欣鼓舞、激动不已。

北京大学，被誉为中国近代第一所知名大学，也是"五四运动"的发祥地。在这里涌现了一大批治学精英和社会名流，包括李大钊、陈独秀和毛泽东等历史伟人，都是从这里影响到全国乃至全世界；而数以百计的学部委员和院士，遥遥领先的众多国家一级重点学科和教学科研成果，连续多年在高校排行榜上名列第一，成为真正意义上的中国最高学府。以前常听人说"学好数理化，走遍天下都不怕"，如今社会上又流传这样一句时髦话"北大清华，缺啥有啥！"足见其深远影响。

2011年10月，我和妻子路过北京，在女儿的陪同下，专门抽出一个上午，去了和我们结缘的北京四所大学。第一站自然是北大，不但在古色古香的西校门留影纪念，还特意去了未名湖畔和学校清真餐厅，女儿一日三餐都在这里，地方虽不大，然而很温馨。之后就是清华大学，除了女儿，又增加了一男一女两个新疆小博士，先看东校门，再看二校门，最后停留在服务楼前，这是我当年住宿的地方，物是人非，触景生情，用儿子的话说：时间带走一切。

当年儿子考上中央民族大学，是他自己一人去学校报到的，到了女儿报到时，是妻子陪着一起来的。随后我曾先后来北京几次，都有机会和儿女一起吃饭、逛街、交流。而我和妻子一起来北京看孩子，还是第一次。到了中国人民大学，反复在大门前合影仍不满足，还要走进校园再拍几张，尤其是镌刻着"实事求是"那块巨石，仿佛磁铁一样吸引着我们。毛泽东主席曾在《改造我们的学习》中做过这样的论述："'实事'，就

是客观存在着的一切事物，'是'，就是客观事物的内部联系，即规律性，'求'，就是我们去研究。"把一句精辟言论，镌刻在一块万古不朽的巨石上，具有很强的象征意义。

最后一站就是中央民族大学，先是看到大门变了，一面褐红色大理石墙上，由江泽民同志题写的"中央民族大学"六个大字赫然醒目，上面是中文，下面是英文。接着看到学校增添了新的建筑。民族大学紧挨国家图书馆，规模宏大，气势不凡，我就经常听到儿子谈及图书馆，说他撰写毕业论文时，多次去那里查阅资料，对他帮助不小。还有就是民族大学的清真餐厅，比女儿就餐的北大餐厅大得多，而且随时可以吃到新疆口味的可口饭菜，所以才有"北大的景、民大的饭……"这样的顺口溜呢。除了学校自身，校外也有不少清真饭馆，那一年我请儿子宿舍同学吃饭，就是在旁边魏公村，尤其那个藏族同学给我印象最深，眼睛高度近视，眯成一条线，很少说话，也很少吃菜，即便偶尔夹一筷子菜，还要放进茶杯冲洗一下再吃，后来儿子解释说是怕辣。

一家四口人，一生和八所大学结缘，说到底是一件不同寻常的事情，因而还有许多趣闻轶事，时常萦绕在我的脑海，只是限于篇幅，不能一一展开描述，那就留在下一次吧，我还是相信那一句话：没有最好，只有更好。

衣、食、住、行，无所不在的变化

衣：从没的穿到挂满柜

新三年旧三年，缝缝补补又三年，这是我们那个年代生活的真实写照。说起来现在的年轻人可能不相信，一家人的穿着，一个简单的包袱几乎就全部囊括其中了。谁家生活都不富裕，谁的身上都是那么几件穿了再穿，洗了又洗的清一色土不拉几的衣服。而且到商店买成品的少，去裁缝铺缝制的多，家口大的人家，子女多，钱又少，穿的戴的只能一件一件往下传。哥哥穿过的衣服弟弟再接上，姐姐的衣服不合身了，妹妹继续穿，若有人突然穿了一件新衣裳，立马迎来一片羡慕的眼光。对我们这些男孩子来说，衣着更是少而又少，穿了洗，洗了再穿，时间一长，衣服的颜色都变了。不光如此，衣裳裤子还穿着穿着就破了，不是屁股蛋子那一块磨破了洞，就是两个胳膊肘子开了花，好一点的让裁缝打补丁，针线细密，颜色搭配。将就一点的人家，大人索性找块布自己就缝上了，针线好不好，无人在意。所以穿补丁衣服司空见惯，在我们农村，甚至补丁摞补丁的也大有人在。有这样几件事情我记忆特别深刻：一是一直想有一件毛背心，就是机制的色彩鲜亮的那种，但苦于没钱买，就把希望寄托在自己捻线手制的羊毛背心了，村里有位女子给哥哥赶制了一件，黑白两种颜色，线很粗糙，哥哥穿在身上，我眼馋得心里着急。好在哥哥后来嫌小，又怕羊毛扎脖子，就让给我穿了，我很得意，穿外衣故意敞着胸，有时候天冷

我也脱掉外衣，衬衫上只套一件粗毛背心，觉得很有范。二是当年学校都有宣传队，每到一些喜庆日子，就要深入村队文艺演出，不过却又让人有些苦恼，那就是服装。学校当时也穷得叮当响，根本买不起服装，就要求所有演员自己四处去借，一律黄军装，蓝裤子。蓝裤子穿的人多，好歹还能借到，黄军装就费劲了，认识的人没有几个人穿，大家都去借，去晚了就被别人捷足先登借走了，最后好不容易托人在邻村借了一件，却是一个哺乳期女人的，上胸还有一坨明显的奶渍，我已经很高兴了，来不及洗去奶渍穿着就去参加演出了。另外还有一件事，就是1978年春第一次出远门，到山东曲阜上大学，外面穿了一件条绒黑棉袄，咖啡色栽绒领子，贴身一件红绒衣，扛了一个麻袋，里面装着被褥，到了曲阜一看，花都开了，一时连一件换洗的衣服都没有，别人一身单衣，我却好像还在过冬，臃肿得有些扎眼。

　　那时不要说衣服打补丁，鞋也要时不时找鞋匠，尤其我们这些农村孩子，免不了山上放羊，地里干活，鞋子一天到晚与石头瓦块打交道，费鞋是很自然的事情。更主要的是，娃娃的脚不断往大里长，大人却无钱买新鞋，脚趾很快就把鞋顶出一个洞，乡下孩子就以"雀出窝了"来自嘲。今天这家孩子的鞋鞋匠绞一圆块胶皮粘上，明日另一个孩子的鞋就张着口了，勤俭一些的家长，索性备了胶水，胶皮和锉刀什么的，孩子的鞋子破了，干脆自己粘补。二十世纪六十年代末，我已上初中，一日父亲买了一双黄球鞋，试了一只脚，觉得合适，可是第二天穿着新鞋欢欢喜喜去上学，走着走着一只脚就开始有些不好受，于是到了学校课间操尽量少活动，可是脚依旧隐隐的痛，下午回家脱了鞋再看，脚趾头磨得脱了皮，出了血，只好偷偷撕些烂布条缠上。就那样坚持了两天，脚实在痛得钻心，就私下里和一个要好的同学商量，两人换鞋穿，脚好不容易舒服了几天，同学支支吾吾说还是各穿各的鞋吧。原来同学家长不乐意，意思是他的球鞋是长鞋帮，而我的是短鞋帮，整天沟里洼里跑，脚脖子被虫子咬了算谁的。我就不好再说什么，极不情愿脱了鞋子还给人家，重新穿上自己的球鞋，蜷缩着脚趾，一点玩乐的心思都没有了。

大人以为球鞋合我的脚，而我又只试了一只右脚，而忽略了左脚，作茧自缚，委屈了自己的脚。鞋弄脏了供销社是不给换的，这一点我很清楚，就一直忍着没有告诉父亲，怕挨骂，更怕给父亲增加经济负担，庄户人手头没有闲钱，家里开支那些钱不是羊身上换来的，就是抠鸡屁股攒下的，日子都紧巴得掰着指头一天一天算呢，一双球鞋从开春穿到下雪是再自然不过的事，哪里有新鞋穿了不到半个月，再去买一双的道理。无奈我只好把新鞋悄悄放起来，找出那双旧鞋穿在脚上。起先大人误以为我舍不得穿新鞋，可瞒了几天，我那点伎俩就被大人识破了，母亲埋怨唠叨，父亲摇头叹气，两个人口袋都搜遍了，还是没有凑够再买一双鞋的钱，就让我抓了一只小公鸡到附近的矿上卖了，第二天父亲再次陪着我来到供销社，让售货员取下同样颜色的一双黄球鞋（这次换成了高帮的鞋），看着我两只脚试了又试，穿了再穿，来回在地上走了好几圈，这才付了钱，我那只受尽煎熬的左脚，因此就彻底解放了。

后来我把这些经历讲给两个孩子听，都觉得有点不可思议。从他们这一代开始，缺衣少穿的岁月早已经彻底结束，衣着色彩缤纷，穿戴各取所好的日子正大踏步走来，什么季节穿什么衣，哪种场合穿什么衣，上身穿什么色搭配，下身配什么料有范，人们已从穿暖穿好发展到穿出个性风采和时代气息。人配衣裳马配鞍，一身得体的衣着，衬托人的气质，增加人的信心，也是一个人、家庭乃至整个社会精神风貌的集中反映。

我们结婚那会儿打家具，大立柜是其中之一，名义上挂衣服，实际则是大杂烩，因为该挂的衣服实在数量有限，就把被褥什么的作为填充。现在再看各家各户，衣柜直接设计在隔挡墙中，几乎每间屋子都有，这还不够，有人除此之外还定做了组合式衣柜，商家不但负责送货，还上门安装，样式漂亮，也很实用，衣服男女分开，大人孩子分开，衣服一挂一大

溜，要颜色有颜色，要款式有款式，棉的，单的，长的，短的，齐刷刷套在衣服架子上，一次次接受着主人的检阅和挑选。

就以夏天为例，早先有一件的确良衬衣就已经很知足了，现在不同，衬衣都要穿纯棉和丝麻的。除了衬衣，还要有T恤，一两件根本不行，三五件也习以为常，一家三五口人，光衬衣就几十件，一下子就把衣柜挂满了。出门上山徒步什么的，以往有双回力鞋就很考究了，现在呢，从头到脚都有专门的服饰，包括太阳镜、旅行包、脖套和手杖等，颜色一个比一个鲜亮，样式一个比一个新颖，尤其那些宿营帐篷和睡袋，有自动的，有充气的，夏日的夜晚，躺在山里望星空，太惬意了。

这些年，老百姓的生活一天比一天好，节庆活动更多，自然少不了丰富多彩的文艺会演，不但舞台漂亮，布景绮丽应景，LED高科技展示，绚丽多姿，主题鲜明，充满喜庆和节日色彩。演员们的服装那可是今非昔比，一个天上，一个地下，要什么服装有什么服装，天南地北，各个民族，花枝招展，应接不暇，好像把整个世界浓缩在一个舞台上，让人无比自豪和骄傲。

再回到鞋来看，以往一双鞋穿半年，春夏秋一双鞋，冬天一双鞋，一人就那么可怜兮兮一两双。不要说鞋柜了，连一个拖鞋都没有，好多人就把穿旧的布鞋踏扁后跟当拖鞋穿。而如今每家每户不但有容纳几层鞋的鞋架子，还有高高大大的鞋柜，一个人的鞋比过去一家人的鞋还要多，很多鞋穿不旧，也穿不烂，因为很多人鞋还八成新，新鞋子又来了。譬如我的妻子和女儿，动不动就要给我买这买那的，这自然就有衣服和鞋子，一件一件，一双一双，有的合适喜欢，穿的次数就多一点，有的不是长时间挂在衣柜里，就是像一只贪睡的猫，一直放在鞋盒子里，很少去穿。现在几乎家家户户不是铺了木地板，就是贴了上档次的地砖，进门先脱鞋，再换拖鞋，有自家人穿的，还有给客人预备的，每逢过年过节，谁家门口不是堆着一大堆五颜六色的拖鞋，实际上这也是人们生活发生巨大变化的一个缩影。

食，过去"挑肥"，当下"拣瘦"

曾经很长一段时间，人们见面总要先问一句："吃了没有？"不管吃的什么饭食，解决温饱成了人们最关心的问题。当时我一直弄不明白，为什么以种地为生的庄稼人，到头来却为粮食犯愁。就拿我家来说吧，一家七口人，两个大人，五个孩子，能吃上一顿像样的抓饭和清炖羊肉，一般只有这样两种可能，一是家里来了尊贵的客人，二是逢年过节。平时几乎都是粗茶淡饭，因为白面金贵且有限，往往家里留一些，其余背着面袋子去煤矿换粗粮，也就是玉米面，一公斤白面换得两公斤玉米面，而留下的那些白面，母亲也是舍不得一下下到锅里，而是掺和着玉米面来做饭吃，这样日子就好打发一些，我们则戏称为"二合一"。

记得我们家吃得最多的就是苞谷馕和"乌麻什"（玉米面糊糊），时间一长，胃不好受，吐酸水。就这还必须精打细算，生产队一个月打一次粮，但是寅吃卯粮的事情在很多家庭都一而再，再而三地发生着。没有办法，粮食不够吃，就用洋芋和糖萝卜（甜菜）来补充，下面糖萝卜切成片，上面一堆洋芋疙瘩，等熟了揭开锅再看，洋芋裂开了花，糖萝卜糖稀粘手，脸糊得五码六道的，可是遛上一圈回来，肚子还是咕咕叫，一点都不扛饿。我们就盼着夏天麦子快一点熟，因为到了夏收时节，劳力都上旱地，住窝棚，隔三岔五改善一次生活，大锅饭呼尔墩、抓饭，或者巴掌大的包子，说是酬劳夏收的劳力们，实际上全队的孩子都端着饭碗，提前在那里排队等候了，吃上一次，炫耀好多天，简直就像过节一样。

但这样的日子毕竟少得可怜，很多人家吃了上顿愁下顿，日复一日就这样饥一顿饱一顿，苦苦干熬着。有人就起了邪念，走了歪路，打起了生产队集体财产的主意。其实当时队里也没有什么值钱的东西，只不过公家

的地里种着些粮食和庄稼，就有人趁着夜色偷了生产队的玉米棒子，却又被守夜的民兵逮个正着，脖子挂着玉米棒子被游了街，颜面扫地。人是铁饭是钢，一顿不吃饿得慌，何况长时间半饥半饱，人们就把心思都用到吃上，私下做个小买卖，偷偷外出找个活，挣一点小钱，基本都用在管饱肚子上了，可这必须谨小慎微，暗地里来，不然被当作投机倒把，被割了"资本主义尾巴"，吃不了兜着走了。

民以食为天。解决温饱成了第一要务。父亲喜欢养羊，尤其阿勒泰大尾羊，从小到大精心饲养，到了冬天，晚上甚至把羊拉进屋里拴在木橛子上，就是担心被贼偷了，全部的心血白费，让我们五个孩子眼巴巴看着到嘴的美味成了泡影。实际上膘肥体壮的大尾羊宰了以后，大部分的肉和皮子都被父亲卖成了现钱，我们的鞋子、书包和家里针头线脑，都要从中开支，剩下的一些羊肋条和杂碎，就成了全家改善生活的唯一指望。所谓羊杂碎，就是羊头、羊蹄子，还有肚子、肠子和心肝肺的统称，要认真洗了、涮了、燎了，很费工夫。但我们乐此不疲，一趟又一趟到泉里提水，或者帮大人把几根炉棍来回塞进炉灶，等炉火把炉棍烧得通红，再小心翼翼抽出来，交给父亲或者母亲。随着"刺啦啦"一阵响，一股股青烟袅袅升起，羊头、羊蹄子刺鼻的焦煳味随之沁入肺腑，不等羊杂下锅，我们早已馋得开始流哈喇子了。我们时常盼着这样的日子早一天到来，可是一只羊从小喂到大，没有几个月时间，是卖不上好价钱的。幸亏家里那个蓝色搪瓷罐子，还有积存的羊脂，母亲烙饼子和炒菜时，舀一勺放进锅里，饭菜多少就有了一点生活的味道。

二十世纪七十年代中期，我在芦草沟中学上高中，中午饭就是半块苞谷馕，好几次到了中午休息时，打开书包一看，早晨装进去的半块馕，已不见踪影，肯定是被哪个饥肠辘辘的同学，在我之先填进了肚子。我只好装作若无其事，整个一个下午忍受饥饿带来的煎熬。所以打这以后我就做好两手准备，书包里装一小块馕，裤兜里再装一小块馕，即使书包里的馕被同学吃了，裤兜里的馕还在，了却了我饿肚子的尴尬。另一个是城里的姑妈家，那些年几乎成了吐鲁番老家的接待站，时常有过往的亲戚来住，好饭好菜供不起，只好一馕坑一馕坑打苞谷馕，看上去金黄金黄的，咧着口子，干硬干硬的，泡在滚烫的茶或者汤饭中，一碗变成两碗，头上淌着汗水，胃里盛得满满的，不知打发了多少远方来的亲戚。

还有就是吃饺子，一是做起来工序烦琐，加之只有母亲一个人动手，吃一顿饺子，几乎要花去大半天时间。二是做饺子最要紧的食材是牛羊肉，而牛羊肉那些年又非常稀缺，所以吃饺子需要等待一个有肉的机会。可偏偏包饺子的日子，家里总会有客人不期而遇，我们一家人忙活了半天，自己吃得少，客人吃得多，小弟就嘟囔："下回吃饺子，先把院门关好了，不然肚子吃不饱，眼睛更饿了。"

就是到了国家恢复高考，我去山东曲阜上大学，吃一顿饺子也不是想吃就能吃得上的。我记得最清楚，到了食堂吃饺子的时候，大师傅用笊篱把饺子捞上来，一五一十数好数，才把饺子盛进我们递过去的饭盆里，多一个都要拨拉回去。后来生活稍有好转，想吃饺子了，我们几个同学便结伴而行，去到曲阜县城，找到一家羊肉水饺馆，剥了蒜，倒上醋，热气腾腾的饺子端上来，吃了至今都难忘呢。

那些年谁家都寒酸，表现在"吃"字上，皆为"巧妇难为无米之炊"。想吃一次抓饭，要么有尊贵客人造访，要么遇上红白喜事。寻常日子，很难油啊肉啊米啊一次性一起下到锅里。到了二十世纪八九十年代，人们的生活可以用日新月异来形容了。特别是吃饭这个事关千家万户生计的头等大事，从来没有变得像现在这样根本不值一提。以往吃一顿饱饭是奢望，如今天天就像过节，甚至比过去的逢年过节还丰富多彩，吃什么，怎么吃，到哪里吃，只有想不到的，没有做不到的。就以新疆人念念不忘的拌面为例：有家常拌面，过油肉拌面，然窝子，过水面。还有形形色色的地方特色拌面，譬如伊犁碎肉拌面、米泉风味拌面、奇台老牌子拌面、托克逊过境公路拌面等，各有各的经营之道，各有各的成功秘诀，不但在新疆遍地开花，许多还在内地省份扎下了根。

我就想起一个吃货朋友新近讲的一件事，他说有一天突发奇想，不顾路途遥远，和朋友专门开着私家车，从乌鲁木齐一路开到托克逊去吃拌面。来回300多公里，一路车马劳顿，又是过路费，又是给车加油，不但成本高，还很费事，朋友却觉得非常划算，因为他说毕竟切身体会到了托克逊拌面的魅力所在。正是因为拌面的大众性、普惠性、多样性，人们才趋之若鹜，不离不弃，就像我的这位朋友，为了一顿拌面，做了一件"头比身子重"的傻事情，看似不值得，实则是一种生活向高质量衍生的缩影。而托克逊之所以以拌面为载体，催生出一个别开生面的"拌面节"，也正是顺应了人们这种不可或缺的普遍需求。更让人喜悦和称奇的是，作为乌鲁木齐市一项民生工程，集馕文化展示、生产加工、销售于一体的新疆馕文化产业园顺利开园，这种"工业＋旅游"的发展模式，不但让最普通的新疆馕这个品牌走进千家万户，同时让产业园成为一处旅游新景观，书写着时代新篇章。

以前我们买羊肉，都要挑肥拣瘦，希望卖肉师傅多给一些白花花的肥肉，以便回家多炼一些羊油，让锅里始终漂着油花子，起码看上去有了生活的味道。现如今肥肉人见人摇头，而对以往"瓜菜代"时期的一些野菜野味情有独钟，像什么"榆钱子""蒲公英""野韭菜""苜蓿芽"，到了时节总有不少人到乡下采摘。因而有些农家乐就打起了土鸡土菜的牌子，尝一尝味道确实不错。更有人家以蜇人的"蝎子草"荨麻掐尖拌凉菜，不失为一种抓住商机的最具乡村气息的上佳创意。

生活的确是芝麻开花节节高，一年更比一年好。想吃啥就做啥，想吃哪一道菜，就去哪一家专卖店。地方特色，水产海鲜，西式风味，如果到了火锅店，食材琳琅满目，应接不暇，自己挑，任意选，一碟一碟端上桌，一人一个火锅，一人一个口味，听着音乐，吃着美食，聊着家常，多惬意，多滋润，今非昔比，一斑窥全豹。以前请客要在家里摆上一大桌，到了现在，亲朋好友团聚，提前在饭店订一个包厢，省去很多不必要的麻烦和劳累，吃得还很好。手机微信一扫二维码，瞬间就把账也结了，方便极了。或者想吃什么口味，又懒得动弹，只要手机上一叫外卖，即便坐在家里，很快就有人把饭菜送上门来了。先进快捷的通信时代，给我们带来了从未有过的极大便利。想起很多年前的一个冬天，母亲病了，很想吃西瓜，我们费很大的周折，跑到几十公里开外的城里，才能满足母亲的一个小小愿望。而现在不论春夏秋冬，想吃什么水果，就有什么水果，本地的、内地的，甚至一些国外叫不上名字的水果，许多超市都有，不费吹灰之力，很快就能享用到。感谢新时代的美好赐予，祈福新生活就这样日久天长。

住，告别"塌塌房"，喜迁"安居屋"

住房对每一个家庭而言，从来都是不可或缺的。过去在我们乡下，盖一栋房子并非易事，要提前几年备料，尤其是做门窗的家务板，上房梁的檩子、椽子，一时半会儿是凑不齐的。经常听街坊邻居说："盖个房子，把人的头都愁白了！"关键还是生活不富裕，手头钱紧张，即便是清一色灰头土脑的黄泥屋，也要费极大的心血。我家一排土房子是1974年我上高中那阵子才盖好的，土木结构，一明两暗外加单独的一间。土坯是我和弟弟利用两个暑假全力以赴打出来的，人晒得黑瘦，胳膊脱了几层皮，一堵墙一堵墙一样码起来的土坯，苫上塑料布，以防雨水淋湿，泡烂。等木料备齐，开始挖地基，砌石料，到了水平线，再砌几层砖裙子，往上全部就是土块墙到顶，最后上檩子、椽子，随后再铺席子、麦草和一层黄土，几个人和一大堆草泥，又呀欸呀一起往上扔，这样一栋土房子才在众人的齐心协力下，大功告成。

　　毕竟是土木结构的房子，经不起雨雪侵蚀，不是墙皮脱落，就是头顶漏雨，只得隔上一两年抹一次墙泥，上一层房泥，但依旧解决不了廊檐损坏的问题，出头的椽子腐朽，随时有可能"噗"的一声，从房梁上掉一堆土下来。时间一长，就成了名副其实的塌塌房，上房扫雪，或者铺层油毛毡，捅个烟囱什么的，脚踩上去弄不好就是一个窟窿。有一年去吐鲁番的亲戚家，晚上睡觉看得见天上的星星，原来火州难得下雨，有些人家盖房子墙泥只抹半个墙，头顶上的土块缝子像豁牙老嘴，透风透亮。实际上再往前推，有些人家的房子更简陋，依着山坡挖一个簸箕一样的土坑，上面搭一些烂木头和柴梢子，前面只砌一堵墙，人就住进去了，实际上就是半个地窝子，鸡、羊、狗什么的轻而易举就跑到房顶上去了。

　　家中也没什么像样的摆设，一进院子就是一个小凉棚，凉棚下是一个低矮的土炕，铺着褪色的旧毡子，一开门光线不是太好，最明显的还是土炕，墙角摞着一摞被褥，一张桌子，几个凳子，好一点的还有一个柜子，外加一台座式收音机，一台缝纫机，或者一辆自行车，就可能是全部家当了。在南疆的一些乡村，有些房子还是红柳条子当一面墙呢，遇上刮风的日子，满屋子都是一层沙土，确实有些寒酸。这样的土房子，除了怕屋子漏雨，最害怕的就是地震了，哪怕是轻微的摇晃，很多土房子就可能墙体裂缝，吓得人躲在屋外，一时半会儿不敢进房子，不少人家震后开始在屋后再砌几个土墩子，以防墙体倒塌。那些年我在乌鲁木齐县政府工作，作为主管教育的副县长，最担心的就是南山一带下雨，有些偏远牧区的教学点，房子年久失修，甚至出现一些危房，而山里又经常下雨，加之交通不便，有个什么闪失，责任承担不起，所以遇到下雨天，就要及时和教育部门联系，询问牧区学校的房屋安全情况，或者干脆驱车实地查看，把危险消灭在萌芽状态。好在我们的各级领导都把孩子的安危放在第一位，一遇到阴雨天，及时采取防护措施，确保不发生任何问题。

　　到了二十世纪八十年代以后，情况逐渐好转，到农村转一圈，原先的好多土房子，大都被砖混结构取代，一砖到顶，上面铺槽形板，最起码安全得到了一定保障。变化最大的就是学校，几乎消灭了土房子，冬天不再上房扫雪，下雨也不再担心屋顶漏雨，基本扫除青壮年文盲，基本普及九年义务教育的"两基"工程基本完成，学校基本建设作为一项更高更新的任务，成为一项硬指标，摆在了各级政府的面前。随着社会进步，经济不断壮大，投入的大踏步增加，不到十年工夫，学校的面貌就发生了翻天覆地的变化。首先是集中办学，实行寄宿制，国家给予多方位补助，解决了农牧民的后顾之忧。其次是很多不起眼的平房，一夜之间变成了宽敞漂亮的教学楼。再则就是教学设备和运动场地及器械普遍向城市看齐，焕然一新的学校成为全社会一道亮丽的风景，让人们一下子看到了希望和美好的未来。

而那些清一色黄泥砌就的土房子，也从此成为历史，取而代之的是享受多种国家补贴的安居房，不但美观、舒适，还抗震。有很多人家，房子盖得比城里还好，不光是一院子一院子的漂亮房子，室内装修也很气派，富丽堂皇，进门不脱鞋，不好意思走到屋内。而且农村人住楼房，早已不是什么稀奇事了，式样各异，价格不菲，有些看上去就是别墅，让人艳羡。以前住的土房子三天两头上房泥，拆东墙补西墙，上谁家都是一个大土炕，半夜上个茅房还要走到室外，黑灯瞎火的要小心谨慎，大冬天冻得人屁股冰冰凉。一家一个土火墙，砌好了还凑合，搞不好打倒烟，烟熏火燎，呛得人嗓子痛，而且动不动就要扒火墙灰，搞得人灰头土脸，仿佛刚从煤窑出来似的。远的不说，就以乌鲁木齐南山水西沟方家庄为例，一排排，一栋栋，整齐划一，规模宏大的新农村安居房，就像屋顶的颜色，红红火火，欣欣向荣，把祖祖辈辈面朝黄土背朝天的庄户人，从此解放出来，成为一个个生意人、小老板，风生水起的餐饮业，享誉全疆，走向内地。如今又将成都的宽窄巷子引进来，成了名副其实的特色小镇。

就我自己而言，也是先在农村住土房子，小小两间，一间为卧室，一

间当厨房和客厅。因为老旧，经常从房梁上掉土，特别是到了冬天，半夜炉火一灭，房子冷得人冻脚，早晨起来一瞧，后墙上结着一层白色霜花，日子不好过。后来1988年进了城，还是没有改观，住的依旧是百年老土屋，卧室没有窗户，屋顶开了一个天窗，镶着一块玻璃。上厕所要跑到院子外边，极不方便。吃水也没有，也要到屋外的压井，和以前农村的土屋别无二致，甚至还不如农村，是个大杂院，整天嘈嘈杂杂，张家长李家短，不像乡下的院子，就我们一家人独门独户，比较宽敞清静。不过，一年之后我就搬走了，第一次住进砖混结构的房子，水泥地面，窗明几净，唯一不足的还是吃水不方便，要到房东家接水。

真正住进楼房到了二十世纪九十年代初，县政府家属院，一个客厅，两个卧室，再加一个厨房，最欢喜的是卫生间和吃水都在屋内，洗洗涮涮很方便。而且不用搬煤架炉子了，有暖气，一下子把人解放出来，孩子做作业，温习功课，自己看看书，写写文章，都很省心。后来政府盖了新的家属楼，我分得一套，除了客厅、卧室、卫生间，还有一大一小两个阳台。不但置办家具彩电，我们还在卫生间安装了淋浴器，从此洗澡不用再去澡堂子了。唯一遗憾的是，楼房虽分给自己了，却没有产权。2002年，我再次乔迁，从早先东后街的5楼，搬至南湖的3楼，面积比以前大了，一儿一女一人一个房间，房子也更亮堂了，到了冬天满客厅都是阳光，花团锦簇，春意盎然，一家人的心里暖润润的。这也是我有史以来第一次拥有产权的房子，看着大红房产证书上自己的名字，我止不住热泪盈眶。

再后来，我从县上来到市上工作，政府又分给我一套公务员集资房，从没有电梯的多层楼，搬迁到了上下方便的高层楼，楼房带地下室和车库，院子也很美，花草多，林带好，楼与楼的间距宽，阳光充足，地面整洁，还有一个小小活动场地，早晨走走路，打打球，都很舒适。我就想，从当年掉土漏雨的塌塌房，一步一步住进父辈们做梦都想不到的高大楼房，不是自己有多大能耐，有多少钱，而是祖国繁荣富强带给我们的最大福利和恩赐，仅就这一点而言，我们都要常怀感恩之心，一辈子不能忘本。

行，路修好了，距离就不再是问题

看着现在四通八达的平坦大道，一不留神就让司机走错方向的立体交叉桥，以及通行在城乡的各种各样的代步工具，让人感叹和骄傲的同时，不禁回想起过去的岁月，尤其是在乡村，道路破烂不堪，一天看不见几辆车，除了蚂蚱一样"哒哒哒"冒黑烟的拖拉机，就是老解放或吉普车。人们出行，近一点的靠两条腿，远一点要么驴车，要么骑一辆自行车，一路颠簸，风吹日晒，极不方便。因为村与村之间都是坑坑洼洼的土路，遇上下雨天，道路泥泞不堪，不穿胶鞋是出不了门的。特别是到了炎热的七八月份，一些翻浆路段早已是黄土滚滚，车辆经过之时，漫天尘土飞扬，仿佛刮起了一场沙尘暴，整个村子都弥漫着呛人的土味道。

一次和妻子进城看病，倒了几次车才回到家。那是个冬天，加上天快黑了，搭车的人聚集了一大堆，后来就等到了一辆28型拖拉机，人们如同盼来了救星，争先恐后往上爬。当时那个冷就够刺骨寒心了，加之拖拉机来回晃荡和大幅度颠簸，实在让人难以招架，最要命的是妻子有孕在身，就怕如此剧烈晃动影响了腹中生命，可又在众目睽睽下羞于启齿，只好在提心吊胆中盼着拖拉机快快到家。

我们家在东山芦草沟村，那些年进一趟城，先要步行到附近公安厅煤矿，搭乘拉煤的汽车，认识矿上的人还好一些，经人介绍，司机答应捎上一程，运气好了，有可能直接带进城里。如果仅凭自己跟司机求爷爷告奶奶，最多也就到地磅，煤过磅，人下车，另想办法。要么等石化到乌鲁木齐的19路公交车，要么去往米泉，再坐13路。终点站都是医学院，去南门上1路车，到大西门倒7路，赶火车则乘2路车了。如果是石人沟的人到米泉，或者去乌鲁木齐，就要步行走很长的路，才能到达煤矿，然后再磨破嘴皮子，给司机说好话捎上一程。尤其到了冬天，天冷时间又短，总觉得天刚亮一会儿，太阳就又急着要落山了，工夫都花在了路上。记得父亲有个牧业队干沟的哈萨克族朋友，儿子在城里畜牧局工作，每次回家，先要在我们家住上一宿，第二天再往家里赶，来回一趟，费时不说，人也累得够呛。

后来乡上通了班车，一天两个来回，给附近的农牧民带来了福音。进一回城不再变得遥远和疲惫了，特别是遭遇突发疾病和有个要紧事，班车一来，坐上就走了，了却了往常的艰辛和焦虑。所以说要想富，先修路，只要路修好了，距离也就不成问题。有两个例子，足以说明这一点，一个是1977年我到山东曲阜上大学，就有一个西藏阿里的工农兵藏族学员告诉我们，他回一趟西藏阿里，大概需要半个月时间。从山东到新疆吐鲁番大河沿，再到喀什叶城，最后回到阿里，先是火车，再换汽车，经过好几个省份，从鲁西南平原到青藏高原，一路颠簸，车马劳顿，还有重新换水土的诸多不适应，回一次家散一回身架骨，吃尽了苦头。一个是儿时邻居艾尼大哥，和田民丰人，回老家探一次亲，也要费很大的周折。从民丰到和田，再到喀什，还要跨越阿克苏、库尔勒，走干沟，进后沟，过达坂城，等到乌鲁木齐，人就像剥了一层皮一样，憔悴得不成样子。而今有了沙漠公路，距离一下子缩短了500多公里，省多少心。而坐上火车，人们从此不再受罪，好比一座长长游动的房子，夏天不热，冬季不冷，吃喝拉撒睡都在车上，一路看着风景，也放松了身心，值得。更惊奇的是，坐飞机已不再是什么奢望和稀罕事，一只硕大无朋的鸟一样，总感觉飞机刚从乌鲁木齐机场起飞，不一会儿就已在和田降落了，速度快得不可想象，前后两重天，生活大变样，不比不知道，一比感慨万千啊。

还是以芦草沟为例，以前出门靠自行车、马车、大卡车，或者班车，后来公路修好了，庄户人家的生活也发生了很大的变化。不知不觉间路上跑起了中巴车，老百姓俗称"招手停"，进城、走亲戚都快捷多了。没过几年，以前种地的农民开上了出租车，人们出门就有了更多的选择，到了现在私家车已不是什么稀罕物，比比皆是。农民的穿着不一般，驾车旅游也成为平常事，几家人商量好，今年北疆，明年南疆，后年就可能是内地了，潇洒得很。

早年在山东曲阜上学，要么乘54次列车到徐州换车，要么坐69次列车到北京倒车，每次都是硬座，3天3夜下来，腿都肿了。如果遇到洪水冲毁铁路，还要绕道河北、山西、内蒙古和宁夏，而且列车经常晚点，回一趟家，受一路罪。现在有了动车，风驰电掣，平稳安全，过去一天的路程，几个小时就到了，借道西宁去西藏，路过兰州到北京，朝发夕至，指日可待。而我们新疆，乌鲁木齐到喀什和田有了铁路，去往伊犁也有了火车，而通过阿拉山口，还有到哈萨克斯坦的国际铁路线，不远的将来，从巴州若羌到青海格尔木的铁路也会修通，届时从南疆到内地，人们再也用不着绕一个大圈子了。现如今从天上的飞机，到地上的列车，再到乌鲁木齐的地铁，一张稠密、通达而又繁忙的交通运输网络已经形成，让人引以为荣。

如果说以前我的家乡芦草沟交通闭塞，经济落后，到如今路多了，车多了，进城再也不用愁了，最令人交口称赞的东绕城高速公路，就从我们芦草沟经过。这条道路从吐乌大高速公路乌拉泊起始，经过葛家沟、石人沟、铁厂沟等直达甘泉堡经济园区，全长70多公里。又将米东、石化、准东和阜康连成一片，乘车从乌拉泊或者观园路出发，不到半小时，就到甘泉堡了，沿途都是风景区，到石人沟、峡门子或者更远的天池、江布拉克，车油门一踩，不知不觉就到了，方便快捷，身心愉悦。其中石人沟四队那一段，是一座架在空中的赫然耸立的高架桥，一排排高大结实的水泥桥墩子，高过十几层楼房，站在桥底下，必须抬头仰望才行，雄伟、壮观、神奇、罕见，让人叹为观止。蓝天下，一座顶天立地的博格达雪峰，仿佛一位饱经沧桑的白发老人，看上去庄严肃穆，让人浮想联翩。山脚下，一座横空出世的崭新高架大桥，犹如一条腾云驾雾的现代长龙，最终会带给人们吉祥和福音，功不可没。

最后我想说的是，过往普通老百姓坐飞机是稀奇事，现如今腰包鼓了，坐飞机就变得极为寻常和简单，去内地或者到国外旅游，旅行包一背，拉杆箱一拖，坐上飞机就上天了。有不少发家致富的农民，甚至开始过起了候鸟式的生活，夏天在新疆，冬季飞海南，每天与蓝天、海浪、沙滩和椰风相伴，越活越年轻，越来越健康、幸福了。